Benito Pérez Galdós

Episodios nacionales II
Los Apostólicos

Barcelona **2024**
Linkgua-ediciones.com

Créditos

Título original: Episodios nacionales II. Los Apostólicos.

© 2024, Red ediciones S.L.

e-mail: info@linkgua-ediciones.com

Diseño de cubierta: Michel Mallard.

ISBN tapa dura: 978-84-1126-449-5.
ISBN rústica: 978-84-9007-291-2.
ISBN ebook: 978-84-9007-253-0.

Sumario

Brevísima presentación

La obra

Los Apostólicos es la novena novela de la segunda serie de los *Episodios Nacionales* de Benito Pérez Galdós.

La feroz lucha entre absolutistas y liberales continúa. El rey Fernando VII, a pocos años de su muerte, se ha casado con la napolitana María Cristina y esto se traduce en una suavización de las disposiciones y venganzas contra los liberales, lo que para los absolutistas no significa más que una muestra evidente de que la reina es una liberal francmasona. El rey tiene por fin descendencia, solo que femenina: la futura Isabel II.

Ya a las puertas de la muerte, intentarán convencerle para que derogue la Pragmática Sanción, según la cual las mujeres podían reinar si no tenían hermanos varones. Y aunque, en un momento de debilidad, lo consiguieron, el rey volvió a reinstaurar la pragmática y dejó con un palmo de narices a su hermano Carlos y las fuerzas apostólicas y ultraconservadoras que le apoyaban. Isabel II ocuparía el trono.

En medio de esta historia asistimos a la vuelta a España de nuestro héroe Salvador Monsalud, decidido a casarse con Sola. Pero como ya nos tiene acostumbrados el autor, las cosas no irán bien. Salvador ha llegado tarde, y la encontrará comprometida con don Benigno Cordero.

I

Tradiciones fielmente conservadas y ciertos documentos comerciales, que podrían llamarse el Archivo Histórico de la familia de Cordero, convienen en que Doña Robustiana de los Toros de Guisando, esposa del héroe de Boteros, falleció el 11 de diciembre de 1826. ¿Fue peritonitis, pulmonía matritense o tabardillo pintado lo que arrancó del seno de su amante familia y de las delicias de este valle de lágrimas a tan digna y ejemplar señora? Este es un terreno oscuro en el cual no ha podido penetrar nuestra investigación ni aun acompañada de todas las luces de la crítica.

Esa pícara Historia, que en tratándose de los reyes y príncipes, no hay cosa trivial ni hecho insignificante que no saque a relucir, no ha tenido una palabra sola para la estupenda hazaña de Boteros, ni tampoco para la ocasión lastimosa en que el héroe se quedó viudo con cinco hijos, de los cuales los dos más pequeñuelos vinieron al mundo después que el giro de los acontecimientos nos obligó a perder de vista a la familia Cordero.

Cuando murió la señora, Juanito Jacobo (a quien se dio este nombre en memoria de cierto filósofo que no es necesario nombrar) tenía dos meses no bien cumplidos, y por su insaciable apetito así como su berrear constante declaraba la raza y poderoso abolengo de Toros de Guisando. Sus bruscas manotadas y la fiereza con que se llevaba los puños a la boca, ávido de mamarse a sí mismo por no poder secar un par de amas cada mes, señales eran de vigor e independencia, por lo que don Benigno, sin dejar de agradecer a Dios las buenas dotes vitales que había dado a su criatura, pasaba la pena negra en su triste papel de viudo, y ora valiéndose de cabras y biberones, cuando faltaban las nodrizas, ora buscando por Puerta Cerrada y ambas Cavas lo mejor que viniera de Asturias y la Alcarria en el maleado género de *amas para casa de los padres*; ya desechando a esta por enferma y a aquella por desabrida, taimada y ladrona, ya suplicando a tal cual señora de su conocimiento que diera una mamada al muchacho cuando le faltaba el pecho mercenario, era un infeliz esclavo de los deberes paternales y perdía el seso, el humor, la salud, el sueño, si bien jamás perdía la paciencia.

En las frías y largas noches ¿quién sino él habría podido echarse en brazos la infantil carga y acallar los berridos con paseos, arrullos, halagos y cantorrios? ¿Quién sino él habría soportado las largas vigilias y el cuneo incesante y otros muchos menesteres que no son para contados? Pero don Benigno tenía un axioma que en todas estas ocasiones penosas le servía de grandísimo consuelo, y recordándolo en los momentos de mayor sofoco, decía:

—El cumplimiento estricto del deber en las diferentes circunstancias de la existencia es lo que hace al hombre buen cristiano, buen ciudadano, buen padre de familia. El rodar de la vida nos pone en situaciones muy diversas exigiéndonos ahora esta virtud, más tarde aquella. Es preciso que nos adaptemos hasta donde sea posible a esas situaciones y casos distintos, respondiendo según podamos a lo que la Sociedad y el Autor de todas las cosas exigen de nosotros. A veces nos piden heroísmo que es la virtud reconcentrada en un punto y momento; a veces paciencia que es el heroísmo diluido en larga serie de instantes.

Después solía recordar que Catón el Censor abandonaba los negocios más arduos del gobierno de Roma para presenciar y dirigir la lactancia, el lavatorio y los cambios de vestido de su hijo, y que el mismo Augusto, señor y amo del mundo, hacía otro tanto con sus nietecillos. Con esto recibía don Benigno gran alivio, y después de leer de cabo a rabo el libro del *Emilio* que trata de las nodrizas, de la buena leche, de los gorritos y de todo lo concerniente a la primera crianza, contemplaba lleno de orgullo a su querido retoño, repitiendo las palabras del gran ginebrino: «así como hay hombres que no salen jamás de la infancia, hay otros de quienes se puede decir que nunca han entrado en ella y son hombres desde que nacen.»

Con estos trabajos, que hacía más llevaderos la satisfacción de un noble deber cumplido, iba pasando el tiempo. El primer aniversario del fallecimiento de su mujer renovó en Cordero todas las hondas tristezas de aquel luctuoso día, y negándose al trivial consuelo de la tertulia de amigos y parroquianos, cerró la tienda y se retiró a su alcoba, donde las memorias de la difunta parecían tomar realidad y figura sensible para acompañarle. El segundo aniversario halló bastante cambiadas personas y cosas: la tienda había crecido, los niños también. Juanito Jacobo, ni un ápice mermado en su constitución becerril, atronaba la casa con sus gritos y daba buena cuenta de todo objeto frágil que en su mano caía. En el alma de don Benigno iba declinando mansamente el dolor cual noche que se recoge expulsada poco a poco por la claridad del nuevo día.

En el tercer aniversario (11 de diciembre de 1829) el cambio era mucho mayor y don Benigno, restablecido en la majestad de su carácter ameno, sencillo, bondadoso y lleno de discreción y prudencia, parecía un soberano que torna al solio heredado después de lastimosos destierros y trapisondas. No dejaron, sin embargo, de asaltarle en la mañanita de aquel día pensamientos tristes; pero al volver de la misa conmemorativa que había encargado, según costumbre de todo aniversario, y oído devotamente en Santa Cruz, viósele en su natural humor cotidiano, llenando la tienda con su activa mirada y su atención diligente. Después de cerrar la vidriera para que no se enfriara el local, palpó con cierta suavidad cariñosa las cajas que contenían el *género*; hojeó el libro de cuentas, pasó la vista por el *Diario* que acababan de traer; dio órdenes al mancebo para llevar a dos o tres casas algunas compras hechas la noche anterior; cortó un par de plumas con el minucioso esmero que la gente de los buenos tiempos ponía en operación tan delicada, y habría puesto sobre el papel algunos renglones de aquella hermosa letra redonda que ya solo se ve en los archivos, si no le sorprendieran de súbito sus niños, que salieron de la trastienda cartera en cinto, los libros en correa, la pizarra a la espalda y el gorrete en la mano para pedir a padre la bendición.

—¡Cómo! —exclamó don Benigno, entregando su mano a los labios y a los húmedos hociquillos de los Corderos—. ¿No os he dicho que hoy no hay escuela?... Es verdad que no me había acordado de decíroslo; pues ya había pensado que en este día, que para nosotros no es alegre y para toda España será, según dicen, un día felicísimo, todos los buenos madrileños deben ir a batir palmas delante de ese astro que nos traen de Nápoles, de esa reina tan ponderada, tan trompeteada y puesta en los mismos cuernos de la Luna, como si con ella nos vinieran acá mil dichas y tesoros... hablo también con usted, apreciable *Hormiga*, pase usted... No me molesta ahora ni en ningún momento.

Dirigíase Don Benigno a una mujer que se había presentado en la puerta de la trastienda, deteniéndose en ella con timidez. Los chicos, luego que oyeron el anuncio feliz de que no había escuela, no quisieron esperar a conocer las razones de aquel sapientísimo acuerdo, y despojándose velozmente de los arreos estudiantiles, se lanzaron a la calle en busca de otros caballeritos de la vecindad.

—Tome usted asiento —añadió Cordero, dejando su silla, que era la más cómoda de la tienda, para ofrecérsela a la joven—. Ayude usted mi flaca memoria. ¿Qué nombre tiene nuestra nueva reina?

—María Cristina.

—Eso es... María Cristina... ¡Cómo se me olvidan los nombres!... Dícese que este casamiento nos va a traer grandes felicidades, porque la napolitana... pásmese usted...

El héroe, después de mirar a la puerta para estar seguro de que nadie le oía, añadió en voz baja:

—Pásmese usted... Es una francmasona, una insurgente, mejor dicho, una real dama en quien los principios liberales y filosóficos se unen a los sentimientos más humanitarios. Es decir, que tendremos una reina domesticadora de las fierezas que se usan por acá.

—A mí me han dicho, que ha puesto por condición para casarse que el rey levante el destierro a todos los emigrados.

—A mí me han dicho algo más —añadió Cordero, dando una importancia extraordinaria a su revelación—, a mí me han dicho que en Nápoles bordó secretamente una bandera para los insurrectos de... De no sé qué insurrección. ¿Qué cree usted? La mandan aquí porque si se queda en Italia da la niña al traste con todas las tiranías... Que ella es de lo fino en materia de liberalismo ilustrado y filosófico, me lo prueba más que el bordar pendones el odio que le tiene toda la turbamulta inquisidora y apostólica de España y Europa y de las cinco partes del globo terráqueo. ¿Estaba usted anoche aquí cuando el señor de Pipaón leyó un papel francés que llaman la *Quotidienne*? ¡Barástolis! ¡Y qué herejías le dicen! Ya se sabe que esa gente cuando no puede atacar nuestro sistema gloriosísimo a tiros y puñaladas lo ataca con embustes y calumnias. Bendita sea la princesa ilustre que ya trae el diploma de su liberalismo en las injurias de los realistas. Nada le falta, ni aun la hermosura, y para juzgar si es tan acabada como dicen los papeles extranjeros, vamos usted y yo a darnos el gustazo de verla entrar.

La persona a quien de este modo hablaba el tendero de encajes no tenía un interés muy vivo en aquellas graves cosas de que pendía quizás el porvenir de la patria; pero llevada de su respeto a don Benigno, le miraba mucho y pronunciaba un *sí* al fin de cada parrafillo. Conocida de nuestros lectores desde 1821[1], esta discreta joven había pasado por no pocas vicisitudes y conflictos durante los ocho años transcurridos desde aquella fecha liberalesca hasta el año quinto de Calomarde en que la volvemos a encontrar. Su carácter, altamente dotado de cualidades de resistencia y energía que son como el antemural que defiende al alma de los embates de la desesperación, era la causa principal de que las desgracias frecuentes no desmejorasen su persona. Por el contrario, la vida activa del corazón, determinando actividades no menos grandes en el orden físico, le había traído un desarrollo felicísimo, no solo por lo que con él ganaba su salud sino por el provecho que de él sacaba su belleza. Esta no era brillante ni mucho menos, como ya se sabe, y más que belleza en el concepto plástico era un conjunto de gracias accesorias realzando y como adornando el principal encanto de su fisonomía que era la expresión de una bondad superior.

La madurez de juicio y la rectitud en el pensar; el don singularísimo de convertir en fáciles los quehaceres más enojosos, la disposición para el gobierno doméstico, la fuerza moral que tenía de sobra para poder darla a los demás en días de infortunio, la perfecta igualdad del ánimo en todas las ocasiones, y finalmente aquella manera de hacer frente a todas las cosas de la vida con serenidad digna, cristiana y sin afán, como quien la mira más bien por el lado de los deberes que por el de los derechos, hacían de ella la más hermosa figura de un tipo social que no escasea ciertamente en España, para gloria de nuestra cultura.

—Los que no la ven a usted desde el año 24 —le dijo aquel mismo día don Benigno observándola con tanta atención como complacencia—, no la conocerán ahora. Me tengo por muy feliz al considerar que en mi casa ha sido donde ha ganado usted esos frescos colores de su cara, y que bajo este techo humilde ha engrosado usted considerablemente... Digo mal, porque no está usted como mi pobre Robustiana ni mucho menos... quiero decir, proporcionadamente, de un modo adecuado a su estatura mediana, a su

---

1   Véase *El grande Oriente*. (N. del A.)

talle gracioso, a su cuerpo esbelto. Beneficios de la vida tranquila, de la virtud, del trabajo, ¿no es verdad?... Todos los que la vieron a usted en aquellos tristes días, cuando a entrambos nos pusieron a la sombra y colgaron al pobre Sarmiento...

Este recuerdo entristeció mucho a la joven, impidiendo que su amor propio se vanagloriase con los elogios galantes que acababa de oír. Eran ya las once de la mañana, y vestida como en día de fiesta para acompañar a don Benigno, esperaba en la tienda la señal de partida.

—Aguarde usted: voy a hacer un par de asientos en el libro —dijo este sentándose en su escritorio—. Todavía tenemos tiempo de sobra. Iremos a la casa de don Francisco Bringas, de cuyos balcones se ha de ver muy requetebién toda la comitiva. Los pequeños se quedarán con mi hermana y llevaremos a Primitivo y a Segundo. ¿Están vestidos?

Los dos muchachos, de doce y diez años respectivamente, no tenían la soltura que a tal edad es común en los polluelos de nuestros días; antes bien encogidos y temerosos, vestidos poco menos que a mujeriegas, representaban aquella deliciosa perpetuidad de la niñez que era el encanto de la generación pasada. Despabilados y libertinos en las travesuras de la calle, eran dentro de casa humildes, taciturnos y frecuentemente hipócritas.

Gozosos de salir con su padre a ver la entrada de la cuarta reina, esperaban impacientes la hora y formando alrededor de la joven grupo semejante al que emplean los artistas para representar a la Caridad, la manoseaban so pretexto de acariciarla, le estrujaban la mantilla, arrugándole las mangas y curioseando dentro del ridículo. La joven tenía que acudir a cada instante a remediar los desperfectos que los dos inquietos y pegajosos muchachos se hacían en su propio vestido, y ya atando al uno la cinta de la gorra o cachucha, o abotonándole el casaquín, ya asegurando al otro con alfileres la corbata, no daba reposo a sus manos ni tenía ocasión para quitárseles de encima.

—No seáis pesados —les dijo con enfado su padre—, y no sobéis tanto a nuestra querida *Hormiguita*. Para verla, para darle a entender que la queréis mucho, no es preciso que le pongáis encima esas manazas... que sabe Dios cómo estarán de limpias: ni hace falta que la llenéis de saliva besuqueándola...

Esta reprimenda les alejó un poco del objeto de su adoración; pero siguieron contemplándola como bobos, cortados y ruborosos, mientras ella, con la sonrisa en los labios, reparaba tranquilamente las chafaduras de su vestido y las arrugas del encaje, para abrir luego su abanico y darse aire con aquel ademán ceremonioso y acompasado, propio de la mujer española.

Entretanto, allá arriba, en el piso donde vivía la familia oíanse batahola y patadillas con llanto y becerreo, señal del pronunciamiento de los dos Corderos menores, Rafaelito y Juan Jacobo, rebelándose contra la tiranía que les dejaba encerrados en casa en la fastidiosa compañía de la tía Crucita.

—Ya escampa —dijo Cordero señalando al techo con el rabo de la pluma—, oiga usted al pueblo soberano que aborrece las cadenas... Verdad que mi hermana no es de aquellas personas organizadas por la Naturaleza para hacer llevadero y hasta simpático el despotismo.

Y dejando por un momento la escritura entró en la trastienda dirigiendo hacia arriba por el hueco de la tortuosa escalerilla estas palabras:

—Cruz y Calvario, no les pegues, que harta desazón tienen con quedarse en casa en día de tanto festejo.

—Idos de una vez a la calle y dejadme en paz —contestó de arriba una voz nada armoniosa ni afable—, que yo me entenderé con los enemigos. Ya sé cómo les he de tratar... Eso es, marchaos vosotros, marchaos al paseíto tú y la linda Marizápalos, que aquí se queda esta pobre mártir para cuidar serpentones y aguantar porrazos, siempre sacrificada entre estos dos cachidiablos... Idos enhorabuena... A bien que en la otra vida le darán a cada cual su merecido.

Violento golpe de una puerta fue punto final de este agrio discurso, y enseguida se oyeron más fuertes las patadillas infantiles de los corderos y el sermoneo de la pastora.

—Siempre regañando —dijo don Benigno con jovialidad—, y arrojando venablos por esa bendita boca, que con ser casi tan atronadora como la de un cañón de a ocho, no trae su charla insufrible de malas entrañas ni de un corazón perverso. Mil veces lo he dicho de mi inaguantable hermana y ahora lo repito: «es la paloma que ladra.»

Esto lo dijo Cordero guardando en su lugar las plumas con el libro de cuentas y todos los trebejos de escribir, y tomó después con una mano el sombrero para llevarlo a la cabeza, mientras la otra mano trasportaba el gorro carmesí de la cabeza a la espetera en que el sombrero estuvo.

—Vámonos ya, que si no llegamos pronto encontraremos ocupados los balcones de Bringas.

La joven alzaba la tabla del mostrador para salir con los chicos, cuando la tienda se oscureció por la aparición de un rechoncho pedazo de humanidad que casi llenaba el marco de la puerta con su bordada casaca, sus tiesos encajes, su espadín, su sombrero, sus brazos que no sabían cómo ponerse para dar a la persona un aspecto pomposo en que la rotundidad se uniera con la soltura.

—Felices, señor don Juan de Pipaón —dijo don Benigno observando de pies a cabeza al personaje—. Pues no viene usted poco majo... Así me gusta a mí la gente de corte... Eso es vestirse con gana y paramentarse de veras. A ver, vuélvase usted de espaldas... ¡Magnífico! ¡qué faldones!... A ver de frente... ¡qué pechera! Alce usted el brazo: muy bien. ¡Cómo se conoce la tijera de Rouget! De mis encajes nada tengo que decir... ¡qué saldrá de esta casa que no sea la bondad misma! Póngase usted el sombrero a ver qué tal cae... *Superlative*... ¡Con qué gracia está puesta la llave dorada sobre la cadera!... ¿Estas medias son de casa de Bárcenas?... ¡Qué bien hacen las cruces sobre el paño oscuro!... una, dos, tres, cuatro veneras... Bien ganaditas todas, ¿no es verdad, ilustrísimo señor don Juan?... ¡Barástolis! parece usted un patriarca griego, un sultán, un califa, el Rey que rabió o el mismísimo mágico de Astracán.

Conforme lo decía iba examinando pieza por pieza, haciendo dar vueltas al personaje como si este fuera un maniquí giratorio. Don Benigno y la joven, no menos admirada que él, ponderaban con grandes exclamaciones la belleza y lujo de todas las partes del vestido, mientras el cortesano se dejaba mirar y asentía en silencio, con un palmo de boca abierta, todo satisfecho y embobado de gozo, a los encarecimientos que de su persona se hacían.

—Todo es nuevo —dijo la dama.

—Todo —repitió Pipaón mirándose a sí mismo en redondo como un pavo real—. Mi destino de la secretaría de S. M. ha exigido estos dispendios.

Enseguida fue enumerando lo que le había costado cada pieza de aquel torreón de seda, galones, plumas, plata, encajes, piedras y ballenas, rematado en su cúspide por la carátula más redonda, más alborozada, más contenta de sí misma que se ha visto jamás sobre un montón de carne humana.

—Pero no nos detengamos —dijo al fin—, ustedes salían...

—Vamos a casa de Bringas. ¿Va usted también allá?

—¿Yo?, no, hombre de Dios. Mi cargo me obliga a estar en palacio con los señores ministros y los señores del Consejo para recibir allí a...

Acercó su boca al oído de don Benigno y protegiéndola con la palma de la mano, dijo en voz baja:

—A la francmasona...

Ambos se echaron a reír y don Benigno se envolvió en su capa diciendo:

—¡Pues viva la reina francmasona! El desfrancmasonizador que la desfrancmasonice buen desfrancmasonizador será.

—Eso no lo dice Rousseau.

—Pero lo digo yo... Y andando que es tarde.

—Andandito... —murmuró Pipaón incrustando su persona toda en el hueco de la puerta para ofrecerla a la admiración de los transeúntes—. Pero se me olvidaba el objeto de mi visita.

—¿Pues no ha venido usted a que le viéramos?

—Sí, y también a otra cosa. Tengo que dar una noticia a la señora doña Sola.

La joven se puso pálida primero, después como la grana, siguiendo con los ojos el movimiento de la mano de Pipaón que sacaba unos papeles del bolsillo del pecho.

—¿Noticias? Siempre que sean buenas —dijo Cordero cerrando y asegurando una de las hojas de la puerta.

—Buenas son... Al fin nuestro hombre da señales de vida. Me ha escrito y en la mía incluye esta carta para usted.

Soledad tomó la carta, y en su turbación la dejó caer, y la recogió y quiso leerla y tras un rato de vacilación y aturdimiento, guardola para leerla después.

—Y no me detengo más —dijo Pipaón—, que voy a llegar tarde a palacio. Hablaremos esta noche, señor don Benigno, señora doña *Hormiga*. Abur.

Se eclipsó aquel astro. Por la calle abajo iba como si rodara, semejante a un globo de luz, deslumbrando los ojos de los transeúntes con los mil reflejos de sus entorchados y cruces, y siendo pasmo de los chicos, admiración de las mujeres, envidia de los ambiciosos, y orgullo de sí mismo.

Cuando el héroe de Boteros, dada la última vuelta a la llave de la puerta y embozado en su pañosa, se puso en marcha, habló de este modo a su compañera:

—¿Noticias de aquel hombre?... Bien. ¿Cartas venidas por conducto de Pipaón?... *Malum signum*. No tenemos propiamente correo... Querida *Hormiga*, es preciso desconfiar en todo y por todo de este tunante de Bragas y de sus melosas afabilidades y cortesanías. Mil veces le he definido y ahora le vuelvo a definir: «es el cocodrilo que besa.»

II

¿Por qué vivía en casa de Cordero la hija de Gil de la Cuadra? ¿Desde cuándo estaba allí? Es urgente aclarar esto.

Cuando pasó a mejor vida del modo lamentable e inicuo que todos sabemos don Patricio Sarmiento, Soledad siguió viviendo sola en la casa de la calle de Coloreros. Don Benigno y su familia continuaron también en el piso principal de la misma casa. La vecindad continuada y más aún la comunidad de desgracias y de peligros en que se habían visto, aumentaron la afición de Sola a los Corderos y el cariño de los Corderos a Sola, hasta el punto de que todos se consideraban como de una misma familia, y llegó el caso de que en la vecindad llamaran a la huérfana *Doña Sola Cordero*.

A poco de nacer Rafaelito trasladose don Benigno a la subida de Santa Cruz, y al principal de la casa donde estaba su tienda, y como allí el local era espacioso, instaron a su amiga para que viviera con ellos. Después de muchos ruegos y excusas quedó concertado el plan de residencia. En aquellos días se casó Elena con el jovenzuelo Angelito Seudoquis, el cual, destinado a Filipinas cuatro meses después de la boda, emprendió con su muñeca el viaje por el Cabo, y a los catorce meses los señores de Cordero recibieron en una misma carta dos noticias interesantes; que sus hijos habían llegado a Manila y que antes de llegar les habían dado un nietecillo.

Lo mismo don Benigno que su esposa veían que la amiga huérfana iba llenando poco a poco el hueco que en la familia y en la casa había dejado la hija ausente. Pruebas dio aquella bien pronto de ser merecedora del afecto paternal que marido y mujer le mostraban. Asistió a doña Robustiana en su larga y penosa enfermedad con tanta solicitud y abnegación tan grande que no lo haría mejor una santa. Nadie, ni aun ella misma, hizo la observación de que había pasado su juventud toda asistiendo enfermos. Gil de la Cuadra, doña Fermina, Sarmiento, doña Robustiana marcaban las fechas culminantes y sucesivas de una existencia consagrada al alivio de los males ajenos, siempre con absoluto desconocimiento del bien propio.

Doña Robustiana sucumbió. Las buenas costumbres y el respeto a las apariencias morales, que no sin razón auxilian a la moral verdadera, no permitían que una joven soltera viviese en compañía de un señor viudo. Fue necesario separarse. Don Benigno tenía una hermana vieja y solterona, avecindada en Madrid, medianamente rica, y de cuya suavidad, semejante a la de un puerco-espín, tiene el lector noticia. Poseía doña Cruz Cordero un carácter espinoso, insufrible, inexpugnable como una ruda fortaleza natural de displicencia, artillada con los cañones de las palabras agrias y duras. No se llegaba al interior de tal plaza ni por la violencia ni por el cariño. No se rendía a los ataques ni se dejaba sorprender por la zapa. El pobre don Benigno apuró todos los medios para conseguir que su hermana se fuera a vivir con él, a fin de constituir la casa en pie mujeril y poder retener a su lado a Sola sin miedo a contravenir las prácticas sociales. Pero Doña Cruz hacía tan poco caso de la voz de la razón como de las voces del cariño y se fortalecía más cada vez en el baluarte de su egoísmo. Todo provenía de su odio a los muchachos, ya fueran de pecho, ya pollancones o barbiponientes. En esto no había diferencias: aborrecía la flor de la humanidad cualquiera que fuese su estado, y seguramente se dudara de la aptitud de su corazón para toda clase de amor si no existiesen gatos y perros y aun mirlos para probar lo contrario.

Si no pudo conseguir don Benigno que Doña Cruz fuese a vivir con él, logró que admitiese en su compañía a Sola, no sin que pusiera mil enojosas condiciones la vieja. A aquella época pertenecen los apuros de don Benigno, su soledad de padre viudo entre biberones y amas de cría y los otros ruines trabajos que hemos descrito al principio de esta narración. La de Gil de la Cuadra ayudábale un poco durante el día, pero no en las noches, porque doña Cruz había hecho la gracia de irse a vivir al extremo de la Villa, lindando con el Seminario de Nobles, y rarísima vez visitaba a su hermano en horas incómodas.

Llegó un día en que la paciencia de Don Benigno, como todo aquello que ha tenido largo y abundante uso, tocó a su límite. Ya no había más paciencia en aquella alma tan generosamente dotada de nobles prendas por Dios. Pero aún había, en dosis no pequeña, la decisión para acometer grandes cosas, aquella bravura de la acción unida a la audacia del pensamiento que en una fecha memorable le pusieron al nivel de los más grandes héroes.

So pretexto de una enfermedad grave, Cordero hizo venir a Doña Crucita a su casa, y luego que la tuvo allí, le endilgó este discurso, amenazándola con una gruesa llave que en la mano tenía:

—Sepa usted, señora Doña Basilisco, que de aquí no saldrá si no es para el cementerio, siempre que no se conforme a vivir en compañía de su hermano. Solo estoy y viudo, con hijos pequeños y uno todavía mamón. Dígame si es propio que yo abandone los quehaceres de mi comercio para arrullar muchachos, teniendo, como tengo, dos mujeres en mi familia que lo harán mejor que yo... ¡Silencio, porque pego!... De aquí no se sale.

Doña Crucita alborotó la casa, y aun quiso llamar a la justicia; pero don Benigno, Sola y el padre Alelí que era muy amigo de ambos hermanos lograron calmarla, para lo cual fue preciso anteponer a todas las razones la traslación de todos los bichos que en su morada tenía la señora, añadiendo a la colección nuevos ejemplares que Cordero compró para acabar de conquistar la voluntad de la *paloma ladrante*. Al digno señor no le importaba ver su casa convertida en un arca de Noé, con tal de tener en ella la compañía que deseaba.

Desde entonces varió la existencia de Cordero, así como la de Sola. Aquel volvió a sus quehaceres naturales. Los chicos tuvieron quien les cuidara bien y todo marchó a pedir de boca. Crucita, sin dejar de renegar de su hermano, de los endiablados borregos y del insoportable ruido de la calle, se fue conformando poco a poco.

Pronto se conoció que el gobierno de la casa estaba en buenas manos. Sola la encontró como una leonera y la puso en un pie de orden, limpieza y arreglo que inundaba de gozo el corazón de don Benigno. Ni aun en tiempo de su Robustiana había él visto cosa semejante. Ya no se volvió a ver ninguna pieza descosida sobre el cuerpo de los corderillos, ni se echó de menos botón, faja ni cinta. Ninguna prenda ni objeto se vio fuera de su sitio, ni rodaba la loza por el suelo, ni subía el polvo a los vasares, ni estaban las sillas patas arriba y las lámparas boca abajo. Todo mueble ocupó su lugar conveniente, y toda ocupación tuvo su hora fija e inalterable. No se buscaba cosa alguna que al punto no se encontrara, ni se hacía esperar la comida ni la cena. Los objetos preciosos no podían confundirse con los últimos cachivaches, porque había sido inaugurado el reinado de las distancias. El latón brillaba como la plata y el cerezo tenía el lustre de la caoba. Don Benigno estaba embelesado, y repetía aquel pasaje de su autor favorito: «Sofía conoce maravillosamente todos los detalles del gobierno de la casa, entiende de cocina, sabe el precio de los comestibles y lleva muy bien las cuentas. Tiene un talento agradable sin ser brillante, y sólido sin ser profundo... La felicidad de una joven de esta clase consiste en labrar la de un hombre honrado.»

La casa era grande, tortuosa y oscura como un laberinto. Había que conocerla bien para andar sin tropiezo por sus negros pasillos y aposentos, construidos a estilo de rompe-cabezas. Solo dos piezas tenían ambiente y luz, y en una de ellas, la mejor de la casa, fue preciso instalar a Crucita con las doce jaulas de pájaros que eran su delicia. No faltaba en el estrado ningún objeto de los que entonces constituían el lujo, pues a don Benigno se le había despertado el amor de las cosas elegantes, cómodas y decentes, y como no carecía de dinero, cada día daba permiso a su diligente *Hormiga* para introducir alguna novedad. Con las onzas de Cordero y el buen gusto de Sola viose pronto la casa en un pie de elegancia que era el asombro de la vecindad. Fue vestida la sala de hermoso papel imitando mármol, y una batería de sillas de caoba sustituyó a las antiguas de nogal y cerezo. El brasero era como un gran artesón de cobre, sustentado sobre cuatro garras leoninas, y con la badila y reja no pesaba menos de medio quintal. El sofá y los dos sillones, que hoy nos parecerían potros de suplicio, eran de lo más selecto. Las cortinas de percal blanco con franjas de tafetán encarnado, tenían aspecto risueño y se conceptuaban entonces como cosa de gran lujo y elegancia. No faltaban las mesillas de juego con sus indispensables candeleros de plata, ni las célebres y ya olvidadas rinconeras llenas de baratijas y objetos de arte y ciencia, tales como cajas, caracoles, figurillas de yeso, algún jarro, libros y un par de pajaritos disecados. En el marco del espejo apaisado veíanse algunas plumas de pavo real puestas con arte y simetría, como las pintan en las cabezas de los salvajes. En cuestión de láminas, habíanse conservado las antiguas que eran *el León de Florencia devorando a un niño, la Desgraciada muerte de Luis XVI y la Caída de Ícaro.*

Vistos de la calle los balcones presentaban el aspecto más alegre que puede imaginarse. Los tiestos, con ser tantos, no eran bastantes para quitar sitio a las jaulas colgadas unas sobre otras. Interiormente no cesaba la algarabía formada por el piar de algunos pájaros, el canto de otros, el ladrido de los falderillos, el mayido de los gatos y los roncos discursos de la cotorra.

24

El esmero con que Crucita atendía al cuidado y a las necesidades todas de su riqueza zoológica hacía que la existencia de tanto y tanto bicho no fuera incompatible con el perfecto aseo de la casa.

Don Benigno estaba contentísimo del buen arreglo que Sola había puesto en el gabinete donde él vivía. Sus ropas abundantes y tan bien dispuestas que jamás notó en ellas rotura de más ni botón de menos, le recreaban la vista, así como la limpieza de su variada colección de sombreros. No le cautivaba menos el ver libres siempre de polvo sus adminículos de caza (diversión a que era muy aficionado), ni la buena colocación que se había dado a las estampas de Santa Leocadia y la Virgen del Sagrario (ambas proclamando el abolengo toledano del propietario), ni lo bien puestos que estaban los libros. Estos no eran muchos, pero sí escogidos, y solo formaban dos obras: las de Rousseau, edición de 1827, en veinticinco tomitos, y el *Año Cristiano* en doce. Aunque alineados en dos grupos distintos, no por eso dejaban de andar a cabezadas, dentro de un mismo estante, el *Vicario Saboyano* y San Agustín.

Con el orden perfecto en la disposición de todo lo de la casa corría parejas la buena concordia entre sus habitantes, si se exceptúan las genialidades de Crucita, que fueron menos molestas desde que Sola adoptó el sistema de hacerle poco caso sin aparentar contrariarla.

Desapacible y brusca con los chicos, no consentía que se le acercaran a dos varas a la redonda. No obstante, el frecuente trato con ellos y la dulzura de su hermano y de la *Hormiga* fueron poco a poco arrancando las espinas de aquel carácter endiablado, y al fin sin dejar de hablarles en el lenguaje más duro y desabrido que se puede imaginar, manifestaba algún interés por los cuatro *enemigos*, ayudaba a cuidarles, y aun se permitía contarles algún trasnochado y soso cuento.

Los muchachos, a excepción del más pequeño, eran pacíficos. Primitivo y Segundo adelantaban regularmente en sus estudios, y en cuanto a vocaciones, el tono especial de la época y los personajes de aquel tiempo despertaban en ellos ambiciones varias. El mayor quería ser padre guardián, para tomar mucho chocolate, dar a besar su mano a los transeúntes y salir a paseo entre un par de duques o marqueses. El segundo, que era vanidosillo y fachendoso, quería ser tambor mayor de la guardia real, porque eso de ir delante de un regimiento haciendo gestos y espantando moscas con un bastón de porra, le parecía el colmo de la dicha. Rafaelito era más modesto. No le hablaran a él de figuraciones ni altas dignidades: él no quería ser sino confitero, para poder atracarse de dulces desde la mañana a la noche y hacer bonitas velas para los santos. En cuanto a Juanito Jacobo, aunque no hablaba, bien se le conocía que su vocación era la de gigante Goliat o Hércules, según lo que destrozaba, berreaba y las diabluras que hacía andando a gatas, sin dejarse amedrentar por cocos ni espantajos.

Tranquilo, feliz, gozoso del orden en que vivía y que amaba por naturaleza y costumbre, Cordero veía pasar suavemente los días. El método en la existencia le encantaba, y la semejanza entre el hoy y el ayer era su principal delicia.

Hombre laborioso, de sentimientos dulces y prácticas sencillas; aborrecedor de las impresiones fuertes y de las mudanzas bruscas, don Benigno amaba la vida monótona y regular, que es la verdaderamente fecunda. Compartiendo su espíritu entre los gratos afanes de su comercio y los puros goces de la familia; libre de ansiedad política; amante de la paz en la casa, en la ciudad y en el estado; respetuoso con las instituciones que protegían aquella paz; amigo de sus amigos; amparador de los menesterosos; implacable con los pillos, fuesen grandes o pequeños; sabiendo conciliar el decoro con la modestia y conociendo el justo medio entre lo distinguido y lo popular, era acabado tipo del *burgués* español que se formaba del antiguo pechero fundido con el hijodalgo, y que más tarde había de tomar gran vuelo con las compras de bienes nacionales y la creación de las carreras facultativas hasta llegar al punto culminante en que ahora se encuentra.

La formidable clase media que hoy es el poder omnímodo que todo lo hace y deshace, llamándose política, magistratura, administración, ciencia, ejército, nació en Cádiz entre el estruendo de las bombas francesas y las peroratas de un congreso híbrido, inocente, extranjerizado si se quiere, pero que había brotado como un sentimiento o como un instinto ciego e incontrastable del espíritu nacional. El tercer estado creció, abriéndose paso entre frailes y nobles, y echando a un lado con desprecio estas dos fuerzas atrofiadas y sin savia, llegó a imperar en absoluto, formando, con sus grandezas y sus defectos una España nueva.

Perdónesenos la digresión, y volvamos a Cordero, del cual nos falta decir que en los últimos años había prosperado grandemente en su comercio. Pocas noches antes de aquel día en que suponemos comenzada esta narración, el héroe estaba en su gabinete contando el dinero de la semana. Después que tomó nota de las cantidades y distribuyó estas cariñosamente en las cestillas de paja que servían para el caso, llamó a Sola, y haciéndola sentar frente a él, le dijo así:

—Si no comunico a alguien lo que pienso en este instante, apreciable *Hormiguita*, reviento de seguro.

Sola sonreía, dando más luz al *quinqué* que sobre la mesa colocado repartía en porción igual su resplandor a los dos personajes. Don Benigno se reía también, y ya se acariciaba la barba redondita y arrebolada, como una manzana recién cogida, ya se arreglaba las gafas de oro, cuya tendencia a resbalar sobre la nariz picuda y fina iba en aumento cada día.

—Pues lo que pienso —añadió— es que sin saber cómo, me encuentro rico... Es decir, no muy rico, entendámonos, sino simplemente en ese estado de buen acomodo que me permitiría, si quisiera, renunciar al comercio y retirarme a vivir tranquilo en mis queridos Cigarrales, donde no me ocuparía más que en labrar el campo y criar a mis hijos.

Sola le respondió a estas palabras con otras de felicitación, y el héroe, que se sentía aquella noche con muchas ganas de charlar, continuó así:

—Con usted no hay secretos. Sepa usted que ayer he pagado el último plazo de esta casa en que vivimos; de modo que es mía, tan mía como mis anteojos y mi corbata de suela. En los Cigarrales he comprado ya más de cien fanegadas para agregarlas a las que heredé de mis padres, y pienso comprar las del tío *Rezaquedito*, que saldrán a la venta muy pronto. De modo que ya estamos libres de perder el sueño por cavilar en el día de mañana, y si por acaso me da un torozón (que no me dará) no estaré afligido en mi última hora con la idea de que mis hijos tengan que vivir a expensas de parientes y amigos. Vea usted por dónde la Divina Providencia ha premiado mi laboriosidad, y nada más que mi laboriosidad, pues talentos no los tengo, y en cuanto a picardías, ya se sabe que esa moneda no corre dentro de mi casa.

—Dios ha querido que un hombre tan bueno y tan cabal en todo —le dijo Sola—, tenga su merecido en el mundo, porque si al bueno no le da Dios los medios de ser caritativo y generoso ¿qué sería de los pobres, de los abandonados, de los huérfanos?

—No, no... —replicó Cordero un si es no es conmovido—, no hay aquí generosidades que alabar ni virtudes que enaltecer. Algo he hecho por los menesterosos, y si alguna persona ha recibido especialmente de mí ciertos beneficios, estos han sido menores de los que ella se merece. Dios no puede estar satisfecho de mí en esta parte... Que se han sucedido buenos años para el género; que los cambios políticos, improvisando posiciones han desarrollado el lujo; que las modas han favorecido grandemente el comercio de blondas y puntillas; que la paz de estos años de despotismo ha traído muchos bailes y saraos, equivalentes a gran despilfarro de Valenciennes, Flandes y Malinas; que el restablecimiento del culto y clero después de los tres años trajo la renovación de toda la ropa de altar y mucho consumo de encajería religiosa; que mi puntualidad y honradez me dieron la preferencia entre las damas; que la corte misma, a pesar de que son bien notorias mis ideas contrarias a la tiranía, no quiere ver entrar por las puertas de palacio ni media vara de Almagro que no sea de casa de Cordero, y en fin, que Dios lo ha querido y con esto se dice todo. Bendigámosle y pidámosle luces para acertar a hacer el bien que aún no hemos hecho, y que es a manera de una sagrada deuda pendiente con la sociedad, con la conciencia...

El héroe se atascó en su propia retórica, como le pasaba siempre que quería expresar una idea no bien determinada aún en su espíritu, y un sentimiento oprimido en las fuertes redes de la timidez y la delicadeza.

—Acabe usted que me da gusto oírle —le dijo Sola sonriendo—, pero prontito, que hay mucho que hacer esta noche.

—Descanse usted un momento, por amor de Dios. ¿Siempre hemos de estar sobre un pie?... ¡Oh!, por mi parte, apreciable *Hormiga*, estoy decidido a descansar. Verdad es que no soy un niño. Tengo cincuenta y dos años.

Dicho esto, don Benigno miró como extasiado a su protegida, que a su vez contemplaba fijamente la luz a riesgo de quedarse deslumbrada toda la noche.

—Cincuenta y dos años, que es mucho y es poco, según se considere —añadió el héroe con cierta turbación—. Todo es relativo, hasta los años, y yo con mi constitución recia y firme, mis acerados músculos, mi desconocimiento absoluto de lo que son médicos y boticas, no me cambio por esos pisaverdes de color de cera de muerto, que se llaman muchachos por una equivocación del tiempo.

—Es usted rico; goza de perfecta salud —murmuró Sola, cuyas miradas, como mariposas, gustaban de recrearse en la llama—; es además bueno como el buen pan, tiene buen nombre y fama limpia, ¿qué más puede desear?

Don Benigno dio un suspiro y mirando al tapete, dijo así:

—Es verdad: nada puedo desear. Temeridad e impertinencia sería pedir más.

Ambos callaron.

—¿Tiene usted algo más que decirme? —preguntó Sola levantándose.

—Nada, nada, apreciable *Hormiga* —dijo don Benigno irradiando bondad y sentimientos puros de su cara de rosa—. Nada más sino que... Dios sobre todo.

Después que la joven se fue, Cordero tomó a Rousseau como se toma el brazo de un amigo para apoyarse en él, y abriendo el libro por donde estaba la marca, indicando sin duda capítulo, párrafo o renglón de gran interés, se quedó un buen rato meditando en la extraordinaria profundidad, intención y filosofía de la sentencia con que el ginebrino encabeza el libro Quinto del *Emilio*.

Dice así: *No es bueno que el hombre esté solo.*

III

El día era de los mejores que suele tener Madrid en invierno, con cielo limpio y espléndido Sol. Los madrileños, que por su índole castiza, no necesitaban entonces ni ahora de grandes atractivos para echarse en tropel a la calle, invadieron aquel día la carrera de las procesiones regias que va desde Atocha a Palacio, vía ciertamente histórica y muy interesante, por la cual han pasado tantos monarcas felices o desgraciados, y no pocos ídolos populares. Si fuera posible reproducir la serie de comitivas diversas que han recorrido ese camino del entusiasmo desde la primera entrada de Fernando VII en mayo de 1808, tendríamos una galería curiosa en la cual muy pocas pinceladas tendría que añadir la historia para hacer el cuadro completo de las sucesivas idolatrías españolas. El quemar de los ídolos, cuando estamos cansados de adorarlos, se verifica en otra parte.

Estas grandiosas comparsas tienen una monotonía que desespera; pero el pueblo no se cansa de ver los mismos lacayos con las mismas pelucas, los mismos penachos en la frente de los mismos caballos, y el inacabable desfilar de uniformes abigarrados, de coches enormes más ricos que elegantes, de generales en número infinito, y el trompeteo, la bulla, el oscilar mareante de plumachos mil, el fulgor de bayonetas, y por último el revoloteo de palomitas y de hojas de papel conteniendo los peores sonetos y madrigales que pueden imaginarse.

Aquel día de diciembre de 1829 el pueblo de Madrid admiró principalmente la hermosura de la nueva reina, la cual era, según la expresión que corría de boca en boca, *una divinidad*. Su cara incomparablemente graciosa y dulce tenía un sonreír constante que se entraba, como decían entonces, hasta el corazón de todo el pueblo, despertando las más ardientes simpatías. Bastaba verla para conocer su agudo talento, que tanto había de brillar en las lides cortesanas, y para prever las nobles conquistas que la gracia y la confianza habían de hacer prontamente en el terreno de la brutalidad y del recelo. Jamás paloma alguna entró con más valentía que aquella en el negro nidal de los búhos, y aunque no pudo hacerles amar la luz, consiguió someterles a su talante y albedrío consiguiendo de este modo que pareciesen menos malos de lo que eran. Fue mirada su belleza como un Sol de piedad que venía, si bien un poco tarde, a iluminar los antros de venganza y barbarie en que vivía como un criminal aherrojado, el sentimiento nacional.

No ha existido persona alguna a quien se hayan dedicado más versos. Por ella sola se han fatigado más las *deidades de Hipócrene* y ha hecho más corvetas el buen Pegaso que por todas las demás reinas juntas. A ella se le dijo que si el Vesubio la había despedido con *sombríos fulgores*, el Manzanares la recibió *vestido de flores*; se le dijo que *Pirene* había inclinado la *erguida espalda* para dejarla pasar y que en los *vergeles de Aretusa* tocaba la lira el *virginal concilio* celebrando a la *ninfa bella de Parténope*.

La hermosa reina fue también cantada por los grandes poetas; que no todo había de ser ruido en las diversas cataratas de versos que celebraron su casamiento, su entrada, su embarazo, sus dos alumbramientos, sus días, sus actos políticos más notables, y en particular el glorioso hecho de la amnistía. Don Juan Bautista Arriaza, que desde el año 8 venía haciendo todos los versos decorativos y de circunstancias, la letra de todos los himnos y las inscripciones de todos los arcos triunfales, echó el resto, como decirse suele, en las fiestas del año 29. Quintana dedicó al *feliz enlace de Fernando VII* una canción epitalámica que no quiso incluir en las ediciones de sus obras, y otros insignes vates de la época la ensalzaron en aquellas odas resonantes y tiesas, algo parecidas al parche duro y ruidoso de una caja de guerra, y cuya lectura deja en los oídos impresión semejante a la que produciría una banda de tambores en día de parada. Con todo, en la corona poética de esta insigne reina se encuentran altos pensamientos y graciosas imágenes, principalmente en todo aquello que aparece inspirado por la seductora sonrisa, *que cuanto más se ve más enamora*.

Entró Cristina en coche acompañada de sus padres los reyes de Nápoles. Al estribo derecho venía el esposo y tío, rigiendo magistralmente su hermoso caballo. Era, según dicen, el primer jinete de su época; verdaderamente nuestro Rey tenía un aspecto tan majestuoso como gallardo cuando montaba en uno de aquellos apopléticos corceles cuya pesadez y arrogancia nos han trasmitido Velázquez y Goya. La alzada del animal, el corpulento busto del monarca, su rico uniforme, su alto sombrero de tres picos, muy parecido, según la absurda moda de la época, a las mitras o tinajones que llevan en su cabeza los bueyes de la arquitectura asiria, daban a la colosal figura no sé qué apariencia babilónica que infundía respeto y algo de supersticioso miedo.

Pero la arrogancia de la majestad ecuestre, la misma riqueza abigarrada de su traje de gala no disimulaban en Fernando aquella decadencia precoz que le hacía viejo a los cuarenta y cinco años. En su rostro duro y de poco a propósito para ganar simpatías (por lo que se acomodaba perfectamente al carácter) parecía que la nariz se había agrandado, impaciente de juntarse al labio belfo, el que por su parte se estiraba a más no poder, como si quisiera echarse fuera de tal cara. Su color, que era una mezcla enfermiza del verdoso y del amoratado, extendía por sus mejillas como una sombra lúgubre, en la cual lucían mejor sus ojos grandes y negros, por donde en ciertos momentos se asomaban, con el instantáneo fulgor del relámpago, sus alborotadas pasiones.

Pasaron. Aquel río de morriones, pelucas, sables desnudos, entorchados, pompones y cabezas mil que se movían al compás de la marcha de tanto caballo festoneado y lleno de garambainas; la sucesión de tanto y tanto coche, semejante a canastillas hechas con todos los materiales posibles desde la concha y el marfil hasta el cobre y la madera; el estruendo solemne de la marcha real y todo lo demás que realza estas procesiones tenían tan absorto y embobado al pueblo madrileño, amante de estas cosas como ningún otro pueblo del mundo, que si la Corte hubiera estado pasando y repasando de aquella manera por espacio de tres meses seguidos, no faltarían ni un momento las grandes líneas de gente con la boca abierta a un lado y otro de la carrera.

Por la multitud de caras bonitas y la variedad de colores que en ellos había, parecían babilónicos jardines los balcones de las casas. En los de la de Bringas que daban a la calle mayor, estaba don Benigno con Sola y los chicos, amén de otras familias amigas del rico comerciante, que dio su nombre a los soportales cercanos a Platerías. Quiso la desgraciada suerte de Sola que le tocase salir al mismo balcón donde estaba una señora a quien ciertamente no gustaba de ver en parte alguna, y no porque la dama fuese de mal aspecto, sino por otros motivos muy poderosos. Era de tal manera hermosa que cautivaba los ojos y el corazón de cuantos la miraban. Por singular capricho de la Naturaleza, el tiempo que de ordinario es enemigo y destructor de la hermosura, allí era su cultivador y como su custodio, pues la conservaba fielmente y aun parecía aumentarla cada año. De esta galantería del tiempo unida a los adornos escogidos y a un esmero constante y casi religioso en la persona, resultaba el *boccato di cardinale* más rico que podría imaginarse. Para mayor gracia, había tenido el buen acuerdo de vestirse de maja, lo mismo que otras muchas damas que en aquel día clásico adoptaron el traje nacional. Llevaba, pues, falda de alepín inglés color de amaranto con abalorios negros, chaquetilla de terciopelo con muchos botoncitos de filigrana de oro, mantilla de casco de tafetán con gran velo de blonda, y peineta de pico de pato, todo puesto con extraordinaria bizarría.

IV

Cuando Sola se vio junto a ella tuvo que disimular su espanto, viéndose obligada a recibir el saludo de la dama y a devolverlo cortésmente. Después hablaron las dos de lo bonita que estaba la carrera, de la hermosura del tiempo, de los dichos y hechos que se contaban de la reina Cristina y del excesivo número de personas que había en casa de Bringas, las cuales rebosaban por los balcones como guindas en cesta.

Ocupada la mejor parte de los balcones por las señoras, los hombres poco o casi nada podían ver. Cordero paseaba de largo a largo por la sala, charlando con su amigo don Francisco Bringas de cosas sustanciosas y muy importantes, como la paz entre Rusia y Turquía, la cuestión de Grecia, que pronto iba a ser reino independiente, y las tristes nuevas que habían llegado de la expedición americana, deshecha y rota en Tampico, con lo que parecía terminada nuestra dominación en aquel continente.

Don Benigno, que leía diariamente la *Gaceta* y *Diario*, estaba al tanto de todo y sobre cada asunto daba juiciosos dictámenes. Los impronunciables nombres de los puntos donde se batían turcos y rusos salían de la boca de nuestro héroe con no poca dificultad, y Bringas, que seguía con grandísimo ahínco el negocio de la nueva Grecia, barajaba los nombres gatunos de los personajes de aquel país, y así no se oía otra cosa que Miaulis, Mauromichalis y también Kalocotroni, Maurocordato y Capodistria.

Pronto tomó la conversación otro rumbo con la llegada de cierto joven de arrogante presencia, alto de cuerpo, agraciadísimo de rostro, con el pelo en rizos, las mejillas rosadas, el color blanco, los ojos garzos, los ademanes desenvueltos, el vestir elegante. Respondía al nombre de Salustiano Olózaga y era un abogado de veinticuatro años, medio célebre ya por sus brillantes alegatos forenses, y mayormente por la defensa que había hecho ante el Consejo y Cámara de Castilla de un pobre albañil inclusero, condenado a muerte por el robo de dos libras de tocino. La Milicia Nacional, cuando había Milicia, el foro cuando había foro y la política siempre consumían todo el ardor de su existencia.

Era el campeón juvenil de la idea naciente, y la Providencia habíale dado, entre otras notables prendas, elocuencia, si no brillante, varonil y sobria, con una lógica irresistible.

Los jóvenes de hoy, alumnos aprovechados del eclecticismo y del justo medio, no comprenderán quizás el entusiasmo y valentía de aquellos muchachos que sintiendo en su mente, por la natural índole de los tiempos, una especie de inspiración sacerdotal, hablaban de los déspotas y de la libertad como hablaría un romano de la primera república. Y no se paraban en barras, y aun deseaban martirios heroicos, y se metían en las conspiraciones más absurdas e inocentes, y osaban decir en pleno foro, delante de los consejeros, cosas que pasman por lo valerosas e intencionadas.

Desde que entró Salustiano no se habló más de Miaulis ni del bueno de Kalocotroni. Alejados un tanto del salón principal y reforzado el grupo con otras personas, el librero Miyar, el ingeniero Marcoartú y un comerciante de la calle de Postas, llamado Bárcenas, se despacharon todos a su gusto, siendo Olózaga tan hablador y contundente que no se paraba en pelillos y con su lengua que más bien era un hacha iba dejando muy mal parada a lo que todavía no se llamaba *la situación*.

Don Benigno que no gustaba de engolfarse mucho en política por los peligros que pudiera traer, dejó a sus amigos para buscar en los balcones la tertulia más grata y segura de las damas. La que vestía de maja se había puesto a bromear con el marqués de Falfán de los Godos, el hombre más mujeriego de aquel tiempo y también el más fino y galante, si bien su persona, hecha ya ruina lastimosa, no le ayudaba nada en lo que él quisiera que le ayudase. A Sola, en tanto, le daba conversación una señora muy impertinente llamada doña Salomé Porreño, y a cada rato ponía los ojos en blanco y echaba suspiros, cual si no tuviera en el mundo otra misión ni empleo que estarse lamentando a todas horas de una cosa perdida. Al lado de ella estaba una joven muy bonita, casada y por añadidura en aquel interesante estado que anuncia la maternidad. La de Presentacioncita, que así se llamaba, debía estar ya muy próxima, según se echaba de ver al primer examen. Era su marido un tal don Gaspar de Grijalva con más riqueza que buen seso, y muy aficionado a meterse en trapisondas políticas, por lo que Presentación se afligía mucho y estaba siempre sobre ascuas temiendo que le ahorcasen. Esta señora, lo mismo que Sola, parecían tener muy pocas ganas de conversación; pero doña Salomé que estaba entre ellas como una especie de mediador parlante, suplía la desgana de ellas con un insaciable apetito de palique, y así no cesaba de hacer preguntas y observaciones poniendo en el discurso, como se pone la sal en la comida, los suspiros y el incesante revolver de los ojos.

Jenara, que era la maja, volví hacia atrás la cara a cada instante para responder a Falfán de los Godos, y en uno de estos dimes y diretes habló así:

—Sí, hoy mismo he tenido noticias suyas. Pipaón me entregó esta mañana una carta que es de perlas, por las muchas cosas ingeniosas que me dice. Creo que en mucho tiempo no le veremos por acá. Me anuncia que piensa casarse.

Jenara hablaba en voz muy alta; pero como Falfán de los Godos era algo teniente, es decir, sordo, nadie lo extrañaba. Al mismo tiempo la de Porreño daba con el codo a Sola y le decía:

—¿Pero no me oye usted lo que le pregunto? Tres veces he preguntado a usted que si conoce a aquel comandante que pasa, y no me ha dado contestación... Por lo visto aquí todos son sordos... Se ha quedado usted lela; ¿en qué piensa usted que está tan pálida?... ¿no oye usted?...

—Sí, sí —replicó Sola, como se replicaría a las avispas, si la picada de estas alimañas fuera, en vez de picada, pregunta—. He oído perfectamente.

La de Porreño, al ver que por aquella banda no sacaba nada de provecho, se volvió a la otra y a Presentación. Después que la oyó, Presentación, que era muy maligna, dijo así:

—Aguarde usted. Mandaré a casa por la *Guía de Forasteros*, y con ella en la mano le diré a usted los nombres de todos los comandantes, capitanes y coroneles que hay en España.

La de Porreño miró al cielo, como si quisiera ponerle por testimonio de tanta injusticia. Bueno es decir que no vestía de maja ni de cosa que lo pareciera, sino a la moda pura y neta de 1822, con dulleta que ella misma había trocado en pelliza, aplicándole los restos de un capisayo antiguo. Su tocado era el llamado de turbante, guarnecido de cordones que fueron de oro y unas plumas que más parecían de escribano que de avestruz, como no pudiera aplicarse a uno y otro.

—También a mí me han dicho que piensa casarse —manifestó Falfán de los Godos.

Entonces se oyó un murmullo, una voz sorda y general que sin decir nada, claramente decía: «Ya viene, ya viene, ya, ya...» La multitud se agitó cual una gran culebra que pone en movimiento todas sus vértebras, y en los balcones hubo un hondo suspiro de ansiedad que corrió de un cabo a otro de la calle. Todos los ojos miraban a la Puerta del Sol, por donde sonaba como el mugido de un mar, y al poco rato se vio que se agitaba la superficie de cabezas y que brincaban saltando por encima de la gente penachos de caballos, plumas de morriones y espadas desnudas. El murmullo creció, estalló la marcha real como un trueno, y empezó a pasar la corte.

Sola no veía nada, sino una confusa corriente de colorines y formas, caballos que parecían hombres, hombres que trotaban, y un rodar continuo de formas y magnificencias, todo en tropel y borrosamente al modo de nube formada de la disolución de todas las visiones humanas. Un cerebro que desfallece, permitiendo la alteración de las sensaciones ópticas suele producir desvanecimiento y síncope; pero Sola hizo un esfuerzo, cerró los ojos, dejando pasar la mareante comparsa, y así resistió, fuertemente asida a los hierros del balcón. Cuando, pasada la corriente de abigarrados coches, solo quedaban los escuadrones de escolta, principió a serenarse; pero todavía su visión estaba perturbada, y las casas y balcones cuajados de damas seguían corriendo juntamente con la caballería.

Principiado el desfile por delante de Palacio, los regimientos de infantería pasaban por la calle.

—Ese, ese coronel, ¿quién es? —preguntó súbitamente la de Porreño.

—Si no me engaño, es el moro Muza —replicó Presentación.

Diciéndolo, el caballo que montaba el teniente coronel señalado por Salomé resbaló, y sin que el jinete pudiera sujetarlo, cayó pesadamente, arrastrando a este. La caída fue tremenda. Oyose inmensa gritería mujeril. Detúvose la gente, arremolinose el regimiento, acudieron soldados y paisanos al infeliz jinete, magullado y aturdido por la fuerza del golpe, y alzándole del suelo le entraron en una tienda para darle algún socorro. Era un hombre de cuerpo largo y flaco, cara morena y varonil. Al ser levantado del suelo hacía recordar involuntariamente la figura de don Quijote tendido en tierra después de cualquiera de sus desventuradas aventuras.

En los balcones de Bringas agolpáronse todos para ver al caído.

—¡Pobre hombre! —exclamó Cordero.

—¡Y qué bien iba en el caballo! —dijo la de Porreño.

—Se parece al de la Triste Figura —indicó Bringas.

—Es el mismísimo don Quijote —observó Olózaga.

Jenara volviose prontamente, y con cierto tonillo de enfado dijo así:

—Pues no es don Quijote, señor discursista, sino don Tomás Zumalacárregui, apostólico neto y con un corazón mayor que esta casa.

Cuando poco o nada había que ver en los balcones, Bringas obsequió a sus amigos con algunas golosinas, acompañadas de licores y agua fresca, y unos hartos de dulces, otros sin probarlos, empezó a desfilar. Don Benigno con Sola y sus hijos fue a recorrer las calles para ver los preparativos de las grandes fiestas que empezaban aquel día, y principalmente para contemplar y admirar por sus cuatro costados *el templete*, monumento de lienzo pintado de que se hablaba mucho y que con grandes dispendios se construyó en la Puerta del Sol sobre la misma Mariblanca. Era la máquina más bonita que habían visto los madrileños hasta entonces. Millares de personas la admiraban a todas horas formando un círculo de papamoscas, y a la verdad, las columnas pintadas, las cuatro estatuas y el globo terráqueo que lo tapaba todo como un bonete harían caer de espaldas a Miguel Ángel, Herrera y a todos los arquitectos habidos y por haber.

Todo lo fue examinando Cordero, y sobre todos los preparativos dio opiniones muy discretas. En los días y noches siguientes llevó a su familia a ver las comparsas e iluminaciones y a admirar la gran novedad del carro triunfal alegórico mitológico manolesco, dispuesto por el corregidor Barrajón, y en el cual iban haciendo de ninfas varias bellezas de Madrid, entre ellas *Pepa la Naranjera* que subida en el escabel más alto representaba a la Diosa Venus.

La gente decía que iba *vestida de Venus*, de lo que resultaba un contrasentido; pero el decoro de nuestras costumbres y la santidad de los tiempos no habrían consentido que las diosas salieran a la calle como andaban por el Olimpo.

V

Entre las muchas sociedades más o menos secretas que amenazaron el poder de Calomarde, hubo una que no precisamente por lo temible sino por otras razones merece las simpatías de la posteridad. Llamose de los *Numantinos* y componíase de mucha y diversa gente. Entre los atrevidos fundadores de ella hubo tres cuyos ilustres nombres conserva y conservará siempre la historia patria: llamábanse Veguita, Pepe y Patricio.

El objeto de los *Numantinos* era, como quien no dice nada, *derrocar la tiranía*. Los medios para conseguir este fin no podían ser más sencillos. Todo se haría bonitamente por medio de la siguiente receta: *matar al tirano y fundar una república a estilo griego.*

Retratemos a los tres audaces patriotas, ante cuya grandeza heroica palidecerían los Gracos, Brutos y Aristogitones.

El primero, Veguita, tenía dieciocho años y era de la piel de Barrabás, inquieto, vivo, saltón, con la más grande inventiva que se ha visto para idear travesuras, bien fueran una voladura de pólvora, un escalamiento de tapias, una paliza dada a tiempo o cualquier otro desafuero. Su casta americana se revelaba en el brillo de sus negros ojos, en su palidez y en sus extremadas alternativas de agitación e indolencia. Vino de América casi a la ventura. Su madre le envió a Europa para educarse y para heredar. Si esto último no fue logrado, en cambio su nueva patria heredó de él abundantes bienes de la mejor calidad. Pertenecía a la célebre empolladura del colegio de San Mateo, donde dos retóricos eminentes sacaron una robusta generación de poetas. Antes de ser derrocador de tiranos fundó la academia del *Mirto*, cuyo objeto era hacer versos, y allí entre sáficos y espondeos nació el complot *numantino*; que en España, ya es sabido, se pasa fácilmente de las musas a la política.

El segundo, *Pepe*, tenía quince años. Nació en un camino, entre el estruendo de un ejército en marcha; arrullaron su primer sueño los cañones de la guerra de la Independencia. Creció en medio de soldados y cureñas, y a los cinco años montaba a caballo. Sus juguetes fueron balas. Ya mozo, era mediano de cuerpo, y agraciado de rostro, en lo moral generoso, arrojado hasta la temeridad, ardiente en sus deseos, pobre en caudales, rico en palabra, cuando triste tétrico, cuando alegre casi loco. Educose también en San Mateo con los retóricos y desde aquella primera campaña con los libros, le atormentaba el anhelo de cosas grandes, bien fueran hechas o sentidas. Los embriones de su genio, brotando y creciendo antes de tiempo con fuerza impetuosa, le exigieron acción, y de esta necesidad precoz salió la sociedad *numantina*. También le exigían arte, y por eso en las sesiones de la asamblea infantil, a Pepe le salía del cuerpo y del alma, en borbotones, una elocuencia inocentemente heroica que entusiasmaba a todo el concurso. Él no pedía niñerías, ni aspiraba a nada menos que a *quebrantar las cadenas que oprimían a la patria*, empresa en verdad muy humanitaria y que iba a ser realizada en un periquete.

El tercero, *Patricio*, tenía como *Veguita* dieciocho años. Se le contaba por lo tanto entre los respetables. Era formalillo, atildado, de buena presencia, palabra fácil y fantasía levantisca y alborotada. Sentía vocación por las armas y por las letras, y lo mismo despachaba un madrigal que dirigía un formidable ejército de estudiantes en los claustros de doña María de Aragón. También era orador, que es casi lo mismo que ser español y español poeta. En los *Numantinos* asombraba por su energía y el aborrecimiento que tenía a todos los tiranos del mundo. Insistía mucho en lo de hacer trizas a Calomarde, medio excelente para llegar después a la pulverización completa de la tiranía.

Las reuniones se celebraban en una botica de la calle de Hortaleza las más de las veces, otras en una imprenta, y cuando había olores de persecución toda *Numancia* se refugiaba en una cueva de las que había en la parte inculta del Retiro no lejos del Observatorio. Los mayores de la cuadrilla no pasaban de veinte abriles: estos eran los ancianos, *expertos*, o *maestros sublimes perfectos*; que, a decir verdad, la pandilla gustaba de darse ciertos aires masónicos, sin lo cual todo habría sido muy soso y descolorido.

Si aquello no era inocente lo parecía, porque a lo mejor, los enemigos del Tirano, bien se hallaran en la botica, bien en la novelesca cueva del Retiro, se distraían sin saber cómo de su misión heroica y se ponían a acertar charadas y a representar comedias. Otras veces, cuando alguno de ellos tenía dineros, cosa muy extraordinaria y fuera de lo natural, alquilaban borricos y se iban en escuadrón por las afueras, dando costaladas y buscando aventuras que siempre concluían con alguna pesada chanza de Pepe.

40

Fuera o no pueril la sociedad *Numantinos*, lo cierto es que Calomarde la descubrió y puso la mano en ella, dando con todos los chicos en la cárcel de corte, y metiendo más ruido que si cada uno de ellos fuese un Catilina y todos juntos el mismo Averno. La importancia que dio aquel gobierno menguado y cobarde a la conspiración infantil puso en gran zozobra a las familias. Se creyó que los más traviesos iban a ser ahorcados, y había razón para temerlo, pues quien supo ahorcar a hombres y mujeres, bien podía hacer lo mismo con los muchachos, que era el mejor medio para extirpar el liberalismo futuro. Mas por fortuna Calomarde no gustó de hacer el papel de Herodes, y después de tener algunos meses en la cárcel a los que no se salvaron huyendo, les repartió por los conventos *para que aprendieran la doctrina*.

Patricio se escapó a Francia. A *Pepe* me le enviaron al convento de franciscanos de Guadalajara, y a *Veguita* le tuvieron recluso en la Trinidad de Madrid. Esta prisión eclesiástica fue muy provechosa a los dos, porque los frailes les tomaron cariño, les perfeccionaron en el latín y en la filosofía, y les quitaron de la cabeza todo aquel fárrago masónico numantino y el derribo de tiranías para edificar repúblicas griegas.

VI

Lo azaroso de los tiempos traía entonces mudanzas muy bruscas en todo, y las pandillas variaban a menudo, modificadas por las muertes y destierros. En 1827 echábase de menos a *Patricio*, que estaba en París, y a *Pepe* que perseguido nuevamente por sus calaveradas se había marchado a Lisboa con muchas ilusiones y pocas pesetas, que por cierto arrojó al mar en la boca del Tajo. Quedaba *Veguita*, a quien hallamos siendo núcleo de una nueva cuadrilla. Ya no se ocupaba de política inocente. La juventud abría los ojos, columbrando la grandeza lejana de sus destinos. ¡Generación valiente, en buen hora naciste!

Junto a *Veguita* hallamos a un joven riojano y por añadidura tuerto que hacía ya las comedias más saladas que podrían imaginarse. Había sido primero soldado raso y después empleado en los tres años, con su impurificación correspondiente el 24. Tenía las chuscadas más ingeniosas y las ocurrencias más felices. Hablaba mejor en verso que en prosa y montaba mejor en el Pegaso que en un burro alquilón, pues restablecido en la partida el uso de las expediciones asnales, nuestro soldado poeta apenas sabía tenerse sobre la albarda. Era el mismo demonio para contar cuentos y para buscar consonantes, siendo tal en esto su destreza que no le arredraban los más difíciles y enrevesados.

El más notable, después de estos, era un muchacho que hacía muy malos versos y no muy buena prosa, medio traductor de Homero, casi abogado, casi empleado, casi médico, que había empezado varias carreras sin concluir ninguna. Sabía lenguas extranjeras. Tenía veinte años, y en tan corta edad había pasado de una infancia alegre a una juventud taciturna. Tan bruscas eran a veces las oscilaciones de su ánimo arrebatado en un vértigo de afectos vehementes, que no se podía distinguir en él la risa del llanto, ni el dudoso equívoco de la expresión sincera. Había en su tono y en su lenguaje un doble sentido que aterraba y un epigramático gracejo que seducía. Era pequeño de cuerpo y bien proporcionado de miembros. A su pelo muy negro acompañaban bigote y barba precoces, y su color era malo, bilioso, y sus ojos grandes y tristes. Tenía mala boca y peores dientes, lo cual le afeaba bastante. Fumaba sin descanso, como si padeciera una sed de humo, que jamás podía aplacarse, y era en su vestir pulcro, elegante y casi lechuguino.

Educado en Francia, afectaba a veces desprecio de su nación y la censuraba con acritud, quejándose de ella como el prisionero que se queja de la estrechez incómoda de su jaula. Frecuentemente, después de alborotar en el grupo de un café con palabras impetuosas o mordaces, se retiraba a un rincón rechazando toda compañía, o despidiéndose a la francesa, huía. Después de largas ausencias tornaba a la pandilla con humor hipocondríaco.

Daba su opinión sobre poesía y literatura con un aplomo y una originalidad de juicios que pasmaba a todos. Ni *Veguita* ni el tuerto autor de comedias tenían conocimiento, por lo que sus maestros de aquí les enseñaban, de aquel nuevo y peregrino modo de juzgar, buscando el fondo más bien que la forma de las obras. Pero cuando nuestro atrabiliario quería echarse a poeta, los mismos que le admiraban como juez, se reían en sus barbas diciéndole que *una cosa es predicar y otra dar trigo*. Por mucho tiempo fue objeto de risa y chacota su oda a los Terremotos de Murcia, que es de lo peor que en nuestra lengua se ha escrito. Cuando se anunció que la reina Cristina estaba en cinta, todos los poetas echaron otra vez mano a la lira, y el hipocondriaco endilgó su soneto

Guarda ya el seno de Cristina hermosa
vástago incierto de alta dinastía...

Verdad es que no eran mucho mejores los que al mismo asunto compusieron *Veguita* y el autor de comedias.

Había en la pandilla otros muchos chicos. De ellos algunos no serán mencionados en razón de la oscuridad en que siempre han vivido, otros lo serán más tarde cuando las necesidades de esta verídica historia lo reclamen.

Reuníanse primero en el café de Venecia y después en el del Príncipe, que desde entonces sacó el nombre de *Parnasillo*. Entonces la juventud no tenía más que dos medios para dar desahogo a su ardor y eran hacer versos o hacer diabluras. Los estudios estaban muertos, la prensa no existía, las letras mismas y el teatro principalmente yacían encadenados por una censura bestial y vergonzosa, el conspirar olía a cáñamo, la política era patrimonio de las camarillas, las bellas artes, música y pintura estaban en su primera alborada. Los muchachos que no sentían gusto por los soeces ejercicios de la tauromaquia se entretenían en trepar por las asperezas del Olimpo, y como la mayor parte carecían de estro, no tenían más recurso que la murmuración y las travesuras. De todas las musas, la que más andaba entre los de la pandilla, tratándoles de tú, era la *Décima*, por otro nombre *el hambre*, a quien *Veguita* dedicó una composición muy chusca. Sin dinero, sin ocupación, sin estímulo, aquellos insignes poetas o prosistas o simples mortales vivían de la poderosa fuerza íntima que en unos era la fantasía, en otros la conciencia de un gran valer y en todos el presagio de que habían de ser principio y fundamento de una generación fecunda.

Todo cansa en el mundo, hasta el hacer versos. Así es que no podían satisfacer al bullidor espíritu de tales muchachos las sesiones del *Parnasillo* y el ardiente disputar sobre odas, comedias y poemas. La juventud necesita acción, necesita el elemento dramático de la vida, sin el cual esta no es más que un soliloquio de dolor o un quietismo morboso. La juventud de aquel tiempo, la más ilustre que había tenido España desde que envejeció la gran pléyade del siglo XVII, no sabía vivir sin drama. Es verdad que había amores y de lo fino, pero las aventuras galantes no podían satisfacer completamente a aquella juventud que era la empolladura de una gran época. Si la hubiesen dejado, ella habría hecho revoluciones, derribado gobiernos, aplastado ídolos entre el tumulto estrepitoso de millares de discursos. Sentía en sí, mezclado con la facultad y con la facilidad versificante, el germen de la gloriosa oratoria parlamentaria, que en nuestra tierra y en nuestro genio es una especie de poesía combatiente. En España es común que el fuego de las ambiciones rompa las liras para forjar con ellas las espadas.

La acción, que era una necesidad, un apetito irresistible de la insigne pandilla, estaba circunscrita por Calomarde a la esfera del *Parnasillo*. La policía no estorbaba que allí dentro se dispararan ovillejos, quintillas y décimas, llenas de pimienta como los antiguos vejámenes; pero el libro, el drama, el periódico, todas las grandes armas del pensamiento, les estaban vedadas. No se les permitía más que los alfileres.

Su instinto de grandes empresas con la palabra o con la acción les llevaba derechamente a las travesuras, y aquellos rapaces inspirados se ocupaban de noche en salir por ahí a romper faroles y a dar bromazos a los vecinos pacíficos. ¡Romper un farol! ¡Cuántas delicias, cuánto ingenio, cuánta charla preparatoria y cuántos trámites para obra tan divertida! Escogida por el día la inocente víctima, bien por la diafanidad relativa de sus vidrios, bien por hallarse próxima a cualquier casa de habitantes pusilánimes, se le formaba causa criminal. Uno defendía en toda regla al farol, alegando sus buenos servicios, otro le acusaba probando su complicidad en las tinieblas de la calle, o por el contrario el robo que había hecho de los rayos del Sol. Después de consultar toda la jurisprudencia farolística recaía sentencia en verso, y se nombraba la comisión ejecutiva. Por la noche un repentino estruendo y el salpicar de los vidrios rotos anunciaba el terrible cumplimiento de la justicia, y con la oscuridad, la alarma de los vecinos y la intromisión de algunos de estos en la gresca, venían nuevas trapisondas y al cabo palos y carreras.

Otras veces se entretenían en llamar con fuertes aldabonazos a las puertas, y daban aviso a media docena de médicos, diciéndoles con mucho apuro que tal o cual enfermo se hallaba en crisis. Enviaban la partera a casa de quien menos la necesitaba y la caja de muerto a quien gozaba de excelente salud.

Desde Santa Catalina hasta la Cuaresma, menudeaban entonces las reuniones de máscaras, diversión que prevalece en épocas de poca libertad. Eran célebres y vistosas las de Aristizábal, Commoto y Mariátegui, familias ricas y que recibían y obsequiaban en el tono y forma de la urbanidad moderna. Pero el españolismo rancio tenía tantas raíces que las tertulias de aquella especie eran señaladas y aun puestas en ridículo por los enemigos de los cumplimientos, partidarios de la antigua llaneza ramplona, de quien eran secuaces la incomodidad, el desaseo, los modales burdos y la grosería.

Entre las pocas tertulias donde no imperaba el españolismo rancio, había una, que era sin duda la más agradable de todas. No ha llegado su fama hasta nuestros días; pero esto no importa ni hace al caso, toda vez que apenas hemos tenido, como los tuvo Francia, *salones* célebres que fueran centro de hábiles tramas políticas. La tertulia o salón de Doña Jenara, que tal nombre se le daba, no tuvo importancia mayor como centro político ni podía tenerla en aquellos días; no era tampoco de primer orden por la riqueza de su dueña, y sus únicas preeminencias consistían en el buen gusto, en el trato amable, festivo, ligero y exquisitamente urbano, tan distante de la afec-

tada etiqueta como de la llaneza, en lo exquisito de los manjares, en la comodidad del servicio de estos, en la libertad un tanto excesiva de los juegos de
azar, y principalmente en la chispa inagotable de la charla ingeniosa, rica en
intención y en travesura. Era opinión común que allí no entraban los tontos.
Concurrían a la tertulia menos mujeres que hombres. De los poetas nuevos
no faltaba uno, y de la gente antigua y machucha iba toda la turbamulta
volteriana.

No quiere decir esto que la tertulia fuese un centro liberalesco, ni el volte-
rianismo significaba de modo alguno entonces ideas avanzadas en política;
por el contrario los más heterodoxos eran comúnmente los más *cangrejos*,
como solía decirse. Si algún color político dominaba en las reuniones era
el absolutista tolerante o ilustrado, el ideal monárquico con Carta a lo Luis
XVIII, habilidosa componenda de donde en tiempos más próximos había de
salir el Estatuto, y luego los moderados, doctrinarios, etc.

La dueña de la casa parecía complacerse en sostener equilibrio perfecto
entre el elemento apostólico y el reformista, pues ambos tenían algún adalid
en sus tertulias. Pero no todo era política. Casi casi las tres cuartas partes
del tiempo se invertían en leer versos y hablar de comedias, y la música
no ocupaba el último lugar. Después que algún aficionado tocaba al clave
una sonatina de Haydn o gorjeaba un aria de la *Zelmira* cualquier italiano
de los de la compañía de ópera, solía el ama de la casa tomar la guitarra,
y entonces... No hay otra manera de expresar la gracia de su persona y de
su canto sino diciendo que era la misma Euterpe, bajada del Parnaso para
proclamar el descrédito del plectro y hacer de nuestro grave instrumento
nacional la verdadera lira de los dioses.

Era hermosa sobre toda ponderación y mujer de historia. Estaba sepa-
rada de su esposo y no se le conocían desvaríos. Si alguien se aventuraba
a hablar de cosas que ofendieran su buen nombre, era tan por lo bajo que
aquellos vientecillos de murmuración apenas salían de un pequeño círculo.
Había viajado mucho y hablaba el francés con perfección, cosa que ya era
de grandísimo valor entre los elegantes. Existían en su vida pasajes misteriosos que nadie acertaba a explicar bien, y que, por el mismo misterio, se
trocaban en dramáticos; y finalmente, mariposeaban en torno a ella muchos
individuos con pretensiones de cortejos; pero aunque a todas horas le

echaban memoriales de suspiros o de galanterías, no dio ocasión a ninguno para que se creyera favorecido.

La danza no podía faltar en las tertulias. ¡Ah!, entonces el baile era baile, un verdadero arte con todos los elementos plásticos que le hicieron eminente en Oriente y Grecia, por donde parece natural mirarle como antecesor de la escultura. Entonces había caderas, piernas, cinturas, agilidad, pies y brazos; hoy no hay más que armazones desgarbadas dentro de la funda negra del traje moderno.

Al ver en estos últimos años a ciertos hombres eminentes que han sido (y los que viven lo son todavía) el *summum* de la gravedad en la magistratura, en la política y en el ejército, y al mirarles, repetimos, ora en el sillón presidencial del Senado, ora en el banco azul, ya vestidos con la toga de la justicia, ya con el respetabilísimo uniforme de generales, no hemos podido tener la risa considerando que vimos a esos mismos señores dando brincos y haciendo trenzados en el salón de doña Jenara con el más loco entusiasmo.

La política se trataba en aquella casa con toda la discreción que la época exigía. Ninguno de los sucesos que ocuparon la atención pública desde 1829 a 1831 dejó de tratarse allí, mezclándose los exteriores con los de casa, según los traía la revuelta corriente del tiempo. Allí se dijo cuanto podía decirse de la trascendentalísima Pragmática Sanción del 29 de marzo del 30, origen inmediato de varias guerras crueles, pretexto de esa horrible contienda histórica, secular, característica del genio español del siglo XIX y que no ha concluido, no, aunque así lo indiquen las treguas en que el pérfido monstruo toma aliento.

Esa batalla grandiosa en que han peleado con saña los ideales más hermosos y las tradiciones poéticas, los entusiasmos más firmes y las rancieredes más respetables, los intereses más nobles y los más bastardos, mezclándose en una y otra parte el legítimo anhelo de la reforma con la terquedad de la costumbre, el generoso vuelo del pensamiento con la noble exaltación de la fe; esa batalla, digo, estaba trabada hace tiempo en el corazón y en el pensar de España y tarde o temprano había de venir al terreno de las armas. Así tenía que ser por ley ineludible. Quiso el cielo que nuestra revolución fuera larga, sangrienta, toda compuesta de fieros encuentros, heroísmos, infamias y martirios, como una gran prueba; quiso que se desataran las pasiones en una guerra sin fin, empezada, concluida y vuelta a empezar y concluir en larga serie de años de zozobra.

Hay pueblos que se transforman en sosiego, charlando y discutiendo con algaradas sangrientas de tres, cuatro o cinco años, pero más bien turbados por las lenguas que por las espadas. El nuestro ha de seguir su camino con saltos y caídas, tumultos y atropellos. Nuestro mapa no es una carta geográfica sino el plano estratégico de una batalla sin fin. Nuestro pueblo no es pueblo sino un ejército. Nuestro gobierno no gobierna: se defiende. Nuestros partidos no son partidos mientras no tienen generales. Nuestros montes son trincheras, por lo cual están sabiamente desprovistos de árboles. Nuestros campos no se cultivan, para que pueda correr por ellos la artillería. En nuestro comercio se advierte una timidez secular originada por la idea fija de que *mañana* habrá jaleo. Lo que llamamos paz es entre nosotros como la frialdad en física, un estado negativo, la ausencia de calor, la tregua de la guerra. La paz es aquí un prepararse para la lucha, y un ponerse vendas y limpiar armas para empezar de nuevo.

Pues esta guerra, esta inquietud que ha llegado a ser en la madre patria como un crónico mal de San Vito, se declaró abiertamente, después de ciertos amagos, cuando se quiso averiguar quién sucedería en el trono a nuestro amado soberano, toda vez que era creencia general que se nos moriría pronto. Felipe V establece la ley Sálica y Carlos IV la deroga en secreto. Fernando VII quiere hacerlo en público y lo hace. El problema terrible, o sea la rivalidad de las dos ideas cardinales, encuentra al fin un hecho en que encarnarse, la sucesión. Tradición y libertad se miran y aguardan con mano armada y corazón palpitante lo que dirá la esfinge. La esfinge en aquellos críticos días es una reina en cinta.

¿Varón o hembra? He aquí la duda, la pregunta general, la esperanza y el temor juntos, la cifra misteriosa. Cuando llegó el día 10 de octubre de 1830, día culminante en nuestra historia, y retumbó el cañón llevando la alegría o el miedo a todos los habitantes de la Villa, el ingenioso cortesano de 1815, don Juan de Pipaón, entró sofocado y sudoroso en casa de Jenara. Venía sin aliento, echando los bofes, con la cara como un tomate, por la violencia del correr y de las emociones.

—¿Qué?... ¿qué es? —preguntó Jenara con calma.

Pipaón se dejó caer en un sofá y dándose aire con el pañuelo exclamó:

—¡Hembra!... España es nuestra.

—¡Hembra! —repitió Jenara—. ¡Pobre España!

VII

Excusado es decir que las fiestas sucedieron a las fiestas, que a la alegría oficial correspondió la del inocente pueblo y que la inmensa mayoría de este no comprendió la importancia extraordinaria del suceso, origen de tanto cañoneo y regocijos tantos. Se había arrojado la moneda al juego de *cara o cruz* y había salido *cara*. Los de la *cruz* estaban como es fácil suponer. Había que oírles en sus camarillas, conventículos y madrigueras oscuras. No se hablaba más que de las Partidas, del Auto acordado y de la Pragmática Sanción, y la palabra *legitimidad* se escribió en la oculta bandera.

Luego que Jenara y Pipaón dijeron lo que escrito queda, empezaron a llegar a la casa los amigos, unos contentos, otros reservados. Aquella misma noche leyeron algunos poetas los versos en que celebraban el feliz alumbramiento de la hermosa reina, y la señora de la casa obsequió a todos con espléndido *ambigú*, en el cual hubo tanta alegría y abundancia tal de exquisitos vinos, que algunos salieron a la calle con más soltura de lengua y más flaqueza de piernas de lo que fuera menester.

Por mucho tiempo los temas de política extranjera cedieron en la tertulia ante el grave tema de nuestros negocios. Ya no se habló más de la revolución de julio en Francia, asunto socorridísimo que dio para todo el verano y otoño, ni del nuevo reinillo de Grecia, ni del reconocimiento de Luis Felipe, ni de Polonia, ni aun siquiera del famoso decreto de 1.º de octubre, en el cual, para acabar más pronto con los llamados *negros*, se condenaba a muerte a todo el género humano o poco menos. Y la causa de esta barrabasada draconiana fue que el buenazo de Luis Felipe, viendo que aquí no le querían reconocer como Rey de los franceses, abrió la frontera a los emigrados y aun dícese que les dio auxilio y adelantó algunos dineros. Ellos que necesitaban poco para armarla, cuando se vieron protegidos por el francés, asomaron impávidos por diversas partes del Pirineo. Mina Valdés y Chapalangarra, acompañados de López Baños, Jáuregui Sancho y otros andantescos de la revolución aparecieron por Navarra. Cataluña vio en sus riscos a Milans y a Brunet, y por Roncesvalles vinieron Gurrea y Plasencia. En Gibraltar los más temibles aguardaban coyuntura para hacer un desembarco. Pero todos estos amagos no pasaron adelante. El gobierno acabó pronto con todas las partidas, y habiendo caído en la cuenta de que debía reconocer a

Luis Felipe, hízolo así, y Francia cerró la frontera. De este modo ha jugado siempre la buena vecina con nuestras discordias, y lo mismo será mientras haya discordias, emigrados y fronteras.

Muchas particularidades desconocidas del público y aun del gobierno en las frustradas intentonas, fueron sabidas de los tertulios de Jenara. En la casa de esta había un grupo que solía reunirse a solas presidido por la señora, y en él la confianza y la amistad habían apretado sus dulces lazos. Allí solían leerse algunas cartas venidas de Francia, no ciertamente con intento de conspirar, sino como mensajes de cariño. Vega (a quien ya no es conveniente llamar *Veguita*) contaba que Pepe Espronceda había estado en la frontera batiéndose al lado del bravo y desgraciado Chapalangarra. Todo lo sabía Ventura por una carta que recibió en noviembre y en la cual se referían las aventuras que le salieron a Espronceda desde que entró en Lisboa hasta que pasó el Pirineo, las cuales eran tantas y tan maravillosas que bastaran a componer la más entretenida novela de amores y batallas.

En Lisboa le metieron en un pontón donde se enamoró de la hija de cierto militar compañero de encierro. Este le parecía ya más que cárcel un paraíso, cuando me le cogieron y embarcándole en un pesado buque, me le zamparon en Londres. Allí vivió, mejor dicho, murió algún tiempo de tristeza y desesperación, cuando cierto día en que acertó a pasar por el Támesis vio que desembarcaba su amada. Días felices siguieron a aquel encuentro; pero cuáles serían las aventuras del poeta que tuvo que salir a toda prisa de Inglaterra y huir a Francia, donde encontró a muchos emigrados, y juntándose con ellos y con estudiantes y periodistas, empezó a alborotar en los clubs. Vinieron las célebres ordenanzas de Polignac contra los periódicos. Ya se sabe que de las ruinas de la prensa nacen las barricadas. Espronceda se batió en ellas bravamente, y sucio de pólvora y fango respiró con delicia y gritó con entusiasmo viendo por el suelo la más venerada monarquía del mundo, que con toda su veneración había caído ya tres veces con estruendo y pavor de toda Europa.

Espronceda no se contentaba con libertar a Francia. Era preciso libertar también a Polonia. Entonces era casi una moda el compadecer al pueblo mártir, al pueblo amarrado, desnacionalizado, cesante de su soberanía. La cuestión polaca fue llevada al sentimentalismo, y al paso que se hicieron innumerables versos y cantatas con el título de *Lágrimas de Polonia*, se formaban ejércitos de patriotas para restablecer en su trono a la nación destituida. El que cantó al Cosaco se alistó en uno de aquellos ejércitos, que en honor de la verdad más tenían de sentimentales que de aguerridos. Pero afortunadamente para el poeta, Luis Felipe que como Rey nuevecito quería estar bien con todo el mundo, incluso con los rusos, prohibió el alistamiento. A la sazón el banquero Lafitte daba (con mucho sigilo se entiende), dinero y armas a los emigrados españoles para que vinieran a meter cizaña a la frontera. En esto era correveidile del francés que deseaba probar a España los inconvenientes de no reconocer a los reyes nuevos. Espronceda, que se ilusionaba fácilmente como buen poeta, al ver los aprestos de la emigración creyó que ya no había más que entrar, combatir, avanzar, ganar a Madrid, repetir en él las jornadas de julio y quitar a Fernando el dictado de rey de España para llamarle *de los españoles*, trocándolo de absoluto y neto en soberano popular, *bourgeois, bonnet de coton* o como quisiera llamársele. Ya se sabe el término que tuvieron estas ilusiones. Después de las escaramuzas quedamos, con el sanguinario decreto de octubre, más absolutos, más netos, más apostólicos, más *narizotas* y más *calomardizados* que antes.

Si Vega y otros de los tertulios recibían de peras a higos alguna carta, Jenara las tenía constantemente y con puntualidad, cosa notable en un tiempo en que la correspondencia o no circulaba o circulaba después que la paternal policía se enteraba bien de su contenido para evitar camorras. La correspondencia de Jenara se salvaba por mediación del gran Bragas, que la sacaba incólume del correo, y al mismo tiempo recibía de él numerosas confidencias de sucesos más o menos misteriosos. De estas confidencias muchas no le servían para nada, otras las utilizaba para favorecer a los amigos que caían en desgracia del gobierno, y de todas tomaba pie para burlarse a la calladita de Calomarde, personaje a quien estimaba lo menos posible[2].

Habían pasado muchos días desde el nacimiento de la princesa de Asturias, esperanza de la patria, cuando Pipaón fue a ver a Jenara y le anunció con misterio que tenía que comunicarle cosas de importancia.

---

2   Véase *Los cien mil hijos de San Luis.* (N. del A.)

—O yo no soy quien soy —dijo sentándose junto a ella en el gabinete—, o yo he perdido el olfato, o nuestro endemoniado amigo está en Madrid.

—¿Será posible? ¡En Madrid!... ¡qué locura!, ¡y sin ponerse bajo nuestra protección! —exclamó la dama palideciendo un poco.

—Yo no le he visto; pero hay en Gracia y Justicia algunos datos que permiten creer que está aquí... Y no habrá venido seguramente a matar moscas. Algún jaleo lindísimo traen entre manos esos bribones, que no quieren dejarnos en paz. El Gobierno teme algo en Andalucía, por lo cual no hay carta que no se abra ni vivienda que no se registre. Manzanares, Torrijos y Flores Calderón andan por allá preparando algo, y al fin, tanto va a la fuente el cántaro de la represión que en una de estas se rompe...

—¡Sangre... horca! —dijo maquinalmente Jenara mirando al suelo.

—Don Tadeo pierde cada día su fuerza, y el Rey se está haciendo todo mantecas a medida que la gente de orden y el respetabilísimo clero ponen los ojos en el Infante, única esperanza de esta nación francmasonizada y hecha trizas por el ateísmo. Ya no es nuestro Rey aquel hombre que se ponía verde siempre que le hablaban de liberalismo. Con los achaques y el mal de ojo que le ha hecho la reina, pues el amor que le tiene parece maleficio, está más embobado que novio en vísperas. Doña Cristina sabe a dónde va y dulcifica que te dulcificarás, está haciendo la cama al democratismo. Ya se habla de amnistía, de abrir la puerta a los lobos, señora, y traernos otros tres añitos como los de marras.

Al decir esto, el ilustre don Juan, inflamado en patriótica ira, dio un porrazo en el suelo con la contera de su bastón, añadiendo luego:

—Pero no será, no será; que antes que doblar el cuello a las melifluidades pérfidas de la napolitana, antes que dejarnos llevar por ella a la ratonera liberalesca, echaremos a rodar Pragmática y reina y la *áurea cuna de la angélica Isabel*, como dicen esos menguados poetastros, y habrá aquí un Vesubio, señora, un Etna...

La señora no le hizo caso y seguía meditando.

—Se levantará la nación —dijo el cortesano levantándose de la silla para expresar emblemáticamente su idea—, y veremos cuántas son cinco. Tenemos un príncipe varón, sabio, religioso, honesto; tenemos doscientos mil voluntarios realistas que se beberán el ejército como un vaso de agua, tenemos el reverendo clero con los reverendísimos obispos a su cabeza; tenemos el apoyo de la Europa, que, fuera de la nación francesa, marcha por las vías apostólicas. ¡Viva el señor Don...!

—¡Silencio! —indicó la dama—. No me atormente usted con su entusiasmo. Estoy de apostólicos hasta la corona y deseo que los *kirie-eleysones* del cuarto de don Carlos no lleguen hasta mi casa trayéndome el olorcillo a sacristía que tanto me enfada... Pasando a otra cosa, ¿sabe usted que es temeridad venir a Madrid sin ponerse bajo nuestro amparo?... Yo le ofrecí mi protección para que viniera... Sin ella está en grandísimo peligro y tan bien ahorca a Juan como a Pedro.

—Exactamente. ¿Pero le ha visto usted hacer cosa alguna que no fuera temeridad, locura y disparate?

—Trabajo le doy a quien intente averiguar dónde está escondido —dijo la dama sin cuidarse de disimular su inquietud—. ¿Será posible averiguarlo?

—Muy posible —repuso Pipaón soplando fuerte; que era en él signo claro de legítimo orgullo—. Como que ya tengo si no averiguado, casi casi...

—¿De veras? Estará en casa de algún amigo.

—Que te quemas... Digo, que se quema usted.

—¿En casa de Bringas?

—No.

—¿En casa de Olózaga?

—Nones.

—¿En casa de Marcoartú?

—Requetenones... En suma, señora mía, yo no sé fijamente dónde está; pero tengo una presunción, una sospecha...

—Venga... Si no me lo dice usted pronto, le contaré a Calomarde sus picardías.

—No por la amenaza de usted sino por mi cortesía y deseo de complacerla le diré que me tendré por el más bobo, por el más torpe de los cortesanos de este planeta si no resultase que nuestro temerario trapisondista está en casa de Cordero.

—¡En casa de Cordero!

La dama pronunció estas palabras con asombro y quedó luego sumergida en el mar de sus pensamientos, sin que los comentarios de Pipaón lograran sacarla a la superficie.

—¿Estorbo? —dijo al fin el cortesano advirtiendo que la dama no le hacía más caso que a un mueble.

—Sí —repuso ella con la franqueza que tanta gracia le daba en ocasiones.

—¿Va usted de paseo?

—No... Me duele la cabeza... Abur, Pipaón, no olvide usted mis recomendaciones, a saber: la canonjía, la canonjía, Santo Dios, que esos benditos primos me tienen loca... la bandolera para el sobrino del canónigo; que su familia no me deja respirar... El pronto despacho en la censura de teatros de ese nuevo drama traducido por el busca-ruidos... En fin, no sé qué más. Esto no es casa, es una agencia.

Despidiose Pipaón después de prometer activar aquellos asuntos, y la dama, al punto que se vio sola, empezó a vestirse con gran prisa y turbación. Le había ocurrido que aquel día necesitaba de ciertos encajes y no quería dilatar un minuto en ir a comprarlos.

VIII

A pesar de su amor a la vida inalterable y metódica, don Benigno no veía con gusto que transcurriese el tiempo sin traer cambios o novedades en su existencia. Es que se había amparado del alma del héroe cierto desasosiego o comezoncilla que le sacaba a veces de su natural índole reposada. A menudo se ponía triste, cosa también muy fuera de su condición, y sufría grandes distracciones, de lo que se asombraban los parroquianos, los amigos y el mancebo.

En la casa no había más variaciones que las que trae consigo el tiempo: los muchachos crecían, los pájaros se multiplicaban, los gatos y perros se rodeaban de numerosa y agraciada prole, Crucita gruñía un poco menos y Sola había engrosado un poco más.

De todos los amigos de Cordero el más querido era el buen padre Alelí, de la orden de la Merced, viejísimo, bondadoso, campechano. Era de Toledo como don Benigno y aun medio pariente suyo. Le ganaba en edad por valor de unos treinta años, y acostumbrado a tratarle como un chico desde que Cordero andaba a gatas por los cerros de Polán, seguía llamándole, por inveterado uso, *chicuelo, Don Piojo, harto de bazofia, el de las bragas cortas*. Cordero, por su parte, trataba a su amigo con mucho desenfado y libertad, y como las ideas políticas de uno y otro eran diametralmente opuestas y Alelí no disimulaba su absolutismo neto ni Cordero sus aficiones liberalescas, se armaba entre los dos cada zaragata que la trastienda parecía un Congreso. Felizmente toda esta bulla acababa en apretones de manos, risas y platos de migas al uso de la tierra, rociadas con vino de Yepes o Esquivias.

He aquí un modelo de conversación Alelí-Corderesca:

—Buenos días, Benignillo. ¿Cómo vas de *régimen nefando*?

—Padre Monumento, vamos tal cual. Los del régimen se entretienen en tirarse coces unos a otros y no se acuerdan de perseguirnos.

—Don Fulastre, don Piojo, el asno será él. ¿Sabes algo del nuevo Papa que tenemos, Gregorio XVI, el cual, o no será tal Papa o no dejará un Rey liberal en toda la Europa?

—¡Barástolis! No sé más sino que allá me las den todas y que le beso las manos a mi señor Don Gregorio como católico que soy.

—¿Católico y jacobista? Átame esa mosca. Oye, tú, *el de las bragas cortas*; ¿qué pasaje leíste anoche?

—Tío Latinajo, leí el pasaje que dice: *He visto en la religión la misma falsedad que en la política. No hay religión, por buena que sea, que no haya derramado sangre inocente.*

—Sigue, que me muero de risa. Eres un filósofo de agua y lana. Cuando acabes de volverte loco con tu *Emilio* saldremos a enseñarte en las ferias a dos cuartos por barba. Ven acá, almacén de sandeces y tienda de majaderías, ¿qué sabes tú lo que es religión?

—Me lo enseñan los de sayo y sandalia, a quienes se puede decir... «*Je, je, son tontos y piden para las ánimas.*»

—Cuando tú y tus amigos los liberales herejes os desocupéis de la paliza que os están dando en toda la Europa, y soltéis el ronzal para formar Congreso y decir: «señor presidente, pido el rebuzno», no faltará quien os enseñe a hablar con respeto de las cosas sagradas.

—Día vendrá en que rompamos el ronzal, padre difinidor, y entonces difiniremos la *conventualla*, diciendo: *Al fraile hueco, soga verde y almendro seco.*

—También se dijo: *Donde las dan las toman.*

—Y también: *Cuentas de beato y uñas de gato.*

—¡Ah!, mercachifle, si fueras bueno no serías rico. Esas sí que son uñas de gato, que es como decir de filósofo.

—No sé si se dijo por mí aquello de *A la puerta del rezador nunca eches tu trigo al Sol.*

—Ladrón y rapante tú; mas no nosotros, que de limosna vivimos.

—¿De limosna, eh? ¡Ah!, señor *don Cepillo de Ánimas*, qué bien dijo el que dijo: *Reniego de sermón que acaba en daca.*

—Yo he oído que tienes la cabeza a pájaros.

—A propósito de pájaros. Yo he oído que el *abad y el gorrión dos malas aves son.*

—Mira, Benigno —dijo Alelí cuando el tiroteo llegaba a este punto—, vete al mismo cuerno, y echa acá un cigarrillo.

Cordero alargó su petaca al fraile, diciéndole:

—A la paz de Dios. Viva mil años mi fraile.

—¿Cómo están hoy tus nenes? —preguntó Alelí encendiendo su cigarro—. Lo de Rafaelillo resultó indigestión como te dije, ¿no es verdad? Dale hojas de Sen y créeme.

—No solo de Sen sino de Can y Jafet se las ha dado Cruz, que tiene en casa el herbolario más completo de Madrid.

—¿Ha parido la podenca?

—Todavía, no; pero parirá su merced. Para ser un Retiro a esto no le falta más que el estanque; que de animales y hierbas tenemos cuanto Dios crió, sin que falte el león, que es mi hermana... ¡Ah!, me olvidaba: las perdices que traje ayer las están aderezando a la toledana, a lo Castañar puro. Si viene usted tendremos para diez perdices cuatro.

—¿Pues no he de venir, hombre de Dios? señor don *Ladrón de encajes*. No faltaba más sino desairar a la tierra... ¿Hoy?

—Hoy. Además yo tengo que hablar con usted de un asunto grave.

Al decir esto, Cordero tomó un aire de seriedad y de temor, que puso en gran curiosidad al padre Alelí.

—¿Un asunto grave? No será el primero que me consultas.

—Pero es seguramente el más delicado, el más peliagudo. Necesito consejo y ayuda.

—Para eso estoy yo. Vengan esos cinco.

Se estrecharon las manos, y Cordero besó las flacas y temblorosas del anciano fraile con mucho cariño.

—El mal camino andarlo pronto, y pues esto urge, tratémoslo ahora.

—Cuando quieras hijo. A bien que ambos somos toledanos y parientes.

—¡Viva la Virgen del Sagrario! —dijo Cordero con emoción—. Es temprano: ahora viene poca gente. El chico se quedará en la tienda. Subamos a mi cuarto y hablaremos.

—¿Es cosa larga?

—Primero una confesión, un secreto, que si no lo suelto pronto, creo que me hará daño; después un consejo sobre lo que se ha de hacer, y por último... A ver si se luce el buen padre *Engarza-credos* con una comisión delicada.

—Vamos, por el hábito que visto, que estoy curioso.

Salieron. Media hora después, don Benigno y su amigo reaparecieron en la trastienda. El comerciante traía el semblante alegre y las mejillas más que de ordinario encendidas. Alelí movía su cabeza con más nerviosidad y temblor que de ordinario, y al despedirse de su paisano, le dijo:

—Me parece muy bien, Benigno de mi corazón. Yo quedo encargado de arreglarlo.

IX

Dulce melancolía inundaba el alma pura del buen Cordero. Pareciale que todo lo de la tienda, incluso el feo hortera, concordaba con el estado de su espíritu, tiñéndose de inexplicable color lisonjero, y que había una sonrisa general en todo lo externo, como si cada objeto fuera espejo en que a sí propio se miraba. Para más dicha, hasta hubo muchas ventas aquel día, que fue, si no estamos mal informados, uno de los de febrero del año de 1831, al cual se podría llamar, como se verá más adelante, el año sangriento.

Serían las once cuando entró en la tienda una dama y tomó asiento. Era parroquiana y amiga. Don Benigno la saludó y al punto empezó a sacar género y más género, blondas de Almagro, Valenciennes, Bruselas, Cambray, Malinas, en tal abundancia y variedad que no parecía sino que la señora iba a llevarse todo Flandes a su casa.

—¡Qué carero se ha vuelto usted!... Ya no vuelvo más acá... Me voy a casa de Capistrana... ¿Cincuenta y seis reales?, ¡qué herejía!... Esto no vale nada... Es imitación... Vaya una carestía... No doy más que tres onzas por todo.

—No es sino muy barato... Por ser usted lo llevará en cincuenta duros todo... ¿Capistrana? No hay allí más que maulas, señora... Volverá usted por más... Es legítimo de Malinas... lo recibí la semana pasada. Este encaje de Inglaterra me cuesta a mí veinticuatro. Pierdo el dinero.

—Lo que pierde usted es la caridad... ¡Santo Dios, cómo nos desuella! Así está más rico que un perulero... Con estos precios que aquí usan, ¡ya se ve!, no es extraño que se compren casas y más casas.

Tantos dimes y diretes concluyeron con que la dama pagó en buenas onzas y doblones. Mientras Cordero empaquetaba las compras para mandarlas a la casa de la señora, esta le preguntó si era cierto que se había hecho propietario de la finca donde estaba la tienda, y como el encajero le contestara que sí, la parroquiana aparentó alegrarse mucho diciendo:

—Precisamente estoy muy descontenta del cuarto en que vivo y deseo mudarme. ¿No viven en este principal los de Muñoz? ¿No se van de Madrid? Pues si dejan la casa yo la tomo.

—Mucho me alegraré —replicó el héroe—. Pero me figuro que mi principal será pequeño para quien tanto lujo tiene y a tanta gente recibe en sus tertulias.

—¡Oh!, no... pienso reducirme mucho y vivir más para mí que para los otros —dijo la dama con mucha gracia—. Estoy cansada de poetas, de mazurcas y de chismes políticos. El Gobierno ha principiado a mirar con malos ojos mis reuniones, a pesar de que mi absolutismo pasa por artículo de fe. Ya sabe usted lo que es Calomarde y toda esa gente: van de exageración en exageración... Están ciegos. El poder absoluto es como el vino, una cosa muy buena y un vicio, según el uso que de él se haga. No lo dude usted, esa gente está borracha, y mientras más bebe y más se turba más quiere beber. El año comienza mal, y según dicen, las conspiraciones arrecian y el Gobierno no se para en pelillos para ahorcar.

—No faltará tampoco quien amanse y dulcifique —dijo Cordero apoyando sus codos en el mostrador para atender mejor a un tema tan de su gusto—. La reina...

—¡Oh!, sí, la reina... —exclamó la dama con ironía—. Sus dulcificaciones, de que tanto se ha hablado, son pura música. Ya lo ve usted, ha fundado un Conservatorio por aquello de que *el arte a las fieras domestica*. Me hace reír esto de querer arreglar a España con músicas. Al menos el Rey es consecuente, y al fundar su escuela de Tauromaquia, cerrando antes con cien llaves las Universidades, ha querido probar que aquí no hay más doctor que Pedro Romero. Eso es, dedíquese la juventud a las dos únicas carreras posibles hoy, que son las de músico y torero, y el Rey barbarizando y la reina dulcificando nos darán una nación bonita... ¡Ah!, me olvidaba de otra de las principales dulcificaciones de Cristina. Por intercesión de ella ¡oh alma generosa!, se va a suprimir la horca para sustituirla ¡enternézcase usted, amigo Cordero!... para sustituirla con el garrote... No sé si en el Conservatorio se creará también una cátedra de dar garrote... Con acompañamiento de arpa.

Don Benigno se rió de estas despiadadas burlas; mas lo hizo por pura galantería, pues siendo entusiasta admirador de la joven y generosa reina, no admitía las interpretaciones malignas de su parroquiana.

—Ello es, querido don Benigno —añadió esta— que yo he determinado quitarme de en medio. Presiento no sé qué desgracias y persecuciones. Deseo una vida retirada y oscura. No más tertulias, no más versos dedicados a bodas reales, embarazos de reinas y nacimientos de princesas, no más murmuración ni secreto sobre lo que no me importa. Si su casa de usted me gusta, a ella me vengo y en ella me encierro... Decidido, señor de Cordero.

—Como buena y cómoda no hay otra en Madrid.

—Yo quisiera verla.

—Lo haré presente al señor de Muñoz y de seguro me dará permiso para que usted la vea.

—No, no se moleste usted —dijo la dama, observando con atención el rostro de Cordero, por ver si se turbaba—. ¿No son iguales todos los pisos?

—Todos enteramente iguales.

—Pues enséñeme usted el entresuelo donde usted vive... Pero ahora mismo. Tengo prisa. Quiero decidir de una vez.

Levantose resueltamente dirigiéndose a alzar la tabla del mostrador para pasar a la trastienda. De aquel modo brusco y ejecutivo hacía ella todas sus cosas.

—No hay inconveniente, señora —dijo Cordero manifestando más bien agrado que contrariedad—. Pero la señora me permitirá que no la acompañe, porque tendría que dejar la tienda sola. El chico no está.

—No faltaba más sino que también conmigo gastara usted cumplidos. Quédese usted... Subiré sola, ya sé el camino... por esta escalerilla...

—¡Sola!... ¡Cruz!... —gritó don Benigno desde el primer peldaño.

La dama subió con ágil pie por la escalera, la cual era tan estrecha que en la angostura de las paredes se le chafaron a la señora las huecas mangas de jamón, y el chal de cachemira se le resbaló de los hombros.

En aquel mismo momento Crucita estaba limpiando jaulas y soplando la paja del alpiste, sin parar un momento en su conversación con todos los pájaros, la cual era un lenguaje compuesto de suavísimas interjecciones cariñosas, de voces incomprensibles, cuyas variadas inflexiones no expresaban ideas, sino un vago sentimiento de arrullo o los apetitos y anhelos del instinto. Era aquella charla como los rudimentos o albores de la palabra humana cuando el hombre pegado aún a la Naturaleza por el cordón umbilical de la barbarie, desconocía las relaciones sociales. ¡Oh!, ¡qué dato para aquel filósofo que tenía en don Benigno el más entusiasta de sus admiradores! Oyendo hablar a doña Crucita con los habitantes enjaulados de su selva de balcón, Rousseau habría comprendido mejor el estado feliz y perfecto del hombre, y su amigo Voltaire se habría puesto de cuatro pies para practicar, no de burlas, sino de puras veras, las teorías del autor del *Contrato*.

Doña Cruz era una mujercita seca y bastante vieja, muy limpia, fuerte y dispuesta como una muchacha, lista de pies y manos, con la cabeza medio escondida dentro de una escofieta que parecía alzarse y bajarse con el mover de la cabeza, como las moñas o tocas de ciertas aves. Para mirar daba a la cara un brusco movimiento lateral, lo mismo que los pájaros cuando están azorados o en acecho. Fuera por la asociación de ideas o por verdadera semejanza, ello es que al verla daban ganas de echarle alpiste.

Interrumpida en lo mejor de su faena, doña Cruz se escandalizó, se asustó, aleteó un tanto con los bracitos flacos, miró de lado, graznó un poquillo. Al mismo tiempo dos, tres o quizás cuatro perrillos se abalanzaron a la dama, ladrando y chillando, rodeándola de tal modo que si fueran mastines en vez de falderos, la dejarían malparada. La cotorra y el loro ponían en aquel desacorde tumulto algunos comentarios roncos que aumentaban la confusión. La dama expresó el objeto de su subida al entresuelo, mas como Crucita no podía oírla, fuele preciso alzar la voz, y con esto alzaron la suya los perros, mayaron los gatos, se enfadaron cotorra y loro y los pájaros prorrumpieron en una carcajada estrepitosa de cantos y píos. Mientras más gritaba la turba animalesca más se desgañitaba doña Cruz diciendo: «¿Qué se le ofrece a usted? ¿Por quién pregunta usted?» Y a cada subida del diapasón de la vieja más elevaba el suyo la señora, mientras don Benigno desde la escalera gritaba sin que le escucharan: «¡Cruz! ¡Sola!» armándose tal laberinto que sin duda hubiera parado en algo desagradable si no se presentara afortunadamente la *Hormiga* a desvanecer aquella confusión, imponiendo silencio y enterándose de lo que la dama quería.

Sorprendida y algo cortada estaba Sola ante aquel brusco modo de ver casas, y pasado el asombro primero dio en sospechar que otra intención distinta de la manifestada tenía la dama. Aunque esta le inspiraba miedo, por figurársele que su presencia le anunciaba alguna trapisonda, quiso disimular su temor. Tan bien lo consiguió, que la señora empezó a sorprenderse a su vez de hallar en la protegida de Cordero un semblante tan festivo, un ánimo tan sereno y tal disposición a la complacencia, que dijo para sí con despecho y tristeza: —O esta disimula mejor que yo, o no hay aquí hombre escondido ni cosa que lo valga.

X

Vieron la casa toda, que la señora encontró más pequeña de lo que creía y bastante oscura en lo interior. Después Sola, que no había tenido tiempo de echarse un mantón por los hombros, ni aun de quitarse el delantal, que era su librea de gala por las mañanas, acompañó a la señora a la sala para que descansase y le pidió indulgencia por el mal pergenio con que la recibía. Considerándose ella como una especie de ama de gobierno más bien que como dueña de la casa, su posición frente a la otra era, en verdad, un poco desairada. Pero no le importaba nada ser allí un poco más o menos señora, y sentándose a cierta distancia de la visitante, esperó a que Crucita o el mismo don Benigno vinieran a relevarla de su señorío provisional. Crucita se había encerrado en el gabinete para colgar las jaulas y echar agua a los tiestos, y no se cuidaba de que hubiese o no en el estrado una persona extraña. Cordero estaba vendiendo, y tampoco podía subir.

En cambio, Juanito Jacobo se adelantaba lentamente pegado a la pared y rozándose con las sillas, como una babosa que marcha pegada a las piedras de una tapia. Con el ceño fruncido, un dedo en la boca y ambas manos teñidas con la pintura de un caballejo de palo, a quien acababa de dar un baño en la cocina, miraba a Sola y a la otra señora, esperando que cualquiera de ellas le llamase.

—¿Es este el niño más pequeño de don Benigno? —preguntó la dama.

—Sí, señora... iy es tan malo!... Ven acá, chico, ven; saluda a esta señora.

El muchacho no se hizo de rogar y vino con ademán de recelo y azoramiento, metiéndose, no ya el dedo, sino toda la mano dentro de la boca. La abundante pintura negra y roja que en los dedos tenía se le pasó a los labios y carrillos.

—Estás bonito por cierto... pareces un salvaje —le dijo Sola—. ¿No te da vergüenza de que te vean así, grandísimo tunante?

—No le riña usted.

—iEh!... No te acerques a la señora con esas manazas puercas... Tira ese caballo, que está chorreando pintura. Le ha dado ahora por lavar todo lo que encuentra, y el otro día metió en la tinaja las gafas de su padre.

—Es un fenómeno de robustez esta criatura —afirmó la señora acariciándole.

—Eso sí; está más sano que una manzana y come más que un sabañón —dijo Sola apretándole una nalga y dándole un palmetazo en el cogote para que por el chasquido de las carnazas del chiquillo juzgase la señora de su robustez.

Parecía una madre en plena manifestación de su orgullo de tal.

Juan Jacobo miró a la señora con expresión de desvergüenza, la cual se aumentaba con los manchurrones de su cara.

—¿Quieres mucho a esta señorita? —le preguntó la dama, dándole un golpe con su abanico.

El muchacho, que apoyaba sus codos en la rodilla de Sola, alzó la pierna para montarse arriba.

—No, no, fuera, fuera... —dijo Sola quitándose de encima la preciosa carga—. No faltaba más... A fe que es chiquito el elefante para llevarlo en brazos... Quita allá, mostrenco.

—¿Un hombre como tú no tiene vergüenza de que le coja en brazos una mujer? —le dijo la señora riendo.

—¡Le tenemos tan mimoso...! —dijo Sola con naturalidad—. Como es el más pequeño... Su padre está medio bobo con él, y yo...

No pudo seguir porque el muchacho, que era tan ágil como fuerte, saltó de un brinco sobre las rodillas de Sola y echándola los brazos al cuello la apretó fuertemente.

—Ya ve usted... —dijo ella—, me tiene crucificada este sayón... Si le dejaran estaría así todo el día... Vaya, vaya, basta de fiestas... Sí, sí, ya sé que me quieres mucho. Haz el favor de no quererme tanto... Abajo, abajo... ¡Qué pensará de ti esta señora! Dirá que eres un mal criado, un niño feo...

—No extraño que los hijos de Cordero la quieran a usted tanto... —manifestó la dama—. Es usted tan buena, y les ha criado con tanto esmero... Así está don Benigno tan orgulloso de usted, y así no concluye nunca cuando empieza a elogiarla. ¡Cómo la pone en las nubes!... Y verdaderamente el amigo Cordero ha encontrado una joya de inestimable precio para su casa. Yo creo que en el caso presente el agradecimiento le corresponde a él más bien que a usted.

Sola protestó de esta idea con exclamaciones y también con movimientos negativos de cabeza.

—¿Pues qué ha hecho usted sino sacrificarse? —añadió la dama—. Bien podría vivir hoy, si lo hubiera querido, en otra posición, en otro estado, que de seguro sería más independiente... pero dudo que fuera más tranquilo y feliz.

—No creo que para mí pudieran existir posición ni estado mejores que los que ahora tengo —repuso la *Hormiga* con sequedad.

—Verdaderamente así es, porque, si no recuerdo mal, usted se encontró después de la muerte de su señor padre, sola y abandonada en el mundo. Me parece haber oído que alguien la protegió a usted en aquellos días; pero como andando el tiempo, ese alguien o se murió o desapareció o no quiso acordarse más de usted, el resultado es, hija mía, que su orfandad no ha tenido verdadero y seguro amparo hasta que este angelical don Benigno la trajo a su casa. En él tiene usted un padre cariñoso... ¡Oh!, páguele usted con un cariño de hija y no busque fuera de esta casa otros afectos ni otro estado de mejor apariencia. Cuidado con casarse; no cambie usted el arrimo de este santo varón por el de cualquier hombrecillo que no sepa comprender su mérito.

Siguió apurando el tema la señora y vino a parar en una filípica contra los hombres, sin especificar si la merecían en el concepto de maridos o en el de novios o cortejos; pero deteniéndose de repente, se echó a reír.

—Mas usted dirá que le doy consejos sin que me los pida y que hablo de lo que no me importa.

—No, señora; todo lo que usted dice me parece muy puesto en razón, y es natural que dé el consejo quien tiene la experiencia... Estate quieto, por amor de Dios, chiquillo...

—Bien, bien —dijo la dama riendo otra vez—. En fin, señora, yo estoy molestando a usted y quitándole el tiempo...

—De ningún modo.

Levantáronse ambas.

—Tiene una hermosa sala el amigo Cordero —indicó la señora alargando la mano a Sola, y observando al mismo tiempo las cortinas blancas, las rinconeras, los candeleros de plata y las plumas de pavo real—. La parte de la casa que da a la calle me parece muy bonita... En fin, en mí tiene usted una servidora... Adiós, hermoso; dame un beso... ¡Ah!, ¿no sabe usted lo que me ocurre en este momento?

La señora que ya iba en camino de la puerta, se detuvo, retrocedió algunos pasos y mirando a Sola fijamente, le dijo así:

—Me olvidaba de hacer a usted una pregunta.

Sola esperó, palideciendo un poco, por sentir corazonada de que la tal pregunta iba a ser de cosa triste. Su instinto zahorí lo adivinaba y parecía leer en los ojos de la hermosa dama la pregunta misma con todas sus palabras antes de que la primera de estas fuese pronunciada.

—Dígame usted —preguntó la señora, afectando poco interés—, aquel caballero, aquel joven, aquel, en fin, a quien usted llamaba su hermano, ¿dónde está?

—No lo sé, señora —replicó Sola pasando bruscamente de la palidez al rubor—. Hace tiempo que no sé nada.

—¿Vive, o qué es de él?

—No sé una palabra. Hace dos años que no me escribe... ¿Usted sabe algo?

El rubor desapareció en ella dejándola en su natural color y aspecto tranquilo.

—Dos años justos hace que tampoco sé nada... Es muy particular...

Para la astuta dama no pasó inadvertida la circunstancia de que si la joven se turbó al recibir la primera impresión de la pregunta, supo contestar con serenidad a ella. Ya fuese por disimulo, ya porque realmente se interesaba poco por el personaje recordado tan bruscamente, no se afectó como la otra creía.

—O está aquí —pensó la dama—, y la muy pícara lo oculta con admirable disimulo, o si no está, ella no se cuida ya de él para maldita la cosa.

—Quiero ser franca con usted —dijo después de ligera pausa, en que la miró a los ojos como se miraría en un espejo—. Me dijeron hace días que estuvo en Madrid y que don Benigno le había ocultado en su casa.

—¡Aquí!... ¡señora! —exclamó Sola echando sorpresa por sus ojos con tanta naturalidad que la dama no pudo menos de sorprenderse también—. La han engañado a usted... Apuesto a que Pipaón... ¡Ah!, ese buen don Juan miente más que habla... Todos los días viene contando unas patrañas que nos hacen reír. En cuanto a ese desgraciado, yo creo que no puede ocultarse aquí ni en ninguna parte...

—¿Por qué?

—Yo tengo mis razones para creer... Sí, bien lo puedo asegurar casi sin temor de equivocarme: mi hermano ha muerto.

Parecía que iba a llorar un poco; pero no lloró ni poco ni mucho. La dama vaciló un momento entre la emoción y la incredulidad. Llevose el pañuelo a la boca como si quisiera poner a raya los suspiros que contra todas las leyes del disimulo querían echarse fuera, y dijo esto:

—¡Válganos Dios, y cómo mata usted a la gente!... Con permiso de usted no creo...

¡Horrible y nunca oída algazara! Quiso el Demonio, o por mejor hablar, doña Crucita, que en el momento de decir la señora *no creo*, se abriese la puerta del gabinete y diera salida a dos falderillos, un doguito y un pachón que soltando a un tiempo el ladrido atronaron la sala; y como por la misma puerta venía el chillar de los pájaros, y como de añadidura subían por la angosta escalera los tres chicos de Cordero, procedentes de la escuela, se armó un estrépito tal que no lo hiciera mayor la diosa misma de la jaqueca, caso de que pueda haber tal diosa. Los perros se tiraban a acariciar a los Corderillos, los Corderillos a los perros y en medio del tumulto se oyó la pacífica voz de don Benigno que también por la escalera subía diciendo: «orden, silencio, compostura, que hay visita en casa.»

Detrás de don Benigno apareció la figura de Zurbarán a quien llamaban padre Alelí, y con el furor que los chicos ponían en besar la mano del padre y la correa del amigo, se aumentó el estruendo, porque los perros también querían dar pruebas de su veneración con ladridos. Al fin, para que nada faltara, apareció doña Crucita echando toda la culpa de la bulla a los muchachos, y les llamó *perros*, y a los perros *nenes* y a su hermano *borrego de Cristo* y a Sola *Doña Aquí me estoy*, y al buen fraile el *Zancarrón de Mahoma*.

—Cállate, *Cruz del Mal Ladrón* —dijo Alelí riendo—, y guarda adentro toda esta jauría del Infierno... ¡Oh! Cuánto bueno por aquí. Sí, ya me ha dicho Benigno que había subido usted a ver la casa. ¿Y qué tal? Tiene magníficas vistas nocturnas el patio, y en jardines colgantes no le ganaría Babilonia, así como en diversidad de alimañas no le ganaría el África entera.

La dama habló un momento de las condiciones de la casa; después se despidió para marcharse, porque era la una, hora sacramental de la comida.

—Un momento, señora —dijo don Benigno, ahuyentando a sus hijos y a los perros—. Aquí tiene usted al buen Alelí con más miedo que un masón delante de las comisiones militares. Usted que tiene valimiento puede sacarle de este apuro. Figúrese usted...

—Nada, nada, señora —dijo Alelí nerviosamente, con extraordinaria recrudescencia en el temblor de su cabeza sobre el cuello que parecía de alambre—. No es más sino que hace un rato se ha metido por la puerta de mi celda un emigrado, un terrible *democracio* que se ha colado en España sin pedir permiso a Dios ni al Diablo, y con palabras angustiosas me ha rogado que le ampare y le esconda allí...

—¿Y qué es un *democracio*? —preguntó la dama riendo.

—Un perdis, un masón, un liberalote, un conspirador, un *democracio*, así les llamamos.

—¿Y cuál es su nombre?

—Eso, señora —dijo Alelí con gravedad—, no lo revelaré, pues aunque estoy decidido a no tenerle oculto más que el tiempo necesario para que reciba contestación escrita de los que puedan o quieran protegerle mejor, no cantaré quién es, aunque me ahorquen. Confío en la discreción de todos los presentes. Bien saben que no amparo conspiradores contra mi rey y la religión que profeso, y si a este he amparado, hícelo porque me juró que no venía acá para armar camorra, sino para corregirse y vivir pacíficamente, confiado en el perdón que espera alcanzar de Su Majestad.

—Sabe Dios a qué vendrá mi hombre —dijo Cordero, gozándose en aumentar el susto de su amigo—. Me parece que de la Trinidad Calzada van a salir sapos y culebras si Calomarde no da una vuelta por allí.

—Yo me lavo las manos... y callandito, que estamos hablando más de la cuenta. Benigno, a comer se ha dicho. Esta señora nos va a acompañar a hacer penitencia.

Rehusando los obsequios e invitaciones de aquella buena gente retirose la dama con harto dolor suyo, por no poder alcanzar el fin de la interesante noticia que el fraile traía del convento. Por la calle iba pensando en el desconocido que se acogía al amparo de la celda de Alelí. Al llegar a su casa encontró a Pipaón que la aguardaba.

—¡Necio! —exclamó, sentándose muy fatigada—. En casa de Cordero no hay nada... Como siga usted rastreando de este modo, pronto le dedicará Calomarde a coger moscas... Pero una feliz casualidad...

—¿Ha descubierto usted...?

—Sí, hombre ¿qué cosa habrá que yo no descubra? Vea usted por dónde... Déjeme usted que descanse.

—En Gracia y Justicia se sabe que continúa funcionando en Francia, más envalentonado que nunca, el famoso *Directorio provisional del levantamiento de España contra la tiranía*.

—Noticia fresca.

—Se sabe —añadió Pipaón dándose mucha importancia— que constituyen el tal *Directorio* los patriotas, o dígase perdularios, Valdés, Sancho, Calatrava, Istúriz y Vadillo.

—Que Mendizábal es el depositario de los fondos.

—Que Lafayette les protege ocultamente y les busca dinero, y finalmente que han enviado a Madrid a cierto individuo con nombre supuesto...

—El cual, o yo soy incapaz de sacramento, o está en la Trinidad Calzada.

Pipaón abrió su boca todo lo que su boca podía abrirse y después de permanecer buen rato haciendo competencia a las carátulas de mármol que de antiguo existen en los buzones del correo, repitió con asombro:

—¡En la Trinidad Calzada!

XI

El padre Alelí amenizó la comida con su charla, que habría sido la más sabrosa del mundo, si por efecto de los muchos años no tuviera la cabeza tan desvanecida y descuadernada que todo era desorden y divagaciones en sus discursos. Sucedía que el buen señor empezaba a contar una cosa, y sin saber cómo se escurría fuera del tema principal y pasando de un incidente a otro hallábase a lo mejor a cien leguas del punto adonde quería ir. Era hombre que antes de llegar a la decrepitud, tuvo una memoria fresquísima y una chispa especial para contar cosas pasadas y presentes; pero estaba ya tan débil de cascos que de aquel recordar prodigioso y de aquel arte admirable para la narración ya no quedaba más que una facundia deshilvanada, un chorrear de ideas y palabras, y un grandísimo enfado si alguien le interrumpía o intentaba llamarle al orden.

—Puesto que queréis conocer el caso del *democracio* que se ha metido por las puertas de mi celda —dijo al principiar la comida—, os lo voy a contar como se deben contar las cosas, con todos sus pelos y señales. Empecemos por donde debe empezarse. Pues señor... iba yo por la calle de Carretas arriba, y al llegar a la esquina de Majaderitos veo que viene hacia mí un elefante con los brazos abiertos. Era para causar espanto a cualquiera la acometida de aquel monstruo con sotana y manteo; pero yo que conozco a mis fieras me dejé abrazar y le abracé también con mucho gozo. «¿Cómo va? Bien, ¿y tú, gigantón?...» En fin, para no cansar, era Juan Nicasio Gallego. Ya sabéis que fue discípulo mío en Salamanca donde leí sagrados cánones por los años de 792 a 794. Era entonces Nicasio el jayán más guapote que había salido de la tierra del garbanzo; sus disposiciones eran grandes, tan grandes como su pereza, y hubiéramos tenido en él un acabado canonista si no cayera en la tentación de enamorarse de Horacio y Virgilio, fomentadores de la holgazanería. El bribón de Meléndez le tomó mucho cariño, y lo mismo el calzonazos de Iglesias que fabricó su reputación con chascarrillos... Yo digo que si Iglesias no se llega a morir a los treinta y ocho años hubiera puesto el Breviario en epigramas... Pero sigo contando con orden. Quedamos en que una tarde paseábamos por el Zurguén el maestro Peláez, Meléndez, Gallego y yo. Por aquellos días había venido la noticia de la degollación de Luis XVI, y estábamos consternados, muy consternados, atrozmente consternados. A mí no me digan, ¿hay en la historia antigua ni moderna un crimen tan atroz?...

—Por vida de Sancho Panza —dijo don Benigno riendo— que eso se parece al cuento del hidalgo y el labrador... ¿A dónde va usted a parar con sus divagaciones, ni qué tiene que ver Luis XVI con el poeta zamorano?...

—Allá voy, hombre, allá voy —replicó Alelí muy amostazado—. Yo sé lo que cuento y no necesito de apuntadores.

—Sepamos ante todo lo que le dijo Gallego en la esquina de Majaderitos, si es que esto tiene algo que ver con el cuento del *democracio*.

—Seguramente tiene que ver. Gallego es también un grande y descomedido *democracio*, y a eso iba... Pues me contó Juan Nicasio cómo le está engañando Calomarde, fingiéndole protección, y cómo el Rey le ha prometido no sé cuántas prebendas sin darle ninguna. Además, el hombre está temblando porque le han delatado por franc-masón, y bien sabemos todos que el año 8 fue empleado de los liberales en Cádiz, y el año 10 diputado en las pestíferas Cortes.

—Eso de pestíferas no pasa —exclamó Cordero, dando un golpe en la mesa con el mango del tenedor—. Repórtese el fraile o se sabrá quién es Calleja.

—Vete con dos mil demonios.

—Siga el cuento.

—Sigo, y no interrumpirme.

—Pero cuidado con echar por los cerros de Úbeda.

—Que diga Sola si voy mal.

—Va admirablemente —replicó ella sonriendo—. Eso se llama contar bien, y no falta sino saber lo que dijo ese señor *gallego* o asturiano.

—Pues dijo que está empleado en la biblioteca del duque de Frías y que hace poco le fueron a prender por revoltoso, y equivocándose los de policía, en vez de cogerle a él cogieron al archivero y le plantaron en la cárcel. Cuando el Rey lo supo se rió mucho, y dijo a Calomarde: «*Tan malos sois como tontos.*» Después, Gallego fue a ver al Rey, y como este tiene debilidad por los poetas... Ya sabéis cuánto se entusiasma con Moratín. ¡Ah!, hace dos años que murió ese buen hombre y yo me acuerdo, como si fuera de ayer, de haberle visto trabajando en la platería de su tío el joyero del Rey. Creo haberos contado que Moratín tuvo una novia, una tal doña Paquita, hija de la dueña de la casa donde vivía *Mustafá*. Ya sabéis que así llamábamos al pobre Juan Antonio conde por ser escritor de cosas de moros.

—Nos lo ha contado unas doscientas veces —dijo Cordero al oído de Sola.

—No sabíamos eso —añadió esta en voz alta, para no desanimar al bondadoso fraile—. ¿Con que Moratín...?

—Sí, hija mía, estuvo enamorado de esa doña Paquita, habitante en la calle de Valverde con su madre, la señora doña María Ortiz, que fue el pintiparado modelo de la saladísima doña Irene de *El sí de las niñas*. Moratín ya no era mozo y doña Paquita apenas tendría los dieciocho años, es decir, que con veinte de por medio entre los dos, ¡qué había de suceder...! Leandro, enamorado como suelen estarlo los machuchos que se reverdecen, la niña afectando acceder por timidez, por hipocresía o por agradecimiento, hasta que vino el desengaño, un desengaño cruel, horrible...

—¡Barástolis!... Señor don Plomo —exclamó Cordero con repentino enfado—, que estamos hartos de oírle contar lo de Moratín y doña Paquita. ¿Qué tiene eso que ver ni con el amigo que encontró en Majaderitos, ni menos con el *democracio* que está escondido en la Trinidad?

—A ello voy, a ello voy, señor don Azogue —replicó Alelí enojándose también—. Pues qué ¿no se han de contar los antecedentes de los sucesos? Precisamente iba a decir que en el momento de despedirme de Gallego acertó a pasar ese muchacho americano, Veguita, un enredadorzuelo que dio que hablar cuando aquella barrabasada de los *Numantinos* y fue castigado con dos meses de encierro en nuestra casa para que le enseñáramos la doctrina. El tal es de buena pasta. Pronto le tomamos afición. Cantaba con nosotros en el coro y rezaba las horas. Yo le daba golosinas y le hacía leer y traducir autores latinos, y él me leía sus versos o me representaba trozos de comedias. Esto lo hace tan perfectamente que si mucho tiene de poeta, más tiene de cómico. Yo le animaba para que abandonase el mundo y entrase en la Orden... ¡Oh, amigos míos!... Cuando uno considera que en nuestra Orden vivió y murió el primero de los predicadores del mundo fray Hortensio Paravicino, cuya celda ocupo en la actualidad...

—Que te descarrías, que te pierdes —dijo riendo don Benigno—. Por Dios, querido padre mío, ya está usted otra vez a setecientas leguas de su cuento.

—Iba diciendo que Ventura me besó las manos y después se las besó al *padre de la Constitución*, que así llama a Gallego la gente apostólica, y de esta manera le calificó en su infame delación el religioso agonizante fray José María Díaz y Jiménez, a quien nuestro soberano llama el *número uno de los podencos* por lo bien que huele, rastrea, señala y acusa toda conspiración y astucia de esos tontainas de liberales. No sé si os he dicho que, según confesión del buen elefante zamorano, Calomarde le odia más que a un tabardillo pintado, y si no fuera porque don Miguel Grijalva, amigo mío y de Nicasio, vio a Su Majestad y le llevó aquel famoso soneto que hizo Gallego cuando la reina estaba de parto...

—Al grano, al grano, que eso más que referir sucedidos es marear a Cristo.

—Un poquitín de paciencia, señores. Yo decía que se llegó a nosotros Veguita, a quien, después del encarcelamiento en nuestra casa yo no había visto más que dos veces, una en casa de Norzagaray cuando él y sus amigos ensayaban la comedia de Zabala *Faustina y Gerwal*, y otra en la Puerta del Sol cuando le llevaban preso por tener la audacia de dejarse las melenas largas, al uso masónico. Por cierto que ese atrevidillo se ha dejado crecer un bigote que no hay más que ver, y con aquellos precoces pelos insulta públicamente a la gente que manda, y hace descarado alarde de liberalismo... En una palabra, queridos, Venturilla y Gallego empezaron a hablar del censor de teatros Reverendo padre Carrillo, y excuso deciros que le pusieron como siete caños porque no deja resollar a los autores. Después... y aquí entra lo principal de mi cuento...

—Gracias a Dios... Aleluya.

—Pues Veguita dijo una cosa al oído de Gallego... y después acercose a mí poniéndose de puntillas, porque él es muy pequeño y yo más que regularmente alto, y me dijo también cuatro palabras al oído.

—¿Qué? —preguntó con mucha curiosidad Cordero.

—Pues no faltaba más sino que os fuera a revelar lo que se me confió como un secreto.

XII

—¡Barástolis!, que estamos enterados —dijo Cordero comiéndose las últimas almendras del postre.

Pero el famoso Alelí no paró mientes en estas palabras, y empezó a rezar en acción de gracias por la comida. Poco después se habían levantado los manteles, y los muchachos, bien fregoteadas las manos y la boca, tornaron a la escuela. Don Benigno, que acostumbraba dormir muy breve siesta, la suprimió aquel día y bajó sin demora a la tienda porque la comida había sido aquel día más larga que de ordinario. Doña Crucita que no podía pasarse sin su regalado sueño de dos o tres horas, se fue a su cuarto, llevando en un plato las golosinas con que solía obsequiar en tal hora a sus queridas alimañas, y tras ella se fue Juan Jacobo, con el sombrerón del padre Alelí encajado en la cabeza hasta tocar los hombros, y en la mano un látigo que él mismo había hecho con una orilla de paño amarrada al mango roto de un molinillo de chocolate. Alelí buscó el blando acomodo de un sillón que en el testero del comedor estaba, y que parecía decir *dormid en mí* con la suave hondura de su asiento, la inclinación de su viejo respaldo gordinflón y la curva de sus cariñosos brazos. Allí dormía antaño la siesta doña Robustiana, y allá solía hacer sus digestiones el buen Alelí, las cuales no eran difíciles, por ser él la sobriedad misma.

Para mayor comodidad Sola le ponía delante una silla para que estirase las piernas, y tras de la cabeza una mofletuda almohada de su propia cama, con lo que el padre estaba tan bien, que ni en la misma gloria. Aquella tarde, cuando Sola trajo silla y almohada, el fraile le tomó una mano, y mirándola con sus ojos soñolientos, le dijo: —Cordera...

Sonriendo como la misma bondad sonreiría, Sola acomodó en la almohada la venerable cabeza que parecía la de un santo, y dijo así:

—¿Qué me quiere Su Reverencia?

—Cordera —murmuró el fraile sonriendo también como un bienaventurado—, vete al cuarto de Benigno, y en el chaquetón, bolsillo de la izquierda... ¿entiendes?

—Sí, un cigarrito.

—Se me olvidó pedírselo antes que bajara...

Ni medio minuto tardó la joven en traer el cigarrito, y con él la lumbre para encenderlo.

—Es que quiero echar una fumada para despabilarme, porque desearía no dormir siesta... ¿entiendes, paloma?

Como el fraile estaba con la cabeza echada atrás, en la más blanda y cómoda postura que pueden apetecer humanos huesos, Sola no quiso que se incorporase y ella misma le encendió el cigarro en el braserillo, no siendo aquella la primera vez que tal cosa hacía. Chupó un poco con la inhabilidad que en tal caso es propia de mujeres (como no sean hombrunas), y cuando logró hacer ascua de tabaco, no sin perder mucha saliva, presentó el cigarro a su amigo, cerrando los ojos por el picor que el humo le causaba en ellos.

—Gracias, gracias, serafín de esta casa. Comprendo muy bien que ese santo varón... Pues, hija de mi alma, quiero despabilarme con este cigarrito, porque necesito hablarte de una cosa grave, delicada, digo mal, archi-deli-cadísima.

A Sola le pasó una nube por la frente, quiero decir, que se puso seria y pensativa.

—Tiempo hay de hablar todo lo que se quiera —dijo, inclinada sobre uno de los brazos del sillón en que el religioso estaba—. Duerma su Reverencia.

—Bueno, hijita, con tal que me llames a las tres y media...

—Eso es poco. A las cinco.

—No, no. Si me duermo, no podré hablarte del susodicho negocio, y lo he prometido, cordera, he prometido que esta tarde misma...

Esto decía cuando llegó un corpulento y bellísimo gato, que solía echar sus dormidas en el mismo sillón donde estaba Alelí, y viendo ocupado aquel lugar delicioso, dio algunas vueltas por delante con rostro lastimero. Al fin, discurriendo que había sitio para todos, subió al regazo del fraile y como encontrara agasajo, se enroscó y se echó a dormir cual un bendito.

A poco de esto oyose un ruido estrepitoso, y fue que Juanito Jacobo había cogido una bandeja de latón vieja, que olvidada estaba en la despensa, y venía batiendo generala sobre ella con el palo del molinillo, tan fuertemente que habría puesto en pie, con el estrépito que hacía, a los siete durmientes. Acudió Sola y le trajo prisionero por un brazo.

—¡Condenado chico! ¿No sabes que está tu tía durmiendo la siesta?... Ven acá: suelta eso... Ya, ya es tiempo de que tu padre te mande a la amiga... Ríñale, padre Alelí. No se le puede aguantar. Cuando el señorito está de vena, parece que hay un ejército en la casa.

Diciendo esto, Sola le iba quitando sombrero, bandeja y palo, y después de sentarse le acercó a sí y le acarició pasando suavemente su mano por los hermosos cabellos del niño.

—Si hace bulla —dijo Alelí acariciando también con su mano los rizos—, no le traeré a mi señor don Juan Jacobo las hostias que le prometí, ni las velitas de cera, ni el San Miguel de alcorza... Pues te decía, hija, que ahora vamos a hablar los dos de un asunto superlativamente delicado... Mira, vuelve al chaquetón de Benigno y tráeme otro cigarrito, o mejor dos.

Sola hizo lo que le mandaba el reverendo y se volvió a sentar aguardando aquello tan delicado que manifestarle quería. Durante un rato no pequeño, los dos estuvieron callados, y Alelí fijaba sus ojos en el reloj, que era de los antiguos con las pesas colgando al descubierto. La péndola se paseaba lenta y solemnemente en el breve espacio que las leyes de la gravedad y las de la mecánica le señalan, y así marcaba con el tono más severo el compás de la vida. Sola, por mirar algo, que es acto preciso a las meditaciones, miraba a la Creación, gran lámina que con otra representando el monumento de la catedral de Toledo, decoraba artísticamente el comedor. En la primera estaban nuestros primeros padres en el traje que es de suponer, en medio de un fértil país poblado de todas suertes de animales, recibiendo la bendición del Padre eterno, que muy barbado y envuelto en una especie de capote se asomaba por un balcón de nubes.

—¡Qué buenos cigarros tiene Benigno! —dijo Alelí, que al fin había encontrado la fórmula del exordio—. Pero mejor que sus cigarros es él mismo. Te digo con toda verdad que yo he visto muchos hombres buenos, pero ninguno como nuestro Benigno. Es el corazón más puro y la voluntad más cristiana que he conocido en mi larga vida; es incapaz de hacer nada malo y capaz de las bondades más extraordinarias. Su razón es firme, sus sentimientos generosos, su vida la carrera del bien. No aborrece a nadie, y cuando quiere, quiere con toda su alma. Tiene un carácter entero para hacer frente a las adversidades, y en las bienandanzas no puede vivir contento si no distribuye su ventura entre los que le rodean, quedándose él con la absolutamente precisa para no ser desventurado. Si tú nos oyes diciéndonos majaderías, es por lo mucho que nos queremos. Él me llama *Tío Engarza-Credos*, y yo le llamo *Don Leño* o *Chiribitas*, y así nos reímos. Eso sí, en ideas políticas somos, como quien dice, el *toma* y el *daca*, lo más opuesto que puede existir; pero estos arrumacos de la política no han de tocar, no, a las cosas del alma ni a la amistad... Porque yo digo, ¿qué me importa que Benigno tenga la manía de leer a ese perdido hereje de Rousseau, si por eso no deja de ser buen cristiano y de obedecer a la Iglesia en todo?... Viva Benigno, y viva con su pepita, es decir, con su *Emilio* y su *Contrato social*, que así me cuido yo de estas cosas como de los que ahora se están afeitando en la Luna... No creas tú, los padres del convento me critican por esta tolerancia mía, y yo les contesto: «vale más un amigo en la mano que cien teorías volando.» Mi carácter es así; en burlas disputo y machaco como todos los españoles; pero antes que tronos y repúblicas, antes que congresos y horcas está el corazón... ¡Cómo me reí una tarde hablando de esto! Paseaba yo a eso de las cinco por Atocha con dos hombres de ideas contrarias, don José Somoza, liberal, poeta, hombre ameno y dulce y cabal si los hay, y D Juan Bautista Erro, absolutista siempre, ahora apostólico vergonzante. Pues señor...

—Paréceme —dijo Sola, cortando la digresión, que le parecía muy importuna— que se resbala usted, como dice don Benigno. Ya está sabe Dios a cuántas leguas de lo que me estaba contando...

—¡Ah! Sí, perdona, hija... Me distraje. Te decía que ese bendito amigo juan-jacobesco es el mejor tragador de pan y garbanzos que he conocido, y que ahora ha dado en la flor de querer casarse...

—¡Casarse! —exclamó Sola poniéndose encarnada.

—¿Te asombras, hija?... Más me asombré yo... No, no, no me asombré; al contrario, me pareció muy natural. Le conviene por mil razones; y ahora te pregunto yo: cuando Benigno tome estado ¿no será para ti un gran motivo de amargura el salir de esta casa, donde has sido tan amada, y separarte de estos chicos que has criado y que como a madre te miran?...

El padre Alelí fijó en ella sus ojos, ávidos de leer en los de la joven lo que de su alma saliese al rostro, si es que algo salía. El buen fraile, que a pesar de su decrepitud llena de perturbaciones mentales, conservaba algo de su antigua penetración, creyó ver en Sola una pena muy viva. Esto le hacía sonreír, diciendo para su sayo: «mujercita tenemos.»

—Don Benigno no se casará —dijo ella—. ¿Será posible que caiga en tan mala tentación? Yo de mí sé decir que si salgo de esta casa me moriré de pena; tan tranquila, tan considerada y tan feliz he vivido en ella. Y luego, estos diablillos del cielo, como yo les llamo; estos muchachos, a quienes quiero tanto sin ser míos, y no tengo mejor gusto que ocuparme de ellos... No, digo que don Benigno no se casará. Sería un disparate; ya no está en edad para eso.

—¿Qué dices ahí, tontuela? —exclamó Alelí incorporándose con enojo—, ¿con que mi amigo no está en edad de casarse? ¿Es acaso algún viejo chocho, está por ventura enfermo? No, más sana y limpia está su persona y su sangre noble que la de todos esos mozuelos del día.

Esto decía cuando Juan Jacobo, cansado de estarse quieto tanto tiempo y no teniendo interés en la conversación, empezó a tirarle de los bigotes al gato que dormido estaba en la falda del fraile. Sentirse el animal tan malamente interrumpido en su sueño de canónigo y empezar a dar bufidos y a sacar las uñas fue todo uno. Alborotose el fraile con los rasguños, y dio un coscorrón al chico, Sola le aplicó dos nalgadas y todo concluyó con enfadarse el muchacho y coger al gato en brazos y marcharse con él a un rincón donde le puso el sombrero del mercenario para que durmiera.

—Eso es, sí, está mi sombrero para cama de gatos —refunfuñó Alelí.

—¡Jesús qué criatura!... le voy a matar —dijo Sola amenazándole con la mano—. Trae acá el sombrero.

Juan trajo el sombrero, y aprovechándose del interés que en la conversación tenían el fraile y la joven, rescató su molinillo y su bandeja y bajó a la tienda para escaparse a la calle.

—Vaya con la tonta —dijo Alelí continuando su interrumpido tema—. Si Benigno es un muchacho, un chiquillo... Si me parece que fue ayer cuando le vi arrastrándose a gatas por un cerrillo que hay delante de su casa... ¡Qué piernazas aquellas, qué brazos y qué manotas tenía! ¡Y cómo se agarraba al pecho de su madre, y qué mordidas le daba el muy antropófago! Yo le cogía en brazos y le daba unos palmetazos en los muslos... Sabrás que fui al pueblo a restablecerme de unas intermitentes que cogí en Madrid cuando vine a las elecciones de la Orden. Entonces conocí al bueno de Jovellanos, un Voltaire encubierto, dígase lo que se quiera, y al conde de Aranda, que era un Pombal español, y a mi señor don Carlos III, que era un Federico de Prusia españolizado...

—Al grano, al grano.

—Justo es que al grano vayamos. Cuando Nicolás Moratín y yo disputábamos...

—Al grano.

—Pues digo, que Benigno es un mozalbete. ¿No ves su arrogancia, su buen color, sus bríos? Bah, bah... Oye una cosa, hijita: Benigno se casará, tú te quedarás sola, y entonces será bien añadir a tu nombre otra palabra, llamándote *Sola y monda* en vez de Sola a secas. Pero aquí viene bien darte un consejo... ¿Sabes, hija mía, que me está entrando un sueño tal, que la cabeza me parece de plomo?

—Pues deme Su Reverencia el consejo y duérmase después —repuso ella con impaciencia.

—El consejo es que te cases tú también, y así del matrimonio de Benigno no podrá resultar ninguna desgracia... ¡Qué sueño, santo Dios!

Sola se echó a reír.

—¡Casarme yo!... Qué bromas gasta el padrito.

—Hija, el sueño me rinde... No puedo más —dijo Alelí luchando con su propia cabeza que sobre el pecho se caía, y tirando de sus propios párpados con nervioso esfuerzo para impedir que se cerraran cual pesadas compuertas.

—Otro cigarrito.

—Sí... Chaquetón... humo —murmuró Alelí, cuya flaca naturaleza era bruscamente vencida por la necesidad del reposo.

XIII

Sola corrió a buscar el despertador y a su vuelta encontró al pobre religioso más que medianamente dormido, la cabeza inclinada a un lado, la boca entreabierta, roncando como un viejo y sonriendo como un niño. No quiso despertarle, aunque estaba curiosa por saber en qué pararía aquel asunto del casamiento de su protector. Sospechaba la intención del fraile y todo el intríngulis de aquella conferencia cortada por el sueño, y gozaba interiormente considerando los rodeos y la timidez de su protector.

Acomodó la cabeza del anciano en la almohada, le puso una manta en las piernas para que no se enfriase y le dejó dormir. Sentada en una silla al pie de la Creación le miró mucho, cual si en el semblante frailesco estuvieran estampadas y legibles las palabras que Alelí había dicho y las que no había tenido tiempo de decir. Profundo silencio reinaba en el comedor. Oíase, sin embargo, el paseo igual y sereno de la péndola y un roncar lejano, profundo, que tenía algo de la trompa épica, y era la melopea del sueño de doña Crucita cantada en tonante estilo por sus órganos respiratorios. Los del reverendo Alelí no tardaron en unir su autorizada voz a la que de la alcoba venía, y sonando primero en aflautados preludios, después en períodos rotundos, llegaron a concertarse tan bien con la otra música que no parecía sino que el mismo Haydn había andado en ello.

Entre las dos ventanas de la pieza, que recibían de un patio la poca luz de que este podía disponer, había un armario lleno de loza fina, tan bien dispuesta que bastaba una ojeada para enterarse de las distintas piezas allí guardadas. Las copas puestas en fila y boca abajo, sustentando cada cual una naranja, parecían enanos con turbantes amarillos. En todas las tablas las cenefas de papel recortado caían graciosamente formando picos como un encaje, y de este modo los arabescos de la loza tenían mayor realce. Algunas cafeteras y jarros echaban hacia fuera sus picos como aves que, después de tomar agua, estiran el cuello para tragarla mejor, y las redondas soperas se estaban muy quietas sobre su plato, como gallinas que sacan pollos. En el chinesco juego de té que regalaron a don Benigno el día de su santo, las tacitas puestas en círculo semejando la empolladura recién salida y piando junto a la madre. Un alto y descomedido botellón cuya boca figuraba la de un animalejo, era el rey de toda aquella muchedumbre porcelanesca y parecía amenazar a las piezas vasallas con cierta ley escrita en el fondo de una fuente. Era un letrero dorado que decía: «*Me soy de Benigno Cordero de Paz. Año de 1827.*»

Junto al armario había una silla de tijera en la cual estaba Sola, con los brazos cruzados. Miraba a Alelí, a la lámpara de cuatro brazos, a la Creación, al monumento de Toledo y al suelo cubierto de estera común. También fue objeto de sus miradas el aguamanil, cuya llavecita, un poco desgastada, dejaba caer una gota de agua a cada diez oscilaciones de la péndola. La caja de latón en que estaba el agua tenía pintado un pajarillo picando una flor, con tan desdichado arte que más bien parecía que la flor se comía al ave. También miraba Sola al techo donde había cuatro ligeras manchas de humo correspondientes a los cuatro *quinquets* de cada uno de los brazos de la lámpara. Tales manchas eran las únicas nubes que empañaban el azul de aquel cielo de yeso que en verano se estrellaba de moscas.

La joven dirigía sus ojos a todas estas partes, cual si estuviese buscando sus pensamientos perdidos y desparramados por la estancia. Creeríase que habían salido a holgar volando como mariposas a distintos parajes, y que su dueña los iba recogiendo uno a uno o dos a dos para traerlos a casa y someterlos al yugo del raciocinio.

Y así era en efecto. Ella tenía que concertar algo en su cabeza y discurrir. Convidábanle a ello la soledad en que estaba y la suave sombra que empezaba a ocupar el comedor dominando primero los ángulos, el techo, y extendiéndose poco a poco y avanzando un paso al compás de los que daba la péndola. Las voces o díganse ronquidos se apagaron un momento cual si los músicos que las producían descansasen para tomar más fuerza. La de doña Crucita empezó luego a crecer, a crecer, desafiando a la del padre Alelí. La de este sonaba entonces en el registro del caramillo pastoril y parecía convidar a la égloga con su gorjeo cariñoso. Y en tanto el murmullo de Crucita se tornaba de llamativo en provocador y de provocador en insolente como si decir quisiera: «en esta casa nadie ronca más que yo.»

Indudablemente Sola discurría con muy buen juicio en medio de estas músicas. Pensaba que era un disparate vivir tanto tiempo en un mundo quimérico. La edad avanzaba; la juventud, aunque todavía rozagante y lozana en ella, había dejado ya atrás una buena parte de sí misma. Su vida marchaba ya muy cerca de aquel límite en que están la razón y la prudencia, las posibilidades y las prosas, de tal modo que las ilusiones se iban quedando atrás envueltas en brumas de recuerdos, mal iluminados por la luz vespertina de esperanzas desvanecidas. La fantasía se cansaba de su trabajo estéril, de aquella fatigosa edificación de castillos llevados del viento y descompuestos en aire como las bovedillas de la espuma, que no son más que juegos del jabón transformándose por un instante en pedrería de mil matices. Llegaba Doña *Sola y monda* a la edad en que parece verificarse en la mente un despejo de todas las jugueterías y figuraciones que traemos de la niñez, y queda aquel aposento de nuestro espíritu limpio de las telarañas que parecen tapices por capricho de la luz filtrada.

El sentimiento de la realidad empezaba a hacer en ella su tardía y radical conquista, y así sentía la imposición ineludible de ciertas ideas. ¿Cómo vivir más tiempo por y para un fantasma? ¿Cómo subordinar toda la existencia a lo que tal vez no tenía ya existencia real o si la tenía estaba tan distante que su alejamiento equivalía al no existir? ¿No podía suceder que sin quererlo ella misma, se destruyesen en su alma ciertos afectos, y que de las ruinas de estos nacieran otros con menos intensidad y lozanía, pero con más condiciones de realidad y firmeza?

Tan abstraída estaba que no advirtió cuán bravamente aceptaba la voz del padre Alelí el reto de los lejanos bramidos de doña Crucita, y dejando el tono pastoril, iba aumentando en intensidad sonora hasta llegar a un toque de clarines que habrían infundido ideas belicosas a todo aquel que los oyera. Los cañones respiratorios del reverendo decían seguramente en su enérgico lenguaje: «cuando yo ronco en esta casa, nadie me levanta el gallo.» Acobardada y humillada por tan marcial alboroto, doña Crucita se recogió y se fue aplacando hasta que su música no fue más que un murmullo como el de los perezosos beatos que rezan dentro de una vasta catedral, y luego se cambió en el sollozo de las hojas de otoño arrancadas por el viento y bailando con él.

A su vez, el victorioso ronquido de Alelí remedó el fagot de un coro de frailes, y después dejó oír varias notas vagas, suspironas, fugitivas como los murmullos del órgano cuando el organista pasa los dedos sobre el teclado en tanto a que el oficiante le da con sus preces la señal de empezar. La música roncadora se había hecho triste, coincidiendo con la oscuridad casi completa que llenaba la pieza.

Pero el alma de doña *Sola y monda* no estaba triste. Había echado una mirada al porvenir y lo había visto placentero, tranquilo, honroso y honrado. Su corazón al declararse vencido por las realidades un poco brutales, como conquistadores que eran, no estaba vacío de sentimientos, antes bien se llenaba de los afectos más puros, más delicados, más profundos. La vida nueva que se le ofrecía, debía inaugurarse, eso sí, con un poco de tristeza; pero ¡cuánta dignidad en aquella nueva vida!, ¡qué hermoso realce en la personalidad!, ¡qué ocasión para mostrar los más nobles sentimientos, tales como la abnegación, la constancia, la fidelidad, el trabajo!, ¡qué ocasión para perfeccionarse constantemente y ser cada día mejor, realizando el bien en todas las formas posibles y gozando en el sostenimiento de esa deliciosa carga que se llama el deber!

¿Pero qué estruendo, qué fragor temeroso era aquel que Sola sentía tan cerca y que interrumpía sus discretos pensamientos en lo mejor de ellos? Sonaban ya sin duda las trompetas del Juicio Final, pues no de otro modo debían llamarse los destemplados y altísonos ronquidos de Crucita y el padre Alelí. Los de este se detuvieron bruscamente, cual si fuera a despertar, y oyose su voz que entre sueños decía:

—Vete, vete de mi celda, terrible *democracio*... ¿Qué buscas aquí?, ¿a qué vienes a España y a Madrid, si no es a que te ahorquen?... ¡Vuélvete a la emigración de donde jamás debiste salir!... ¡conspirador... vagabundo!

Doña Sola y Monda se acercó al fraile para oír mejor lo que entre dientes seguía diciendo.

Alelí extendió los brazos quedándose un buen rato como un crucifijo en sabroso estiramiento de músculos, y con voz clara y entera dijo así:

—Esproncedilla... busca-ruidos... vagabundo, no me comprometas... vete de mi celda.

Sola se acercó y le tomó una mano.

—¿Pero qué oscuridad es esta?, ¿en dónde estoy?

—¡Vaya un modo de dormir y de disparatar! —replicó Sola riendo.

—¿Pues qué, he dormido yo?... Si no he hecho más que aletargarme un instante, cinco minutos todo lo más... Vaya, que se pone pronto el Sol en esta dichosa casa... Chiquilla, dame mi sombrero que me voy.

—Primero voy a traer luz —dijo la *Hormiga* saliendo.

Al poco rato volvió con una lámpara, cuyos rayos ofendieron la vista del fraile.

—Yo creí que ya habían empezado a crecer los días... ¿qué hora es? Las cinco y media... Lo dicho dicho, querida señorita... ¿Reflexionarás en lo que te he dicho?

—Pues qué he de hacer sino reflexionar.

—¿Y comprenderás que se te entra por las puertas la fortuna y que vas a ser la más dichosa de las mujeres?

—Pues claro que sí.

—¡Bendita seas tú y bendito quien te trajo a esta casa! —exclamó Alelí con acento muy evangélico.

Abriose con no poco estrépito la puerta del comedor y apareció Crucita de malísimo talante diciendo:

—No he podido pegar los ojos en toda la tarde con la dichosa conversación de la niña y el fraile.

—Quita allá, Cruz del Mal Ladrón —replicó Alelí—. Lo que ha sido es que con la trompeta de tus roncamientos no me has dejado a mí descabezar un mal sueño.

—Sí, porque a fe que el Padrito toca algún cascabelillo sordo cuando duerme... Me habéis tenido toda la tarde despabilada como un lince, primero con la charla de sus mercedes y luego con los piporrazos de Su Reverencia... ¡qué importunidad, santo Dios! Busque usted un momento de tranquilidad en esta casa.

—Cállate, serpiente del Paraíso, que así guardas silencio dormida como despierta, y no hables de eso, que el que más y el que menos todos, todos repicamos, y abur.

Echáronse a reír Sola y el fraile, y al fin se rió un poco Crucita, pues su genio arisco también tenía flores de cuando en cuando, si bien estas eran como las plantas marinas que están en el fondo y casi siempre en el fondo mueren.

XIV

En la tienda, don Benigno preguntó con mucho interés a su amigo por el resultado de la conferencia que con Sola había tenido.

—Muy bien —dijo Alelí—. Admirablemente bien.

Después se quedó perplejo, con los ojos fijos en el suelo y el dedo sobre el labio, como revolviendo en el caótico montón de sus recuerdos; y al cabo de tantas meditaciones, habló así:

—Pues, hijo, ahora caigo en que no llegué a decirle lo más importante, porque me acometió un sueño tal que no hubiera podido vencer aunque me echaran encima un jarro de agua fría... Ya la tenía preparada; ya, si no me engaño, había ella comprendido el objeto de mi discurso, y manifestaba un gran contento por la felicidad que Dios le depara, cuando... Yo no sé sino que me desperté en la oscuridad de tu comedor que parece la boca de un lobo... Y qué quieres, hijo... lo demás puedes decírselo tú, o se lo diré yo mañana. Quédate con Dios y con la Virgen.

Marchose Alelí y don Benigno se quedó muy contrariado y ofendido de la poca destreza de su amigo. Juró no volver a confiar misiones delicadas a un viejo decrépito y medio lelo, y al mismo tiempo se sentía él muy cobarde para desempeñar por sí mismo el papel que había confiado al otro. Cuando subió, después de cerrar la tienda, en compañía de Juan Jacobo que había entrado de la calle con un chichón en la frente, dijo a Sola:

—Ya estoy convencido de que ese estafermo de Alelí es el bobo de Coria... Apreciabilísima *Hormiga*, quisiera hablar con usted...

—¿Hablar conmigo?... Ahora mismo; ya escucho —dijo ella, sonriendo de tal modo que a Cordero se le encandilaron los ojos.

Pero en el mismo instante le acometió la timidez de tal modo, que no se atrevió a decir lo que decir quería, y solo balbució estas palabras:

—Es que conviene ponerle a este enemigo una venda y dos cuartos sobre el chichón, que es el mejor medio de curar estas cosas.

Aquella noche don Benigno estuvo muy triste y se pasó algunas horas en su cuarto, sin leer a Rousseau, aunque bien se le acordaba aquel pasaje del Libro quinto del *Emilio*: «Emilio es hombre, Sofía es mujer... Sofía no enamora al primer golpe de vista, pero agrada más cada día. Sus encantos se van manifestando por grados en la intimidad del trato. Su educación no es ni brillante ni estrecha. Tiene gusto sin estudio, talento sin arte y criterio sin erudición... La desconformidad de los matrimonios no nace de la edad, sino del carácter...» Y luego añadía, alterando un poco el texto: «Sofía había leído el *Telémaco* y estaba prendada de él; pero ya su tierno corazón ha cambiado de objeto y palpita por el buen Mentor.»

Después Cordero se reía de sí mismo y de su timidez, haciendo juramento de vencerla al día siguiente pues lo que él sentía era un afecto decoroso, un sentimiento de gratitud y de respeto y no pasión ni capricho de mozalbete.

Al día siguiente Sola mostraba excelente humor que rayaba en festivo, lo que dio muy buena espina al héroe de Boteros. Cantorreaba entre dientes, cosa que no hacía todos los días, y su cara estaba muy animada, si bien podía observarse que tenía los ojos algo encendidos. Sin duda había visto y aceptado la posibilidad de un destino nuevo, honrado y honroso en extremo, y se complacía en él, creyéndolo dispuesto por Dios con extraordinaria sabiduría. Pero si no se entra en la vida sin llanto, también parece natural que no se entre en las felicidades nuevas sin algo de lágrimas. Los nuevos estados, aunque sean muy buenos y santos, no siempre seducen tanto que hagan aborrecible la situación vieja por detestable que haya sido. De aquí venía, sin duda, el que, estando con tan buen humor, tuviese en lo encendido de sus ojos el testimonio de haber lloriqueado algo.

O quizás aquella alegría que mostraba venía más bien de la voluntad que del corazón, como si aquel espíritu, tan hecho a la observancia de los deberes, hubiese resuelto que convenía estar alegre. La razón sin duda lo mandaba así, y la razón iba siendo la señora de ella... No hay más sino que se dominaba maravillosamente y lograba alcanzar tan grande victoria sobre sí misma, que era al fin, si es permitido decirlo así, un producto humano de todas las ideas razonables, una conciencia puesta en acción.

Su protector le dijo que aquella tarde se verían los dos en su cuarto para hablar a solas. El héroe se atrevía al fin. Prometió ella ser puntual y esperó la hora. Pero Dios que, sin duda por móviles altísimos e inexplicables quería estorbar los honestos impulsos del héroe, dispuso las cosas de otra manera. Ya se sabe lo que significan todas las voluntades humanas cuando *Él* quiere salirse con la suya.

Sucedió que poco antes de la hora de comer, Juanito Jacobo, todavía vendado por los chichones del día anterior, andaba enredando con una pelota. Trabáronse las palabras de él y su hermano Rafaelito sobre a quién pertenecía la tal pelota. Hay indicios y aun antecedentes jurídicos para creer que el verdadero propietario era el pequeñuelo, y así debió de sentirlo en su conciencia Rafael; que tanto imperio tiene la justicia en la conciencia humana aunque sea conciencia en agraz.

Pero de reconocerlo en la conciencia a declararlo hay gran distancia, y si tal distancia no existiera no habría abogados ni curiales en el mundo. Por eso Rafael, no sintiéndose bastante egoísta para apandar la pelota ni bastante generoso para dejársela a su rival, hizo lo que suelen hacer los chicos en estas contiendas, es a saber: cogió la pelota y la arrojó a lo alto del armario del comedor donde no podría ser alcanzada ni por uno ni por otro.

¡Valiente hazaña la de Rafaelito!... Pero el pequeño Hércules no había nacido para retroceder ante contrariedades tan tontas. ¡Bonito genio tenía él para acobardarse porque el techo esté más alto que el suelo!... Arrastró el sillón hasta acercarlo al armario; puso sobre el sillón una silla, sobre la silla una banqueta, y ya trepaba él por aquella frágil torre, cuando esta se vino al suelo con estruendo y rodó el chico y se abrió la cabeza contra una de las patas de la mesa.

El laberinto que se armó en la casa no es para descrito. Salió don Benigno, acudió Sola, puso el grito en el cielo Crucita, ladraron todos los perros, maldijo la criada todas las pelotas, habidas y por haber, lloró Rafael, gimieron sus hermanos, y el herido fue alzado del suelo sin conocimiento. Pronto volvió en sí, y la descalabradura no parecía grave, gracias a la mucha sangre que salió de aquella cabezota. En tanto que Sola batía aceite con vino, y la criada, partidaria de otro sistema, mascaba romero para hacer un emplasto, doña Crucita que en todas estas ocasiones se remontaba siempre al origen de los conflictos, repartía una zurribanda general entre los muchachos mayores, azotándoles sin piedad uno tras otro. Los perros seguían chillando y hasta la cotorra tuvo algo que decir acerca de tan memorable suceso.

Toda la tarde duró la agitación y nadie tuvo ganas de comer, porque el muchacho padecía bastante con su herida. Vino el médico y dijo que sin ser grave, la herida era penosa, y exigía mucho cuidado. No hubo, pues, conferencia entre Cordero y Sola, porque la ocasión no era propicia. Por la noche Juanito Jacobo se durmió sosegadamente. Sola que en la misma pieza puso su cama, estaba alerta vigilando al niño enfermo. Ya muy tarde este se despertó intranquilo, calenturiento, pidiendo de beber y quejándose de dolores en todo el cuerpo. Sola se arrojó del lecho, medio vestida, y echándose un mantón sobre los hombros salió para llamar a la criada. Levantose esta, y entre las dos prepararon medicinas, encendieron la lumbre, fueron y vinieron por los helados pasillos. A la madrugada cuando el chico se durmió al parecer sosegado y repuesto, Sola sintió un frío intensísimo con bruscas alternativas de calor sofocante. Arrojose en su lecho y al punto sintió una postración tan grande que su cuerpo parecía de plomo. La respiración érale a cada instante más difícil, y no podía resistir el agudo dolor de las sienes. La tos seca y profunda añadía una molestia más a tantas molestias y en su costado derecho le habían seguramente clavado un gran clavo, pues no otra cosa parecía la insufrible punzada que la atormentaba en aquella parte.

La criada que al punto conoció lo grave de tales síntomas, quiso llamar a don Benigno y a Crucita; pero Sola no consintió que se les molestara por ella. Era la madrugada. Mientras llegaba el día la alcarreña preparó no sé cuántos sudoríficos y emolientes, sin resultado satisfactorio. Al fin cuando daban las siete Crucita dejó las ociosas plumas, y enterada de lo que pasaba, reprendió a la enferma por haberse puesto mala voluntariamente; que no otra cosa significaba el haber tomado aires colados, hallándose, como se hallaba desde hace días, con un catarro más que regular. La avinagrada señora echó por la boca mil prescripciones higiénicas para evitar los enfriamientos y otros tantos anatemas contra las personas que no se cuidaban. Cuando Cordero se levantó, Crucita, que tenía un singular placer en anunciar los sucesos poco lisonjeros, fue a su encuentro y le dijo:

—Ya tenemos otro enfermo en campaña. Sola se ha puesto muy mala.

—¿Qué tiene? —dijo el héroe con repentino dolor como presagiando una gran desgracia.

—Pues una pulmonía fulminante.

Si lo partiera un rayo, no se quedara Don Benigno más tieso, más mudo, más parado, más muerto que en aquel momento estaba. Creía ver su dicha futura, sus risueños proyectos desplomándose como un castillo de naipes al traidor soplo del Guadarrama.

—Veámosla —dijo recobrando la esperanza, y corrió a la alcoba.

Sola le miró con cariñosos y agradecidos ojos. Quiso hablarle y la violenta tos se lo impedía. Don Benigno no pudo decir nada, porque indudablemente el corazón se le había partido en dos pedazos, y uno de estos se le había subido a la garganta. Al fin hizo un esfuerzo, quiso llenarse de optimismo, y echó una sonrisa forzada y dijo:

—Eso no será nada. Veamos el pulso.

¡Ay!, el pulso era tal, que Cordero, en la exaltación de su miedo, creyó que dentro de las venas de Sola había un caballo que relinchaba.

—Que venga don Pedro Castelló, el médico de Su Majestad —exclamó sin poder contener su alarma—. Que vengan todos los médicos de Madrid... Diga usted, apreciable *Hormiga*, ¿desde cuándo se sintió usted mal?

—Desde ayer tarde —pudo contestar la joven.

—¡Y no había dicho nada!... ¡qué crueldad consigo mismo y con los demás!

—¡Ya se ve... No dice nada!... —vociferó Crucita—. ¡Bien merecido le está!... ¿Hase visto terquedad semejante? Esta es de las que se morirán sin quejarse... ¿Por qué no se acostó ayer tarde, por qué? ¡Bendito de Dios, qué mujer! Si ella tuviese por costumbre, como es su deber, consultarme todo, yo le habría aconsejado anoche que tomara un buen tazón de flor de malva con unas gotas de aguardiente... Pero ella se lo hace todo y ella se lo sabe todo... Silencio Otelo... vete fuera, Mortimer... No ladres, Blanquillo.

Y en tanto que su hermana imponía silencio al ejército perruno, el atribulado don Benigno elevaba el pensamiento a Dios Todopoderoso pidiéndole misericordia.

Sin pérdida de tiempo hizo venir al médico de la casa, y a todos los médicos célebres precedidos por don Pedro Castelló, que era el más célebre de todos.

XV

En tanto que esto pasaba en casa del vendedor de encajes, doña Jenara y Pipaón andaban atortolados por el ningún éxito de sus averiguaciones, y los días iban pasando y la sombra o fantasma que ambos perseguían se les escapaba de las manos cuando creían tenerla segura. El terrible *democracio* albergado en la Trinidad resultó ser el más inocente y el más calavera de todos, hombre que jamás haría nada de provecho fuera de las hazañas en el glorioso campo del arte; gran poeta que pronto había de señalarse cantando dolores y melancolías desgarradoras. No sabiendo cómo lo recibiría la policía, acogiose a los frailes Trinitarios por indicación de Vega, que en aquella casa cumplió seis años antes su condena, cuando el desastre *numantino*. Los empeños de su familia y amigos le consiguieron pronto el indulto, y decidido a ser en lo sucesivo todo lo juicioso que su índole de poeta fuera compatible, solicitó una plaza en la Guardia de la Real Persona que le fue concedida más adelante.

Bretón, desesperado por las horribles trabas del teatro, marchó a Sevilla con Grimaldi, autor de la *Pata de cabra*. Vega, que luchaba con la pobreza y era muy perezoso para escribir, quería hacerse cómico y aun llegó a ajustarse en la compañía de Grimaldi. Considerando esto los amigos como una deshonra, pusieron el grito en el cielo; pero como los alimentos no podían sacar al poeta de su atolladero, fue preciso echar un guante para rescatarle, por haber cobrado con anticipación parte del sueldo de galán joven. Grimaldi era un empresario hábil que sabía elegir la gente, y en su memorable excursión por Cádiz y Sevilla, dio a conocer como actriz de grandísima precocidad a una niña llamada Matilde, que a los doce años hacía la protagonista de *La huérfana de Bruselas* con extraordinario primor.

En Madrid, después de la marcha de Grimaldi, el teatro se alimentaba de traducciones. Algunas de estas fueron hechas por un muchacho carpintero, de modestia suma y apellido impronunciable. Era hijo de un alemán y hacía sillas y dramas. Fue el primero que acometió en gran escala la restauración del teatro nacional, para sacar al gran Lope del polvoriento rincón en que Moratín y los clásicos le habían puesto juntamente con los demás inmortales del siglo de oro. El infeliz ebanista que no podía ver representadas sus obras originales, traducía a Voltaire y a Alfieri y refundía a Rojas y al buen Moreto.

Pero su estrella era tan mala que no logró abrirse camino ni hacer resonar su nombre en la república de las letras; y así pocos años después, la víspera del estreno de su gran obra original que le llevó de un golpe a las alturas de la fama, el lenguaraz satírico de la época, el mal humorado y bilioso escritor a quien ya conocemos, decía: «Pues si el autor es sillero, la obra debe de tener mucha paja.» El enrevesado nombre del ebanista nacido de alemán y criado en un taller fue, desde que se conocieron *Los amantes de Teruel*, uno de los más gloriosos que España tuvo y tiene en el siglo que corre.

Y el satírico seguía satirizando en la época a que nos referimos (1831); mas con poca fortuna todavía, y sin anunciar con sus escritos lo que más tarde fue. Se había casado a los veinte años, y su vida no era un modelo de arreglo, ni de paz doméstica. Recibió protección de don Manuel Fernández Varela, a quien se debe llamar *El Magnífico* por serlo en todas sus acciones. Su corazón generoso, su amor a la esplendidez, a las artes, a las letras, a todo lo que fuera distinguido y antivulgar, su trato cortesano, las cuantiosas rentas de que dispuso hacían de él un verdadero prócer, un Mecenas, un magnate, superior por mil conceptos a los estirados e ignorantes señorones de su época, a los rutinarios y suspicaces ministros. Era la figura del señor Varela arrogante y simpática, su habla afabilísima y galante, sus modales muy finos. Vestía con magnificencia y adornaba el severo vestido sacerdotal con pieles y rasos tan artísticamente que parecía una figura de otras edades. En su mesa se comía mejor que en ninguna otra, de lo que fueron testimonio dos célebres gastrónomos a quienes convidó y obsequió mucho. El uno se llamaba Aguado, marqués de las Marismas, y el otro Rossini, no ya marqués, sino príncipe y Emperador de la Música.

El señor Varela protegió a mucha y diversa gente, distinguiendo especialmente a sus paisanos los gallegos; fundó colegios, desecó lagunas, erigió la estatua de Cervantes que está en la plazuela de las Cortes, ayudó a Larra, a Espronceda y dio a conocer a Pastor Díez.

Cuando vino Rossini en marzo de aquel año le encargó una misa. Rossini no quería hacer misas... «Pues un *Stabat Mater*» le dijo Varela. El maestro compuso en aquellos días el primer número de su gran obra religiosa que parece dramática. El resto lo envió desde el extranjero. Cuentan que Varela le pagó bien.

Algunos números del célebre *Stabat* se estrenaron aquella Semana Santa en San Felipe el Real, dirigidos por el mismo Rossini, y hubo tantas apreturas en la iglesia que muchos recibieron magulladuras y contusiones y se ahogaron dos o tres personas en medio del tumulto. Rossini fue obsequiado, como es de suponer, atendida su gran fama. Tenía próximamente cuarenta años, buena figura, y su hermosa cara, un poco napoleónica, revelaba, más que el estro músico y el aire de la familia de Orfeo, su afición al epigrama y a los buenos platos.

Habiendo recibido en un mismo día dos invitaciones a comer, una del señor Varela y otra de un grande de España, prefirió la del primero. Preguntada la causa de esta preferencia, respondió:

—Porque en ninguna parte se come mejor que en casa de los curas.

En efecto; la mesa de este generoso y espléndido sacerdote era la mejor de Madrid. A sus salones de la plazuela de Barajas concurría gente muy escogida, no faltando en ellos damas elegantes y hermosas, porque, a decir verdad, el señor Varela no estaba por el ascetismo en esta materia.

Pero allí la opulencia del señor y su misma gravedad de eclesiástico no permitían la confianza y esparcimientos de otras tertulias. La de Cambronero, por el contrario, era de las más agradables y divertidas, dentro de los límites de la decencia más refinada. Era el señor don Manuel María Cambronero varón dignísimo, de altas prendas y crédito inmenso como abogado. Durante muchos años no tuvo rival en el foro de Madrid, y todos los grandes negocios de la aristocracia estaban a su cargo. Fue en su época lo que posteriormente Pérez Hernández y más tarde Cortina. Su señora era castellana vieja, algo chapada a la antigua, y sus hijos siguieron diversos destinos y carreras. Uno de ellos, don José, casó por aquellos años con Doloritas Armijo, guapísima muchacha, cuyo nombre parece que no viene al caso en esta relación, y sin embargo, está aquí muy en su lugar.

El primer pasante de Cambronero era un joven llamado Juan Bautista Alonso, a quien el insigne letrado tomó gran cariño, legándole al morir sus negocios y su rica biblioteca. Alonso, que más tarde fue también abogado eminente, político y filósofo de nota, tuvo en su mocedad aficiones de poeta, y por tanto, amistad con todos los poetas y literatos jóvenes de la época. Él fue, pues, quien introdujo en las agradabilísimas y honestas tertulias de

Cambronero a Vega, Espronceda, Felipe Pardo, Juanito Pezuela, y por último, al misántropo, al incomprensible, al que ya se llamaba con poca fortuna *Duende Satírico*, y más tarde se había de llamar *Pobrecito hablador, Bachiller Pérez de Murguía, Andrés Niporesas*, y finalmente *Fígaro*.

Como Pipaón había de meterse en todas partes, iba también a casa de Cambronero. Jenara, sin que se supiese la causa, había disminuido considerablemente sus tertulias; recibía poquísima gente, y solo daba convites en muy contados días. En cambio, iba a la tertulia de Cambronero, donde hallaba casi todo el contingente de la suya, y además otras personas que no había tratado hasta entonces, tales como don Ángel Iznardi, don José Rives, don Juan Bautista Erro y el conde de Negri.

También se veía por allí al joven Olózaga, pasante, como Alonso, en el bufete de Cambronero, si bien menos asiduo en el trabajo. Desde los principios del año andaba Salustiano tan distraído, que no parecía el mismo. Iba a las reuniones como por compromiso o por temor de que al echarse de menos su persona, se le creyese empeñado en conspiraciones políticas. Su mismo padre, don Celestino, se quejaba de sus frecuentes ausencias de la casa. Tal conducta no podía atribuirse sino a dos motivos, política o amores. La familia y los conocidos, inclinándose siempre a lo menos peligroso, presumían que Salustiano andaba enamorado. Su buena figura, su elocuencia, sus distinguidos modales, la misma exaltación de sus ideas políticas y otras prendas de mucha estima, dándole desde su tierna juventud gran favor entre las damas, justificaban aquella idea. De repente, Jenara dejó de asistir también con puntualidad a las tertulias. El público, que todo lo quiere explicar según su especial modo de ver, comentó aquellas ausencias con cierta malignidad, y hasta hubo quien hablara de fuga al extranjero en busca de apartadas y placenteras soledades, propicias al amor. Se daban pormenores, se refirieron entrevistas, se repitieron frases, y sin embargo, todo esto y lo demás que se dijo y que no es para contarlo, era un castillo aéreo levantado por las delicadas manos de la chismografía. Pero acontece que tales obras, con ser de aire, son más fáciles de levantar que de destruir, y así de día en día aquella iba tomando consistencia y alzándose más y engalanándose con torreones de epigramas y chapiteles de calumnias.

XVI

Mediaba el mes de marzo cuando estas hablillas llegaron a su más alto grado de malicia. Jenara no recibía a nadie; pero no estaba enferma, porque a menudo se la veía en la calle o paseando en coche o visitando a personajes de alto copete.

Un día se encontraron ella y Pipaón en la antesala de la Comisión Militar. Jenara salía, Pipaón entraba. Eran las cinco de la tarde hora excelente para el paseo en aquella estación.

—Iba a su casa de usted —le dijo don Juan—, para prevenirla del peligro que corre...

—¡Yo! —exclamó la dama con gesto de orgullo—. ¿También yo corro peligro?

—También.

—¿Y por qué?

—Salgamos de esta caverna, señora, que si en todas partes oyen las paredes, aquí oyen las ropas que vestimos, hasta la sombra que hacemos sobre el suelo. Vámonos.

—¿Qué hay? —dijo la señora, extraordinariamente alarmada—. Quiero ver a Maroto.

—No recibe ahora... Salgamos y hablaremos. Principiaré diciendo a usted que hemos errado en todos nuestros cálculos. Buscábamos a nuestro amigo en casa de Cordero, en el convento de la Trinidad, en la cárcel de Corte, en el parador de Zaragoza, en el sótano de la botica de la calle de Hortaleza, en la habitación del jefe del *guardamangier* de palacio, y ahora resulta que no estaba en ninguno de estos parajes, sino...

—¿En dónde, en dónde?

—Salgamos de esta casa, señora —añadió Pipaón al poner el pie en el último peldaño—. Advierta usted que no digo está, sino estaba.

—Quiere decir que...

—Quiere decir que le han llevado a un sitio de donde ni usted ni yo podremos fácilmente sacarle.

—Bravo, bravísimo, señor don Inservible... —dijo la dama, toda colérica y nerviosa, abriendo con mano firme la portezuela de su coche.

En este había una joven que acompañaba a Jenara en todas sus excursiones, y a la cual, según las lenguas cortesanas, galanteaba el bueno de Pipaón con más calor del que la simple urbanidad consiente. Acomodados los tres en el coche, don Juan dijo a la dama que, siendo largo lo que tenía que contarle, convenía extender el paseo hasta Atocha. Así se convino y partieron.

—Beso a usted los pies, Micaelita —dijo después el cortesano—. ¿Y cómo está el señor don Felicísimo?

—Furioso con usted porque no ha ido a verle en tres días.

—Esta noche iremos todos allá. Con esto que pasa y el continuo trabajo en que vivimos nos falta tiempo para dar pábulo...

—Ahora salimos con pábulos... —dijo Jenara impaciente y mal humorada—. Basta de pesadeces y dígame usted lo que tenía que decirme.

—Pábulo sí; digo que no hay tiempo para satisfacer los puros goces de la amistad, ni aun los del corazón.

Micaelita bajó los ojos. Pintémosla en dos palabras. Era fea. Y si no lo fuera, ¿cómo la habría escogido Jenara para ser su inseparable compañera y usarla cual discreta sombra de que se valía la pícara para hacer brillar más la luz de su hermosura?

—Si empiezan las tonterías me voy a casa —dijo la dama hermosa—. Vamos, hable usted, don Plomo.

—Paciencia, señora, paciencia. Dígame usted, ¿se permiten las malas noticias?

—Se permite todo lo que sea breve.

—Pues derramemos una lágrima aquí, en este sitio nefando...

Al decir esto el coche pasaba junto al torreón del Ayuntamiento donde estaba la Cárcel de Villa. Micaelita, que para todas las ocasiones tristes llevaba siempre apercibido un *paternoster*, lo rezó con pausa y devoción. Jenara se puso pálida y sacó su cabeza por la portezuela para mirar la torre.

—¡Allí! —exclamó señalando con el abanico y con sus ojos.

Vuelta a su posición primera, echó un suspiro casi tan grande como el torreón y habló así:

—Ahora, dígame usted dónde estaba.

—Donde menos creíamos. En casa de Olózaga.

—¿En casa de don Celestino Olózaga?

—Calle de los Preciados.

—Usted bromea: no puede ser —manifestó la dama un poco aturdida—. Veo a Salustiano todos los días y nada me ha dicho.

—Esas cosas no se dicen.

—A mí sí... Hoy me lo dirá.

—No dirá nada, como no hable la torre.

—¿Por qué?... ¿También Olózaga ha sido preso?

—También está allí; ¡ay! —replicó lúgubremente Pipaón señalando la parte de la calle que iban dejando a la zaga.

—¡Qué atrocidad! Usted me engaña... Que pare el coche. Quiero entrar en casa de Bringas a preguntarle...

—Guarda, Pablo —dijo el cortesano deteniendo a la señora en su brusco movimiento para avisar al cochero—. El señor Bringas también...

—¿Está allí, en el torreón?

—No: a ese se le ha puesto en la de Corte.

—Iznardi me dirá algo... Cochero, a casa de Iznardi.

—¿Iznardi?... Ya pedí permiso para dar malas noticias, señora.

—¿También él?

—Y Miyar. Y la misma suerte habría tenido Marcoartú si no hubiera saltado por un balcón.

—Es una iniquidad. Yo hablaré a Calomarde —manifestó con soberbia la dama, echando atrás su mantilla, como si dentro del coche reinase un verano riguroso.

—¡Oh!, sí, hable usted a Su Excelencia —dijo el cortesano, con aquella sonrisa traidora que ponía en su cara un brillo semejante al del puñal asesino al salir de la vaina—. Su Excelencia desea mucho ver a usted.

—Dios maldiga a Su Excelencia y a usted —exclamó Jenara abriendo y cerrando su abanico con tanta fuerza y rapidez que sonaba como una carraca—. Pero todavía no me ha dicho usted lo principal.

—A eso voy. Nuestro amigo llegó aquí, según se supone, pues de cierto no lo sé, con recadillos de Mina, Valdés y demás brujos del aquelarre democrático. Estuvo oculto en Madrid por algunos días; luego pasó a Aranjuez y a Quintanar de la Orden para entenderse con ciertos militares que a estas horas están también a la sombra; regresó después acá concertando con Bringas, Olózaga, Miyar y compañeros mártires un plan de revolución que si les llega a cuajar ¡ay mi Dios!, se deja atrás a la de Francia... Nuestro buen amiguito se pinta solo para estas cosas, y andaba por ahí llamándose Don *No sé Cuántos* Escoriaza.

—¿Y está usted seguro de que es él?

—Seguro, seguro no. Ahora será fácil saberlo, porque el Escoriaza está en la cárcel de Villa, y en la causa ha de salir su verdadero nombre... Sigo mi cuento. Un hombre dignísimo, tan enemigo de revoluciones como amante de la paz del reino, se enteró de la trama y avisó a Su Excelencia. Yo he visto las cartas del denunciante que se firma *El de las diez de la noche*, y si he de decir verdad su ortografía y su estilo no están a la altura de su realismo. Calomarde recompensó al desconocido dándole fondos para que pudiera seguir la pista a Escoriaza y los suyos, y con esto y un habilidoso examen de todas las cartas del correo, se hizo el hallazgo completo de los nenes, y anoche se les puso donde siempre debieran estar para escarmiento de bobos. Anoche no nos acostamos en Gracia y Justicia hasta no saber que los señores alcaldes habían salido de su paso. ¡Ah!, esos señores Cavia y Cutanda valen en oro más de lo que pesan. No sé cuál de los dos fue a casa de Olózaga; pero un alguacil me ha contado que en el portal encontraron a Pepe y mandándole salir entraron con él en la casa y dieron al pobre don Celestino un susto más que mediano. Hicieron registro escrupuloso, encontrando, en vez de papeles de conspiración, muchas cartas de novias y queridas. Excuso decir que las leyeron todas, porque así cuadraba al buen servicio de Su Majestad, y cuando estaban en esta ocupación dulcísima, ved aquí que entra Salustiano muy sereno, con arrogancia, ya sabedor de que andaba por allí la nariz de los señores alcaldes. El padre gimió, desmayose la hermana, siguió el registro dando por resultado el hallazgo de un sable, y a la media noche se llevaron a Salustiano a la Villa, y aquí se acabó mi cuento, *arre borriquito para el convento*... ¡Pobre Salustiano, tan joven, tan guapo, tan listo, tan simpático! ¡Desgraciado él mil veces, y desgraciado también ese amigo nuestro que ahora se esconde debajo del nombre de Escoriaza! Esta vez no escapará del peligro como tantas otras en que su misma temeridad le ha dado alas milagrosas para salir libre y triunfante... ¡Infelices amigos!

Micaelita, afectada por la tristeza del relato, volvió a cerrar los ojos y a rezar para sí el *paternoster* que tenía dispuesto para cuando lo melancólico de las circunstancias lo hiciera menester. Jenara seguía imprimiendo a su abanico los movimientos de cierra y abre, cuyo ruido semejaba ya por lo estrepitoso, más que al instrumento de Semana Santa, al rasgar de una tela.

Durante un buen rato callaron los tres. Había entrado el coche en el paseo de Atocha cuando vieron que por este venía a pie don Tadeo Calomarde, en compañía de su inseparable sombra el Colector de Espolios. Paseaba grave y reposadamente, con casaca de galones, tricornio en facha, bastón de porra de oro, y una vistosa comitiva de sucios chiquillos que admirados de tanto relumbrón le seguían. El célebre ministro, a quien Femando VII tiraba de las orejas, era todo vanidad y finchazón en la calle; si en Palacio adquirió gran poder fomentando los apetitos y doblegándose a las pasiones del Rey, frente a frente de los pobres españoles parecía un ídolo asiático en cuyo pedestal debían cortarse las cabezas humanas como si fuesen berenjenas. A su lado iba la carroza ministerial, un armatoste del cual se puede formar idea considerando un catafalco de funeral tirado por mulas.

—No le salude usted, ocúltese usted en el fondo del coche —dijo Pipaón con mucho apuro—. No conviene que la vea a usted.

Mas ella sacó fuera su linda cabeza y el brazo y saludó con mucha gracia y amabilidad al poderoso ídolo asiático.

—En estos tiempos —dijo la dama al retirarse de la portezuela—, conviene estar bien con todos los pillos.

—Señora, que los coches oyen.

—Que oigan.

Seria, cejijunta, descolorida Jenara murmuró algunas palabras para expresar el desprecio que le merecía el abigarrado tiranuelo a quien poco antes saludara con tanta zalamería. Enseguida dio orden al cochero de marchar a casa.

Pasaban por el Prado cuando Pipaón dijo con cierta timidez, precedida de su especial modo de sonreír:

—Señora, ¿se permite la verdad?

—Se permite.

—¿Aunque sea amarga?

—Aunque sea el mismo acíbar.

—Pues debo decir a usted que no puede ir a su casa.

—¡Que no puedo ir a mi casa!

—No, señora mía apreciabilísima, porque en su casa de usted encontrará al alcalde de Casa y Corte y a los alguaciles que desde la una de la tarde tienen la orden de prender a una de las damas más hermosas de Madrid.

—¡A mí! —exclamó la ofendida, disparando rayos de sus ojos.

—A usted... Triste es decirlo... pero si yo no lo dijera, sacrificando a la amistad el servicio del Rey, la señora tendría un disgustillo. Ya está explicado este buen acuerdo mío de entretener a usted toda la tarde, impidiéndole ir a su casa y facilitándole como le facilitaré, un lugar donde se oculte.

—¡Presa yo!... No siento ira, sino asco, asco señor de Pipaón —exclamó la dama demostrando más bien lo primero que lo segundo—. ¿Por qué me persiguen?

—No sé si será por alguna denuncia malévola o causa de los papeles hallados en casa de Olózaga...

—Alto ahí, señor desconsiderado. En casa de Salustiano no se han encontrado papeles de mi letra porque no los hay.

—Perdones mil señora: no tuve intención...

—¡Presa yo!... Será preciso que me oculte hasta ver... ¡Y yo saludaba a la serpiente!...

La rabia más que el dolor sacó dos ardorosas lágrimas a sus ojos; pero se las limpió prontamente con el pañuelo cual si tuviera vergüenza de llorar. Después rompió en dos el abanico. Al ver estas lamentables muestras de consternación, Micaelita se conmovió mucho, y sin pensarlo, se le vino a la boca el *paternoster* que de repuesto estaba. A la mitad lo interrumpió para decir a su amiga.

—Puedes venir a casa.

—Me parece muy bien. Nadie sospechará que el señor Carnicero oculta a los perseguidos de la justicia Calomardina... Cochero, a casa de Micaelita.

XVII

Hacia el promedio de la calle del duque de Alba vivía el señor don Felicísimo Carnicero, del cual es bien que se hable en esta ocasión, no solo porque se prestó a dar asilo a la afligida amiga, sino porque dicho señor merece un párrafo entero y hasta un capítulo. Era de edad muy avanzada, pero inapreciable, porque sus facciones habían tomado desde muy atrás un acartonamiento o petrificación que le ponía, sin que él lo sospechara, en los dominios de la paleontología. Su cara, donde la piel parecía haber tomado cierta consistencia y solidez calcárea, y donde las arrugas semejaban los hoyos y los cuarteados durísimos de un guijarro, era de esas caras que no admiten la suposición de haber sido menos viejas en otra época. Fuera de esta apariencia de hombre fósil, lo que más sorprendía en la cara de don Felicísimo era lo chato de su nariz, la cual no avanzaba fuera de la tabla del rostro más que lo necesario para que él pudiera sonarse Y la *chateza* (pase el vocablo) del señor Carnicero era tal que no se circunscribía al reino de la nariz sino que daba motivo a que el espectador de su merced hiciera las suposiciones que vamos a apuntar. Todo el que por primera vez contemplaba al señor don Felicísimo, suponía que su rostro había sido hecho de barro o pasta muy blanda, y que en el momento en que el artista le daba la última mano, la máscara se deslizó al suelo cayendo de golpe boca abajo, con lo que aplastada la nariz y la región propiamente facial resultó una superficie plana desde la raíz del cabello hasta la barba. El espectador suponía también que el artista, viendo cómo había quedado su obra, la encontró graciosa y echándose a reír la dejó en tal manera.

Ahora pongamos el santo en su nicho. A esta máscara chata, de color de tierra, rugosa y dura, añadamos primero por la parte superior un gorro negro que hasta el campo de las orejas se encaja y tiene su coronamiento en una borlita que ora se inclina al lado derecho, ora al izquierdo. Añadámosle por debajo un corbatín negro a quien sería mejor llamar corbatón, tan alto que por ciertas partes se junta con el gorro, dejando escapar algunos cabellos rucios, que a hurtadillas salen a estirarse al aire y a la luz, recordando aún con tristeza suma las grasas olientes que han tenido en el pasado siglo. Desde los dominios de la corbata, en cuyas paredes metálicas parece tener cierto eco la voz de don Felicísimo, pongamos un revuelto oleaje de pliegues negros, el cual o no es cosa ninguna o debe llamarse levitón, más que por la forma, por el ligero matiz de ala de mosca que en las partes más usadas se advierte; derivemos de este levitón dos cabos o brazos que a la mitad se enfundan en manguitos verdes con rayas negras como los mandiles de los maragatos, y hagamos que de las bocas de esos manguitos salgan, como vomitadas, unas manos, de las cuales no se ven sino diez taponcillos de corcho que parecen dedos. El resto de la persona no puede verse porque lo ponemos detrás de la mesa, la cual está cubierta de negro hule que en ciertos sitios pasaría por playa, a causa de la arenilla que en ella se extiende. Es mesa de camilla, y una faldamenta verde la tapa toda honestamente, la cual enagua no se mueve sino cuando el gato entra para enroscarse en la banqueta junto a los pies de don Felicísimo. Encima de la mesa, se ve un Cristo pequeño atado a la columna, con la espalda en pura llaga y la soga al cuello, obra de un realismo espantoso y aterrador que se atribuye al célebre Zarcillo. La escultura está a la derecha y vuelve su rostro dolorido y acardenalado al don Felicísimo, cual si le pidiera informes y cuentas, más que de los azotes que le han dado los judíos, de los motivos porque está en aquella mesa y entre tal balumba de legajos como allí se ven. Son papeles atados con cintas rojas, paquetes de cartas y algunos libros de cuentas, cuyas sebosas tapas indican los años que llevan de servicio. La escribanía es de cobre, pues aunque don Felicísimo posee algunas de plata, no las usa, y en la que allí está los dos cántaros amarillos tienen tinta y arena para seis meses. Las plumas de puro mosqueadas no tienen color, y hay un pisa-papeles que es la pezuña de un cabrón imitada en bronce, y está tan al vivo que no le falta más que correr.

En aquella mesa escribe casi todo el día el señor Carnicero, a quien el peso de los años no estorba para seguir trabajando; allí toma su chocolate macho con bollo maimón; allí come su cocidito con más de vaca que de carnero, algo de oreja cerdosa y algunas hilachas de jamón que el vaci-lante tenedor busca entre los garbanzos azafranados; allí duerme la siesta, echando la cabeza sobre las orejeras del sillón; allí se le sirve la cena que empieza invariablemente en migas esponjosas y acaba en guisado de ternera, todo muy especioso y aromático; allí cuenta el dinero que es, según dicen, el más constante de sus visitadores, y se desliza sin hacer ruido por entre sus dedos alcornoqueños, cual si por virtud rara también el oro se sometiese a tomar las apariencias del corcho o del pergamino en aquel imperio del silencio; allí recibe a los que van a ocuparle, y son por lo general clérigos o frailes, y allí está cuando entran Jenara, Pipaón y Micaelita.

Era ya de noche. Un gran candil de cuatro mecheros, de los cuales solo dos estaban encendidos, echaba luz no muy copiosa, que la pantalla dirigía sobre el pupitre. Al sentir gente, don Felicísimo alzó la pantalla de cobre y entonces la claridad le hirió de frente en su cara plana, que parecía un bajo-relieve gótico, roído por los siglos. Pero esto duró poco tiempo, porque abatiendo la pantalla, volvió la luz a caer forzosamente sobre los papeles como un estudiante desaplicado a quien se obliga a no apartar la vista de los libros.

—¡Oh!... *gratias tibi Domine*... Bendito Pipaón, ¿usted por aquí? —dijo don Felicísimo con agrado—. ¡Oh! ¿Es Jenarita? La misma que viste y calza. Sea muy bien venida a esta humilde morada. ¡Cuánto bueno por aquí!

Y alzando la voz, que era chillona y desapacible, prosiguió:

—Sagrario, Sagrario, ven, mira quién está aquí. Micaelita, di a tu tía que venga, y de paso da una voz en la cocina para que me traigan la cena.

Mientras viene doña María del Sagrario, hija del señor don Felicísimo, demos acerca de este señor las noticias que son necesarias. Llevaba más de cuarenta años en la profesión de agente de negocios eclesiásticos, y le había sido tan favorable la fortuna que, según el dicho público, estaba *podrido de dinero*. Por los rótulos de los legajos y papeles que sobre su mesa estaban, podía venirse en conocimiento de la multiplicidad de asuntos que bajo el dominio de sus talentos agenciales caían. Él contemplaba con no disimulado embeleso los dichos rótulos, asemejándose, aunque esté mal la comparación, a un borracho que antes de beber se deleita leyendo las etiquetas de las botellas. Por un lado se leía *Subcolecturía de Espolios, Vacantes, Medias Annatas y Fondo pío beneficial del obispado de León*; por otro *Santa Iglesia Metropolitana de Granada*; más allá *Juzgado ordinario de Capellanías, Patronatos, Visita Eclesiástica*, etc.; junto a esto *Tribunal de Cruzada*, y al lado *Racioneros medios patrimoniales de Tarazona, Arcedianato de Murviedro o Señores Pabordres de Valencia*; al opuesto extremo *Agustinos Descalzos*;

más lejos *Reyes Nuevos de Toledo*, o bien, *Nuestra Señora del Favor de padres Teatinos*.

Preciso es decir que don Felicísimo se había distinguido siempre por su celo y actividad en despachar los mil y mil asuntos que se le confiaban. Les tomaba cariño, mirándolos como cosa propia, y ponía en ellos sus cinco sentidos y su alma toda en tal manera que llegó a identificarse con ellos y a asimilárselos, trayéndolos como a formar parte de su propia sustancia. Así no había en su larga vida suceso ni accidente que no se confundiera con cualquier negocio de su lucrativa profesión, y así jamás contaba cosa alguna sin empezar de este o parecido modo: *Cuando el señor Vicario Foráneo de Paterna venía a esta casa*, o bien así: *Cuando me convidó a comer el padre Prepósito de Portaceli...*

Otra afición también muy vehemente, aunque secundaria, reinaba en el espíritu de nuestro insigne Carnicero; era la afición a los Toros, fiesta que, si no existieran los negocios eclesiásticos, sería para él cosa punto menos que sagrada. Como ya era tan viejo y no salía ya de casa, contentábase con hablar de los Toros pretéritos, poniéndolos cien codos más altos que los presentes y en estas conversaciones también era común oírle decir: «*Cierto día en que Sentimientos y el señor Rector del Hospital de Convalecencia de Unciones vinieron a buscarme para ir a ver el encierro...*» u otra frase por el estilo.

La cantidad de dinero que don Felicísimo había ganado en tantos años de actividad, celo y honradez, no era calculable. Algunos la hacían subir a un número grande de talegas, otros reducían un poco la cifra; pero el vulgo y los vecinos juraban que siempre que se daba un golpe en los tabiques de la casa de Carnicero o en el lienzo de los cuadros viejos que allí tenía, sonaba un cierto tintineo como de monedas anacoretas que en todos los huecos y escondrijos habitaban, huyendo del mundo y sus pompas vanas. Él gastaba poco, tan poco que se había llegado a hacer la ilusión de que era pobre, siendo rico. Contaban que para ilusionar a los demás en esta materia se negaba con tenacidad heroica a dar dinero, y ya podían irle con lamentos los menesterosos, que así les hacía caso como si fueran predicadores moros. Únicamente se desprendía de alguna cantidad siempre que mediaran garantías y un interés módico, así así como de diez por ciento al mes u otra friolera semejante.

La casa en que vivía era de su propiedad y estaba toda blanqueada, sin papeles ni pinturas, con las vigas del techo apanzadas cual toldo de lienzo. Era de un solo piso alto, antiquísima, y en invierno tenía condiciones inmejorables para que cuantos entraban en ella se hicieran cargo de cómo es la Siberia. Había sido edificada en los tiempos en que la calle del duque de Alba se llamaba *de la Emperatriz*, y ya, con tan largos servicios, no podía disimular las ganas que tenía de reposarse en el suelo, soltando el peso del techo, estirándose de tabiques y paredes para sepultar su cornisa en el sótano y rascarse con las tejas de su cabeza los entumecidos pies de sus cimientos. Pero don Felicísimo que no consentía que su casa viviera menos que él, la apuntaló toda, y así desde el portal se encontraban fuertes vigas que daban el *quién vive*. La escalera, que partía de menguados arcos de yeso, también tenía dos o tres muletas, y los escalones se echaban de un lado como si quisieran dormir la siesta. Arriba los pisos eran tales, que una naranja tirada en ellos hubiera estado rodando una hora antes de encontrar sitio en que pararse, y por los pasillos era necesario ir con tiento so pena de tropezar con algún poste, que estaba de centinela como un suizo con orden de no permitir que el techo se cayera mientras él estuviese allí.

Don Felicísimo era toledano, no se sabe a punto fijo si de Tembleque o de Turleque o de Manzaneque, que los biógrafos no están acordes todavía. Estuvo casado con doña María del Sagrario Tablajero, de la que nacieron Mariquita del Sagrario y Leocadia. De esta, que casó pronto y mal con un tratante en ganado de cerda, nació Micaelita, que se quedó huérfana de padre y madre a los seis años. Esta Micaelita era, pues, heredera universal del señor don Felicísimo, circunstancia que, a pesar de su escasa belleza, debía hacer de ella un partido apetitoso. Sin embargo, habiendo tenido en sus quince años ciertos devaneos precoces con un muchacho de la vecindad, quedó muy mal parada su honra. El mancebo se fue a las Américas, don Felicísimo enfermó del disgusto, doña María del Sagrario, tía de la joven, enfermó también; divulgose el caso, salió mal que bien de su paso Micaelita, y desde entonces no hubo galán que la pretendiera. Cuentan los cronistas toledanos que desde entonces se arraigó en Micaelita la piadosa costumbre de reservar un Padre nuestro para todas las ocasiones apuradas en que se encontrase.

Pasados algunos años, la situación de la joven había cambiado: su carácter agriándose en extremo la hacía menos simpática aún de lo que realmente era. Su abuelo, que entrañablemente la amaba, le permitía frecuentar la sociedad y gastar algo en tocados y ropas de moda. Ella quería borrar su mancha; pero no lo podía conseguir, careciendo de aquellas prendas que fácilmente inspiran el perdón o el olvido. Lo singular es que a su mal genio unía un cierto orgullito sobremanera repulsivo y que sin duda nacía de su seguridad de enriquecer considerablemente al fallecimiento del abuelo.

Todas las noches del año, en el de 1831, luego que don Felicísimo con un mediano vaso de vino echaba la rúbrica a su cena (frase de don Felicísimo), se levantaba de aquella especie de trono, y tomando con su propia mano el candil de cuatro mecheros se dirigía a la sala, donde ya doña María del Sagrario había encendido una lámpara de las llamadas de *Monsieur Quinquet*, y allí se encontraba a varios amigos que se reunían en amena tertulia. La estancia era como una gran sala de capítulo conventual; pero estaba blanqueada, sin más adorno que un gran cuadro del Purgatorio donde ardían hasta diez docenas de ánimas. Dos cortinas de sarga, cuya amarillez declaraba haber sido verde, cubrían los balcones, y por las cuatro paredes se enfilaban en batería tres docenas de sillas de caoba con el respaldo tieso y el asiento durísimo. Cuatro sillones de cuero claveteado, contemporáneo del cuadro de las Ánimas del Purgatorio, si no del Purgatorio mismo, servían para la comodidad relativa; una urna con imagen vestida servía para la devoción, y una mesa que parecía pila bautismal para que dieran golpes sobre ella los de la tertulia. Don Felicísimo entraba diciendo, *Pax vobis* y después saludaba sucesivamente a sus amigos.

—Buenas noches, Elías ¿cómo te va?... Señor conde de Negri, buenas noches... Buenas noches, señor don Rafael Maroto.

XVIII

Veamos ahora lo que pasó aquella noche. Jenara tomó asiento en el despacho del señor don Felicísimo, y Pipaón, acercándose a este, le habló un poco al oído para contarle lo que a la dama le pasaba. A cada dos palabras que oía, don Felicísimo articulaba una especie de chillido, un ji ji, que más tenía de suspiro que de interjección y que al mismo tiempo expresaba hipo y burla.

—Bueno, bueno —murmuró el anciano moviendo la cabeza en ademán de conciliación—. En mi casa no será molestada; yo le respondo de que no será molestada, ji ji.

—Gracias —dijo la dama secamente tratando de darse aire con los restos de su abanico.

—El señor don Miguel de Baraona y yo fuimos muy amigos —añadió Carnicero, volviendo a Jenara su faz plana, fría, sin expresión de sentimiento alguno—, pero muy amigos. Cuando aquellas cuestiones de la Santa Iglesia Colegial de Vitoria con los *Canónigos cuartos de optación*, hermano de su abuelo de usted que también vino. Yo le conseguí el arcedianato de Berberiega para su primo. ¡Cuántas tardes pasamos juntos en este despacho hablando de sermones y Toros! Era en los tiempos de Pedro Romero y dicho se está que había materia para dos buenos aficionados como nosotros. Si el señor de Baraona viviera se acordaría de cuando vimos la cogida de Pepe-Hillo y la célebre cornada de José Cándido, motivada por haberse *escupido* el toro, con lo que se atolondró José y quiso matarlo fuera de la jurisdicción, recibiendo un encontronazo...

Estas últimas frases no las dirigía don Felicísimo a Jenara, sino a cierto personaje, desconocido para nosotros, que a su lado estaba y había entrado poco antes que nuestros amigos. Era un joven de aspecto más bien ordinario que fino, de rostro tan salpicado de viruelas, que parecía criba, de complexión sanguínea y algo gigántea; de ajustada chaqueta vestido, con el pelo corto y la frente más corta acaso. Su facha, su traje y cierta expresión inequívoca que impresa en su rostro estaba como un letrero, decían que aquel hombre era del gremio de tablajeros, cortadores o tratantes en carnes. Los tres oficios había tenido, mas con tan poco aprovechamiento, que los cambió por una plaza de demandadero en la cárcel de Villa. Era hijo de una antigua sirviente de don Felicísimo y este le había criado en su casa y le tenía bastante cariño. Pedro López, por otro nombre *Tablas* (que así le bautizaron en el Matadero), respetaba mucho a su protector. Iba a verle diariamente al anochecer, se sentaba a su lado, le hablaba un poco de la cárcel, de becerros si era invierno y de Toros si era verano; después le servía la cena, y por último le acompañaba a rezar el rosario, devoción a que no faltó don Felicísimo ni en un solo día de su vida.

Doña María del Sagrario no tardó en venir. Era una señora que aparentaba más edad de la que realmente tenía, por causa de una lamentable emigración de todos los dientes de su boca, no quedando en aquellos reinos más que algunas muelas, que temblando habían pedido también sus pasaportes. Ella no tenía pretensiones de belleza ni aun de buen parecer, y así su elegancia era la sencillez, su perfumería la limpieza y su peinado un trabajo simplicísimo. Este consistía en recoger en una sola trenza los cabellos fieles que le quedaban y hacer con esta un moño chiquito, el cual, atravesado de una horquilla o flecha, como corazón simbólico, parecía una limosna de cabellos enviada por el Cielo sobre su cráneo, que iba igualando a las encías en sus condiciones de país desierto. Por lo demás, Doña María del Sagrario era bondadosa, de excelente corazón y de mucho palique; pero tanto desentonaba su voz, por causa de estar su boca tan solitaria como casa de mostrencos, que las palabras parecían salir y entrar por aquellas cavidades jugando y haciendo cabriolas. Cuando reía creeríase que lloraba, y cuando regañaba a la criada parecía mandar un batallón, y el rezar era en ella como un soplamiento de fuelles rotos.

—Mucho nos honra usted, Jenarita —le dijo besándola— con aceptar nuestra hospitalidad. Eso no será nada. Algún mal entendido. ¡Es tan fácil ahora que los buenos se confundan con los pícaros! Ayer mismo ¿no apalearon en esta calle al sacristán de la V. O. T. por confundirlo con un pícaro zapatero que fue condenado a horca y luego indultado en el *llamado tiempo constitucional*, que ni fue tal tiempo ni cosa que lo valga?

—Sagrario, mucha conversación es esa, ji ji —dijo a este punto don Felicísimo—. Jenarita no es persona con quien debemos gastar cumplidos ni etiquetas; por tanto, tráeme mi cena, que la gusana me dice que es hora.

Poco después el señor Carnicero tenía delante la servilleta en lugar del papel y la cuchara en vez de la pluma. Tras los primeros bocados, habló así:

—No es extraño, Jenarita, que con la marcha que lleva este Gobierno por el camino de la francmasonería, sean perseguidos los buenos españoles. Ese pobre Rey se ha entregado en manos de la herejía y del democratismo; la reina nos quiere embobar con músicas pero no le valdrán sus mañas para hacernos tragar la sucesión de su hija Isabelita, que así será reina de España como yo Emperador de la China, ji ji. Ellos ven venir el nublado y se preparan, pero nosotros nos preparamos también... y es flojita cosa la que defendemos... Así como quien no dice nada, la religión sacratísima, el trono español y nuestras costumbres tradicionales, puras, nobles y sencillas. ¡Ah!, perdóneme usted, Jenarita, me olvidé de decirle si gustaba cenar. Pero aquí no andamos con etiquetas y en mi casa todo es llaneza y confianza.

—Gracias —repuso Jenara que solicitada de otros pensamientos no había oído ni una sola palabra del discurso del señor Carnicero.

Pipaón y Micaelita cuchicheaban en la sala inmediata y doña María del Sagrario había ido a preparar la cena para todos, lo que requería no poca habilidad por haber aumentado las bocas y no los manjares. Tablas servía la cena al señor don Felicísimo, el cual le hablaba de este modo:

—Pues volviendo a lo que te decía cuando entraron estos señores, el toreo está ahora tan por los suelos que no se puede hablar de él sin que se le caiga a uno la cara de vergüenza. Y no me digan que se ha fundado un Conservatorio de Tauromaquia. Tonto de capirote es el que lo inventó. Yo admiro a Don Pedro Romero, yo le tengo por un Cid de los tiempos modernos; por eso no quisiera verle hecho un catedrático de brega. Mira tú, los toreros de hoy dan asco... Si el Señor Omnipotente te hubiera querido hacer el favor de criarte en aquel tiempo en que todo era mejor que ahora, todo, todo; en que era más honrada la gente, más rico el país, más barata la comida, más guapas las mujeres, más religiosos los hombres, más valientes los militares, más benigno el frío, más alegre el cielo, más honestas las costumbres, más bravos los toros y más, mucho más hábiles los toreros... Ji ji... ¿por qué te ríes?

El hipo de don Felicísimo arreció de tal modo que hubo de pararse un rato para tomar aire. Después prosiguió así:

—Si hubieras vivido en aquel feliz tiempo, te habrías desbaratado de gusto viendo en medio del redondel a Joaquín Rodríguez, por otro nombre *Costillares*, o a José Delgado, mi amigo queridísimo, por otro nombre *Pepe-Hillo*. Me parece que le estoy mirando, cuando el toro se ceñía. Entonces tenías que ver su serenidad y destreza, ji. Él lo llamaba de frente, tomando la rectitud de su terreno conforme las piernas que le advertía la fiera, y luego que le partía, ji, le empezaba a cargar y tender la suerte, ¿entiendes? Con este quiebro el toro se iba desviando del terreno del diestro y cuando llegaba a jurisdicción, le daba el remate seguro, ji, ji, ji.

Con las cabezadas que daba don Felicísimo brillaban sus ojos en el semblante plano como los agujeros de una palmeta. Al mismo tiempo su mano armada de tenedor tomaba las actitudes toreriles amenazando el vaso de vino, puesto en el lugar del tintero.

—Señora, usted se aburrirá con esta conversación mía —dijo el anciano contemplando a Jenara que estaba con los ojos bajos—. Como aquí no hay cumplimientos, que es palabra compuesta de *cumplo* y *miento*, ni las pamemas que llaman etiqueta, yo hablo de lo que más me gusta, ji. Este buen *Tablas* es un chiquilicuatro que por no tener alma no ha emprendido el oficio de mirar cara a cara a la cuerna, y está de demandadero en la cárcel de Villa. Si no tuviera el defecto de coger sus monas los lunes y aun los martes, sería un cumplido muchacho, siempre que se corrigiera del vicio de sobar las cuarenta.

Tablas se ruborizó al oír su panegírico.

—Jenarita, venga usted a cenar —dijo Sagrario entrando—. Deme usted su mantilla.

Don Felicísimo había concluido.

—Hija, ¿ha venido esta tarde el padre Alelí? —preguntó.

—No ha parecido Su Reverencia.

—¿No se sabe nada de la pupila de Benigno Cordero, que está con pulmonía?

—Iba mejor, pero ha recaído. ¡Cristo, qué desgracia! —exclamó Sagrario en un desentono tan singular que parecía enjuagarse la boca con las palabras—. Cruz fue esta tarde a la iglesia y me dijo que el pobre Benigno está como alma en pena. Va a la botica por las medicinas y se deja el sombrero sobre el mostrador, habla solo y cuando vende no cobra y cuando cobra no da la vuelta, y cuando la da, da oro por cobre.

—Es un alma de cántaro, ji... Tablas, ve después a preguntar por la enferma. Benigno es loco, pero es paisano y le aprecio... Jenarita, ¿por qué tiene usted ese aire de tristeza y abatimiento? Aquí no hay nada que temer. Estamos en sagrado, es decir en una casa pura y absolutamente, ji ji... Apostólica.

Jenara no cenó. Había perdido el apetito, y la especial manera de guisar que en aquella casa había no era la más a propósito para despertarlo. A esta feliz circunstancia de la desgana de un convidado, debió Pipaón que le tocara algo, aunque no fue mucho, según consta en las crónicas que de aquellos acontecimientos quedaron escritas.

Levantose Jenara de la mesa antes que los demás para decir una cosa importante al señor don Felicísimo, que aún no había salido de su guarida, y al llegar a la puerta de esta, oyó la voz del anciano muy desentonada y colérica. Decía así:

—Ladrón, verdugo, borracho, no te daré un maravedí aunque te me pongas de rodillas delante y me enciendas velas. Yo no soy bueno, yo no soy santo; no pienses que me embobarás con tus lisonjas. ¿Tengo yo alguna mina, ji? ¿Acuño moneda, ji? Quítateme, ji, de delante y púdrete si quieres. No hay un cuarto; hoy no se fía aquí. Toca a otra puerta, muérete, revienta, pégate un tiro y si no basta, ji, ji... te pegas dos o media docena.

Con voz humilde y ahogada por la pena, Tablas habló después para pintar con las frases más amañadas la enormidad de su apuro, y Carnicero redobló sus negativas, sus bufidos, sus hipos, todo en defensa de su bolsa. Jenara no necesitó oír más, y al punto renunció a decir a don Felicísimo lo que había pensado. Mujer de recursos intelectuales, improvisaba planes con la celeridad propia de todo grande y fecundo ingenio.

La campanilla sonó y Tablas fue a abrir la puerta. Llegaron tres señores que se dirigieron a la sala, donde Sagrario acababa de poner luz. Entrando otra vez en el comedor la dama vio que Pipaón y Micaelita no parecían disgustados de hallarse juntos. Sagrario andaba por la cocina riñendo con la criada, en lenguaje discorde e inarmónico, semejando un órgano que tuviera todos los tubos agujereados. Jenara volvió al pasillo, que era largo, complicado, anguloso y a causa del blanqueo daba más cuerpo a las sombras que sobre él caían. Allí vio la atlética figura de Tablas que salía del cuarto del señor, y dirigiéndose a un ángulo oscuro donde estaban algunos muebles viejos como en destierro, dejábase caer sobre una silla y apoyaba la cabezota en ambas manos mirando al cielo. Jenara se llegó a él. Era el ángel del consuelo.

XIX

—¿Cómo te va, Elías? Señor conde de Negri, buenas noches. Buenas noches, señor don Rafael Maroto.

Así saludó don Felicísimo a sus amigos, entrando en la sala, candilón en mano. Como aún no le hemos visto andar, no hemos podido decir que andaba a pasitos cortos, muy cortos, y así tardó una buena pieza en llegar al centro de la estancia. Viose entonces la longitud de su levitón negro, el cual le llegaba hasta los pies, de modo que no parecía que andaba, sino que estaba fijo sobre una tablilla con ruedas de la cual tirara con lentitud una invisible mano. Puso el candilón sobre la mesa, y como la vecindad de la lámpara hacía que aquel palideciera de envidia, lo apagó.

—Usted siempre tan fuerte —dijo uno de los amigos dando un palmetazo en la rodilla de Carnicero.

Era este amigo un señor pequeño, o por mejor decir, archipequeño, adamado y no muy viejo.

—Defendiéndonos admirablemente —repuso Carnicero cogiéndose una pierna con las manos y levantándola para ponerla sobre la otra.

—Un cigarrito —dijo aquel de los amigos que llamaban Maroto, y era el más joven de los tres, de buena presencia, bigotudo y con señalado aspecto marcial.

El conde de Negri, con el cigarrito en la boca, sacó eslabón y piedra y empezó a echar chispas. Durilla era la faena y la mecha no quería encenderse.

—¡Maldito pedernal! —murmuró el señor conde.

Y las chispas iban en todas direcciones menos en la que se quería. Una fue a estrellarse en la cara plana de don Felicísimo como un proyectil ardiente en la muralla de un bastión formidable, otra parecía que se le quería meter por los ojos al propio señor conde, y chispa hubo que llegó hasta el cuadro de Ánimas dando instantáneamente un resplandor verdadero a aquel Purgatorio figurado. Al fin prendió la mecha.

—¡Gracias a Dios que tenemos fuego! —dijo don Felicísimo entre dos hipos—. Con estos tubos de vidrio que han inventado ahora para encerrar las luces, no se puede encender en las lámparas.

En tanto el tercero de los amigos, que era bastante anciano y se distinguía por la curvatura exagerada de su nariz, había puesto unos papeles sobre la mesa, y los miraba y revolvía atentamente. De repente dijo así:

—No hay que contar con Zumalacárregui.

—¡Todo sea por Dios! —exclamó Carnicero—. ¿Ha escrito? Pues a mi carta no se dignó contestar. ¿Sigue en el Ferrol?

—Pues nos pasaremos sin él —indicó el conde de Negri—. La causa revienta de partidarios, quiero decir que los tiene de sobra en todas las clases de la sociedad, y así no es bien que solicite coroneles, como es uso y costumbre entre liberalejos.

—Ya sabemos —dijo con tono de autoridad el llamado Elías alzando los ojos del papel—, que la causa que defendemos es legalmente una batalla ganada. Habiendo sucesor varón no puede suceder una hembra. Moralmente también es cosa fuera de duda. El clero en masa apoya al partido de la religión y con el clero la mayoría del reino, y la aristocracia.

—Y el ejército —declaró el conde pequeñito, plegando mucho los párpados porque le ofendía la luz.

—Eso está por ver —replicó Elías Orejón—. Desde la guerra de la Independencia, el ejército, lo mismo que la marina, están carcomidos por la masonería. La revolución del 23 obra fue de los masones militares; las intentonas de estos años también son cosa suya, y en estos momentos, señores, se está formando una sociedad llamada la *Confederación Isabelina*, en la que andan muchos pajarracos de alto vuelo, y que por el rotulillo ya da a entender a dónde va. Necesitamos...

—¡Claro, clarísimo, indubitable! —exclamó Carnicero, que deseaba meter baza, por no hallarse conforme con su amigo en aquel tema.

—Necesitamos —prosiguió el otro alzando la voz en señal de enojo por verse interrumpido—, necesitamos, aunque el escrupuloso señor Infante no lo crea así, asegurar y comprometer aquellas cabezas militares más potentes. Ya se puede decir que son *de acá* los siguientes señores: el conde de España, capitán general del Principado; el señor González Moreno, gobernador militar de Málaga...

—Buenos, buenos, bonísimos —dijo Carnicero, que no podía contener sus ganas de interrumpir a cada instante.

Orejón citó otros nombres, añadiendo luego.

—En el ramo de hombres civiles o eclesiásticos de gran nota, andamos a la conquista del señor Abarca, obispo de León, y de don Juan Bautista Erro, consejero de Estado, a los cuales solo les falta el canto de un duro para caer también de la parte acá.

—Bueno es que los clérigos y hombres civiles vengan —dijo Maroto— pero por santa y gloriosa que sea la causa de Su Alteza, y yo doy de barato que es la causa de Dios, no se hará nada sin tropa.

—¿Y los voluntarios realistas?

—Son buenos como auxilio; pero nada más. Denme generales aguerridos, jefes de valor y prestigio, y el día en que don Fernando acabe, que no tardará, al decir de los médicos, don Carlos será Rey por encima de todas las cosas.

—Eso, eso —afirmó Elías sentando la palma de su mano sobre los papeles— generales aguerridos, jefes militares de valor y prestigio; al grano, al grano.

—Todo vendrá —indicó Carnicero— cuando el caso llegue. Cuando se cuenta, como ahora, ji, con el santo clero en masa, capaz de alzar en masa al reino todo, como en la guerra de la Independencia, lo demás vendrá por sus pasos contados. En cartas y por manifestaciones verbales, me han demostrado su conformidad las siguientes órdenes y religiones: los Agustinos calzados de Madrid, la Congregación benedictina Tarraconense Cesaraugustana de la corona de Aragón y de Navarra, los Menores de San Francisco, los Agustinos Recoletos o Calzados, los Canónigos seglares del Orden Premonstratense...

—Espadas, espadas —dijo bruscamente Maroto— y con espadas, no solo no estarán demás las correas y rosarios, sino que servirán de mucho.

—Y yo —indicó el conde de Negri dirigiéndose al balcón a punto que sonaba en la calle el estrepitoso rodar de un coche— me atrevo a proponer que todas las conquistas se pospongan a la conquista del vecino.

El coche paró junto a la casa. Era el carruaje de Calomarde, que vivía frente por frente de Carnicero, en el palacio del duque de Alba.

—Su Excelencia ha entrado en su palacio —dijo el conde de Negri, atisbando por los vidrios verdosos y pequeñuelos de uno de los balcones.

—Todo se andará —manifestó don Felicísimo—. La conversación que tuvimos él y yo hace dos días, me hace creer que don Tadeo tardará en ser apostólico lo que tarde Su Majestad en tener, ji, el ataque de gota que corresponde al otoño próximo.

—Y si no —dijo Negri tornando a su asiento—, le barrerán. Después veremos quién toma la escoba... ¡Cuidado con doña Cristina y qué humos gasta! Si creerá que está en Nápoles y que aquí somos *lazzaronis*... ¿Pues no se atrevió a pedir mi destitución del puesto que tengo en la mayordomía del señor Infante? Gracias a que los señores me han sostenido contra viento y marea. Aquí entre cuatro amigos —añadió el conde bajando la voz—, puede revelarse un secreto. He dado ayer un bromazo a nuestra soberana provisional, que va a dar mucho que reír en la Corte. En imprenta que no necesito nombrar se están imprimiendo unos versos de no sé qué poeta, en elogio de su majestad napolitana. Hacia la mitad de la composición se habla de la *angélica* Isabel y de la *inmortal Cristina*. Pues yo...

El conde se detuvo, sofocado por la risa.

—¿Qué?

—Pues yo, como tengo relaciones en todas partes, me introduje en la imprenta, y di ocho duros al corrector de pruebas para que quitara bonitamente la *t* de la palabra inmortal.

—La *inmoral* Cristina, ji ji...

—Espadas, espadas —gruñó Maroto—, y no bromas de esta especie que a nada conducen.

—Toda cooperación debe aceptarse —dijo Elías refunfuñando—, aunque sea la cooperación de una errata de imprenta.

Cuando esto decían, la luz de la lámpara, ya fuera porque doña María del Sagrario, firme en sus principios económicos, no le ponía todo el aceite necesario, ya porque don Felicísimo descompusiera a fuerza de darle arriba y abajo el sencillo mecanismo que mueve la mecha, empezó a decrecer, oscureciendo por grados la estancia.

—Voy a contar a ustedes, señores —dijo Elías—, la conversación que ayer tuve con el señor Abarca, obispo de León, el hombre de confianza de Su Majestad... Pero don Felicísimo, esa luz...

—Empiece usted. Es que la mecha... —replicó Carnicero moviendo la llave.

—Pues el señor Abarca me pidió informes de lo que se pensaba y se decía en el cuarto del Infante. Yo creí que con un hombre tan sabio y leal como el señor Abarca no debía guardar misterios... Le dije pan pan, vino vino... Pero esa luz.

—No es nada; siga usted; ya arderá.

—Le expuse la situación del país, anhelante de verse gobernado por un príncipe real y verdaderamente absoluto que no transija con masones, que no admita principios revolucionarios, que cierre la puerta a las novedades, que se apoye en el clero, que robustezca al clero, que dé preeminencias al clero, que atienda al clero, que mime al clero... Pero esa luz, señor don Felicísimo...

—Verdaderamente no sé qué tiene. Siga usted.

—Él convino conmigo en que por el camino que va el Rey, marchamos francamente y él el primero por la senda de la revolución... ¡Que nos quedamos a oscuras!...

La luz decrecía tanto que los cuatro personajes principiaron a dejar de verse con claridad. Las sombras crecían en torno suyo. Los empingorotados respaldos de los sillones parecían extenderse por las paredes en correcta formación, simulando un cabildo de fantasmas congregados para deliberar sobre el destino que debía darse a las ánimas. Las rojas llamas del cuadro se perdían en la oscuridad, y solo se veían los cuerpos retorcidos.

—Díjome también Su Ilustrísima que ahora se va a emprender una campaña de exterminio contra los liberales... ¡Por Dios, señor don Felicísimo, luz, luz!

La lámpara se debilitaba y moría derramando con esfuerzo su última claridad por las paredes blancas, y por el techo blanco también. La llama lanzaba a ratos un destello triste como si suspirase y después despedía un hilo de humo negro que se enroscaba fuera del tubo. Luego se contraía en la grasienta mecha, y burbujeando con una especie de lamento estertoroso, se tomaba en rojiza. Las cuatro caras aparecían ora encendidas, ora macilentas y la sombra jugaba en las paredes y subía al techo, invadiendo a veces todo el aposento, retirándose a veces al suelo para esconderse entre los pies y debajo de los muebles.

—Esa campaña de exterminio que se va a emprender, fíjense ustedes bien —prosiguió Orejón—, no favorece al Rey, sino al Infante. Todo lo que ahora sea reprimir es en ventaja de la gente apostólica. Así nos lo darán todo

hecho, y lo odioso del castigo caerá sobre ellos, mientras que nosotros...
¡Luz, luz!

Don Felicísimo quiso llamar; pero en aquella casa no se conocían las campanillas. Así es que empezó a gritar también:

—¡Luz, luz; que traigan una luz!

La lámpara se extinguió completamente y todos quedaron de un color.

—¡Luz, luz! —volvió a gritar don Felicísimo.

Orejón, que estaba muy lleno de su asunto y no quería soltarlo de la boca, a pesar de la oscuridad, prosiguió así:

—Que utilizando con energía la horca y los fusilamientos, limpien el reino de esas perversas alimañas, es cosa que nos viene de molde.

—Aguarde usted, hombre... Estamos a oscuras...

—Ji... Se han dormido y no nos traen luz —dijo don Felicísimo—. Sagrario, Sagrario. Tablas... Nada: todos dormidos.

Así era en verdad.

—¿Tiene usted avíos de encender, señor conde? Aquí en este cajoncillo de la mesa debe de haber, ji, ji, pajuela.

Pronto se oyó el chasquido del eslabón contra el pedernal. Las súbitas chispas sacaban momentáneamente la estancia de la oscuridad. Se veían como a luz de relámpago las cuatro caras apostólicas, la fúnebre fila de sillas de caoba y el cuadro de ánimas.

—La raza liberalesca y masónica estará ya exterminada cuando llegue el momento de la sucesión de la corona —decía Orejón entusiasmado—. ¡Admirable, señores!

Don Felicísimo tenía la pajuela en la mano para acercarla a la mecha luego que esta prendiese, y al brotar de la chispa, su cara plana, en que se pintaban la ansiedad y la atención, parecía figura de pesadilla o alma en pena.

—Trabajan para nosotros, y ahorcando a los liberales se ahorcan a sí mismos.

—Es evidente —murmuró don Rafael Maroto.

—¡Demonches de pedernal!

—¡Luz, luz! —volvió a decir don Felicísimo—. Pero Sagrario... Nada, lo que digo: todos dormidos.

Por fin prendió la mecha y aplicada a ella la pajuela de azufre, ardió rechinando como un condenado cuyas carnes se fríen en las ollas de Pedro Botero. A la luz sulfúrea de la pajuela reaparecieron las cuatro caras, bañadas de un tinte lívido, y la estancia parecía más grande, más fría, más blanca, más sepulcral...

—De modo —continuaba Elías, cuando don Felicísimo encendía el candilón de cuatro mecheros—, que en vez de apartarles de ese camino, debemos instarles a que por él sigan.

—Sí, que limpien, que despojen...

—Pues ahora —dijo Negri—, contaré yo la conversación que tuve con Su Alteza la infanta doña Francisca.

—Y yo —añadió Carnicero—, referiré lo que me dijo ayer fray Cirilo de Alameda y Brea.

XX

Jenara no pudo dormir en el abominable camastrón que le destinara doña María del Sagrario, el cual estaba en un cuarto más grande que bonito, todo blanco, todo frío, todo triste, con alto ventanillo por donde venían mayidos y algazara de gatos. Al amanecer pudo aletargarse un poco, y en su desvariado sueño creía ver a don Felicísimo hecho un demonio, ora volando, montado en su pluma, ora descuartizando gente con la misma pluma, en cuchillo convertida. La casa se le representaba como un lisiado que suelta sus muletas para arrojarse al suelo, y allí eran el crujir de tabiques, el desplome de paredes, la pulverización de techos, y las nubes de polvo, en medio del cual, como ave rapante, revoloteaba don Felicísimo llorando con lúgubre graznido, mientras los demás habitantes de la casa se asfixiaban sepultados entre cascote y astillas.

Al despertar sin haber hallado reposo, sus ojos enrojecidos reconocieron la estancia, que más tenía de prisión que de albergue, y acometida de una viva aflicción lloró mucho. Después las reflexiones, los planes habilísimos que había concebido y más que nada la valentía natural de su espíritu la fueron serenando. Vistiose y acicalose como pudo, echando muy de menos los primores de su tocador, y pudo presentarse a Micaelita y a Doña Sagrario con semblante risueño.

En sus planes entraba el de amoldar su conducta y sus opiniones a las opiniones y conducta de los dueños de la casa, y así cuando visitó al señor don Felicísimo en su despacho y hablaron los dos, era tan apostólica que el mismo Infante la habría juzgado digna de una cartera en su ministerio futuro. Según ella, la perseguían por apostólica, y su *apostoliquismo* (fue su palabra) era de tal naturaleza que la llevaría valientemente a la lucha y al martirio. Carnicero, que en su marrullería no carecía de inocencia (virtud hasta cierto punto apostólica), creyó cuanto la dama le dijo, y establecida entre ambos la confianza, el anciano le contaba diariamente mil cosas de gran sustancia y meollo, referentes a la causa. Sirvan de ejemplo las siguientes confidencias.

«¡Bomba, señora! Direle a usted lo más importante que he sabido anoche. Una monjita de las Agustinas Recoletas de la Encarnación soñó no hace mucho que el Infante se ceñía la corona asistido de no sé cuántas legiones de ángeles. Escribió su sueño en una esquelita que remitió a Su Alteza, el cual la besó y tuvo con esto un grandísimo gozo. Me lo ha contado Orejón.»

«¡Bomba, señora! La trapisonda de Andalucía ha terminado. Los marinos que se sublevaron en San Fernando están ya fusilados y el bribón de Manzanares que desembarcó con unos cuantos tunantes ha perecido también. ¡Si no hay sahumerio como la pólvora para limpiar un reino! Que desembarquen más si quieren. El Gobierno se ha preparado, arma al brazo. Ahora, vengan pillos.»

«¡Gran bomba, señora! Mañana ahorcan a Miyar, el librero de la Calle del príncipe, por escribir cartas democráticas. Pronto le harán compañía Olózaga, Bringas y Ángel Iznardi.»

Generalmente estas noticias eran dadas al anochecer o durante la cena, en presencia de Tablas. Después se rezaba el rosario, con asistencia de todos los de la casa, y de Jenara que desempeñaba su parte con extraordinario recogimiento y edificación.

Ya se habrá comprendido que la muy pícara se valió de los ahogos pecuniarios del bueno de Perico Tablas para sobornarle y ponerle de su parte. El demandadero de la cárcel de Villa, que no era ciertamente un Catón, se rindió a la voluntad dispendiosa de Jenara sirviéndole como se sirve a una dama que reúne en sí afabilidad, hermosura y dinero.

Dos días habían pasado desde la prisión de Olózaga, cuando se vio a Tablas y a Pepe Olózaga hermano menor de Salustiano, bebiendo *medios chicos* de vino en la taberna de la calle mayor, esquina a la de Milaneses. Jenara no solo supo explotar en provecho propio los buenos servicios de Tablas, sino que los utilizó en pro de Salustiano por quien mucho se interesaba.

Este insigne joven, que después había de alcanzar fama tan grande como orador y hábil político, fue primero encerrado en lo que llamaban *El Infierno*, lugar tenebroso, pero más horrendo aún por sus habitantes que por sus tinieblas, pues estaba ocupado por bandidos y rateros, la peor y más desvergonzada canalla del mundo. No creyéndole seguro en *El Infierno*, el alcaide le trasladó a un calabozo, y de allí a una de las altas bohardillas de la torre. Antes de que mediara Tablas pudo Pepe Olózaga ponerse en comunicación con su hermano, valiéndose de una fiambrera de doble fondo y del palo del molinillo de la chocolatera.

El ingenio, la serenidad, la travesura de Salustiano eran tales, que en pocos días se hizo querer y admirar de los presos que le rodeaban y que allí entraron por raterías y otros desafueros. Los demás presos no se comunicaban con él. Pepe Olózaga, después de ganar a Tablas, a quien hizo creer que su hermano estaba encarcelado por *cosas de mujeres*, intentó ganar también a uno de los carceleros; pero no pudo conseguirlo. Más afortunado fue Salustiano, que seduciendo dentro de la prisión a sus guardianes con aquella sutilísima labia y trastienda que tenía, pudo comunicarse con Bringas. Ambos sabían que si no se fugaban serían irremisiblemente ahorcados. Discurrieron los medios de alagar los procedimientos para ver si ganando tiempo adelantaba el negocio de su salvación, y al cabo convinieron en que Bringas se fingiría mudo y Olózaga loco.

Tan bien desempeñó este su papel, que por poco le cuesta la vida. Principió por fingirse borracho; propinose después una pulmonía acostándose desnudo sobre los ladrillos, y los carceleros le hallaron por la mañana tieso y helado como un cadáver. Tras esto venía tan bien la farsa de su locura, que siete médicos realistas le declararon sin juicio. Así ganó un mes.

Miyar, que no era travieso, ni abogado, ni hombre resuelto, pereció en la horca el 11 de abril.

Mejor le fue a Olózaga con su locura que a Bringas con su mutismo, porque impacientes los jueces con aquel tenaz silencio, que les impedía despachar pronto, imaginaron darle un tormento ingenioso, el cual consistía en clavarle en las uñas astillas o estacas de caña. Nada consiguieron con esto; pero Bringas perdió la salud y no salió de la cárcel sino para morirse. Es un mártir oscuro, del cual se ha hablado poco, y que merece tanta veneración como lástima.

Pepe Olózaga y los amigos de Salustiano trabajaban sin reposo. Las comunicaciones con el preso eran frecuentes, y no solo recibió este ganzúas y dinero, que son dos clases de llaves falsas, sino también el correspondiente puñal y un poquillo de veneno para el momento desesperado. Antes el suicidio que la horca.

Jenara, que salía de noche furtivamente de la casa de Don Felicísimo, iba a donde se le antojaba sin que nadie la molestase, y así pudo ayudar a la familia de Olózaga. Hízose muy amiga de la mujer del escribano señor Raya, y también de la mujer del alcaide. A la sangre fría del preso primeramente, a la constancia y diplomacia de su hermano Pepe, al oro de la familia, y por último, a la compasión y buen ingenio de algunas mujeres, debiose la atrevidísima y dramática evasión, que referiremos más adelante en breves palabras, aunque referida está del modo más elocuente por quien debía y sabía hacerlo mucho mejor que nadie.

Jenara, preciso es declararlo, no tenía puestos sus ojos en la cárcel de Villa por el solo interés de Salustiano y su apreciabilísima familia. Allí, en la siniestra torre que modernamente han pintado de rojo para darle cierto aire risueño, estaba un preso menos joven que Olózaga, de gentil presencia y muchísima farándula, el cual pasaba por preso político entre los rateros y por un ladronzuelo entre los políticos. Era, según Tablas, hombre de grandes fingimientos y transmutaciones, al parecer instruido y cortés. Figuraba en los registros con dos o tres nombres, sin que se hubiera podido averiguar cuál era el suyo verdadero. Tablas reveló a la señora que no era ella sola quien se interesaba por aquel hombre, sino que otras muchas de la Corte le agasajaban y atendían. Las señas que el demandadero indicaba de la persona del preso convencían a Jenara de que era quien ella creía, y más aún las respuestas que a sus preguntas daba este. No obstante la dama no pudo lograr ver su letra por más que a entablar correspondencia le instó por conducto del mandadero. El preso pidió algunas onzas y se las mandaron con mil amores. Se trabajó con jueces y escribanos para que le soltaran, estudiose la causa y ¿cuál sería la sorpresa, el despecho y la vergüenza de Jenara al descubrir que el preso misterioso no era otro que el celebérrimo Candelas, el hombre de las múltiples personalidades y de los infinitos nombres y disfraces, figura eminente del reinado de Fernando VII, y que compartió con José María los laureles de la caballería ladronera, siendo el héroe legendario de las ciudades como aquel lo fue de los campos?

Corrida y enojada la señora descargó su colera sobre Pipaón, a quien puso cual no digan dueñas, y no le faltaba motivo para ello, porque el astuto cortesano de 1815 la había engañado, aunque no a sabiendas, diciéndole que el que buscaba estuvo primero en casa de Olózaga y después preso en la Villa con los demás conjurados, noticias ambas enteramente contrarias a la verdad.

A todas estas, Jenara no tenía valor para abandonar la hospitalidad que le había ofrecido don Felicísimo y continuaba embaucándole con su entusiasmo apostólico, sabedora de que la mayor tontería que podía hacerse en tan benditos tiempos era enemistarse con la gente de aquel odioso partido.

Al anochecer de cierto día de mayo, Jenara vio salir al padre Alelí del cuarto de don Felicísimo, y poco después de la casa. Hacía días que no tenía noticias de Sola ni del estado de su peligrosa y larga enfermedad, y así, luego que el fraile se marchó, fue derecha a la madriguera de don Felicísimo para saber de la protegida del señor Cordero.

—¡Grande, estupenda bomba, señora! —dijo el anciano a quien acompañaba, rosario en mano, el atlético Tablas.

—¿Se sabe algo de esa joven?...

—Ya pasó a mejor, o peor vida, que eso Dios lo sabrá —repuso Carnicero volviendo hacia Jenara su cara plana que iluminada de soslayo parecía una Luna en cuarto menguante.

—¡Ha muerto! —exclamó la dama con aflicción grande.

—Ya le han dado su merecido. Conozco que es algo atroz, pero no están los tiempos para blanduras. Hazme la barba y hacerte he el copete.

—Yo pregunto por la pupila de nuestro amigo Cordero.

—Acabáramos; yo me refiero a esa joven que han a ahorcado en Granada. ¿Cómo la llamaban, Tablillas?

—Mariana Pineda.

—Eso es. Bordadme banderitas para los liberales desembarcadores. El cabello se pone de punta al ver las iniquidades que se cometen. ¡Bordar una bandera, servir de estafeta a los liberales!, y ¡sabe Dios las demás picardías que los señores jueces habrán querido dejar ocultas por miramientos al sexo femenino...!

—¡Y esa señora ha sido ahorcada! —exclamó Jenara, lívida a causa de la indignación y el susto.

—¿Que si ha sido...? Y lo sería otra vez si resucitara. O hay justicia o no hay justicia. Como el Gobierno afloje un poco, la revolución lo arrastra todo, monarquía, religión, clases, propiedad... Esta doña Mariana Pineda debe de ser nieta de un don Cosme Pineda que vino aquí por los años de 98 a gestionar conmigo cierto negocio de las capellanías de Guadix... buena persona, sí, buena. Era poseedor de una de las mejores ganaderías de Andalucía, la única que podía competir con la de los Religiosos Dominicos de Jerez de la Frontera, donde se crían los mejores toros del mundo.

—Y esa doña Mariana —dijo Jenara— era, según he oído, joven, hermosa, discreta... ¡Bendito sea Dios que entre tantas maravillas de hermosura, ha criado, Él sabrá por qué, tantos monstruos terribles, los leones, las serpientes, los osos y los señores de las Comisiones Militares...!

—¿Chafalditas tenemos...? —dijo don Felicísimo echando de su boca un como triquitraque de hipos, sonrisillas y exclamaciones que no llegaban a ser juramentos—. Mire usted que se puede decir: «al que a mí me trasquiló, las tijeras, ji, ji, le quedaron en la mano.»

La dama le miró, reconcentrada en el corazón la ira; mas no tanto que faltase en sus ojos un destello de aquel odio intenso que tantos estragos hacía cuando pasaba de la voluntad a los hechos. En aquel momento Jenara hubiera dado algunos días de su vida por poder llegarse a don Felicísimo y retorcerle el pescuezo, como retuerce el ladrón la fruta para arrancarla de la rama; pero excusado es decir que no solo no puso por obra este atrevido pensamiento homicida, sino que se guardó muy bien de manifestarlo.

—Yo no soy tampoco de piedra —añadió Carnicero echando un suspiro—; yo me duelo de que se ahorque a una mujer; pero ella se lo ha guisado y ella se lo ha comido, porque ¿es o no cierto que bordó la bandera? Cierto es. Pues la ley es ley, y el decreto de octubre ha proclamado el tente-tieso. Con que adóbenme esos liberales. Dicen que fueron tigres los señores jueces de Granada. Calumnia, enredo. Yo sé de buena tinta... vea usted: aquí tengo la carta del señor Santaella, racionero medio y tiple de la catedral de Granada... hombre veraz y muy apersonado, que por no gustar del clima de Andalucía, quiere una plaza de tiple en la Real capilla de Madrid... pues me dice, vea usted, me dice que cuando la delincuente subió al patíbulo, los voluntarios realistas que formaban el cuadro se echaron a llorar... Un Padre nuestro, Tablas, recémosle un Padre nuestro a esa pobre señora.

Igual congoja que los voluntarios realistas sintió Jenara al oír el rezo de Carnicero y Tablas; pero dominándose con su voluntad poderosa, varió de conversación diciendo:

—¿Se sabe de la pupila de Cordero?

—Esa... —replicó don Felicísimo con desdén— está fuera de peligro. Hierba ruin no muere.

XXI

—Sí, ya está fuera de peligro, gracias al Señor y a su Santísima y única madre, la Virgen del Sagrario. Decir lo que he padecido durante esta larga y complicada dolencia de la apreciable Hormiga, durante estos cuarenta y tantos días de vicisitudes, mejorías, inesperados recargos y amenazas de muerte, fuera imposible. El corazón se me partía dentro del pecho al ver cómo caía y se deslizaba hasta el borde del sepulcro aquella criatura ejemplar dotada por el Cielo de tantas riquezas de espíritu y que parece puesta adrede en el mundo para que sirva de espejo a los que necesitamos mirarnos en un alma grande para poder engrandecer un poquito la nuestra. Y más me angustiaba el ver cómo se moría sin quejarse, aceptando los dolores como si fueran deberes; que su costumbre es llevar sobre sí las pesadumbres de la vida, como llevamos todos nuestra ropa.

»Ya está fuera de peligro, y gracias a Dios ya sigue bien. Me parece mentira que es así, y a cada instante tiemblo, figurándome que su cara no recobra tan prontamente como yo quisiera, los colores de la salud. Si la oigo toser, tiemblo, si la veo triste tiemblo también. Pero don Pedro Castelló, que es el primer Esculapio de España, me asegura que ya no debo temer nada. Es fabuloso lo que he gastado en médicos y botica; pero hubiera dado hasta el último maravedí de mi fortuna por obtener una probabilidad sola de vida. Mi conciencia está tranquila. Ni sueño ni descanso ha habido para mí en este período terrible. He olvidado mi tienda, mis negocios, mi persona y al fin con la ayuda de Dios he dado un bofetón a la pícara y fea muerte. ¡Viva la Virgen del Sagrario, don Pedro Castelló y también Rousseau que dice aquello tan sabio y profundo: *«no conviene que el hombre esté solo»*!

Así hablaba don Benigno Cordero en la tienda con un amigo suyo muy estimado, el marqués de Falfán. Y era verdad lo que decía de sus congojas y del gran peligro en que había puesto a Sola una traidora pleuresía aguda. La naturaleza con ayuda de la ciencia y de cuidados exquisitos triunfó al cabo; pero después recayó la enferma, hallándose en peligro igual si no superior al primero. Cuanto humanamente puede hacerse para disputar una víctima a la muerte, lo hizo don Benigno, ya rodeándose de los facultativos más reputados ya procurando que las medicinas fueran escogidas aunque costaran doble, y principalmente asistiendo a la enferma con un cuidado minucioso, y con puntualidad tan refinada que casi rayaba en la extravagancia. Digamos en honor suyo que había hecho lo mismo por su difunta esposa.

Aunque parezca extraño, Doña Crucita manifestó en aquella ocasión lastimosa una bondad de sentimientos y una ternura franca y solícita de que antes no tenían noticia más que los irracionales. Sin dejar de gruñir por motivos pueriles, atendía a la enferma con el más vivo interés, velaba y hacía las medicinas caseras con paciencia y esmero. Bueno es decir para que lo sepa la posteridad, que doña Crucita tenía en su gabinete el mejor herbolario de todo Madrid.

Cuando don Pedro Castelló dijo que la enferma no tenía remedio, don Benigno manifestó grandeza de ánimo y resignación. No hizo aspavientos ni habló a lo sentimental. Solamente decía: «Dios lo quiere así, ¿qué hemos de hacer? Cúmplase la voluntad de Dios.» La *Paloma ladrante*, que tenía en su natural genio el quejarse de todo, no supo mantenerse en aquellos límites de cristiana prudencia y dijo algunas picardías inocentes de los santos tutelares de la casa; pero a solas cuando nadie podía verla, se limpiaba las lágrimas que corrían de sus ojos. La posteridad se enterará con asombro de las palizas que la buena señora daba a sus perros para que no hicieran bulla ni salieran del gabinete en que estaban encerrados.

Los Corderillos mayores compartían la pena de su padre y tía, y los minúsculos, sin darse cuenta de lo que sentían, estaban taciturnos y con poco humor para pilladas. Deportados con las cotorras en el gabinete de su tía, jugaban en silencio, desbaratando una obra de encaje que Crucita tenía empezada, para rehacerla después ellos a su modo. Cuando Sola estuvo fuera de peligro y sin fiebre, lo primero que pidió fue ver a los chicos. Radiante de alegría los llevó don Benigno al cuarto de la enferma diciendo: «aquí está la Guardia Real Granadera» y al mismo tiempo se le aguaron un poco los ojos. Sola les besó uno tras otro y puso sobre su cama a Juan Jacobo, diciendo:

—¡Cómo ha crecido este!... y ¡qué gordo está! Bendito sea Dios que me ha dejado vivir para que os siga viendo y queriendo a todos.

Cordero se había vuelto de espaldas y hacía como que jugaba con el gato: después se quitó las gafas para limpiarlas. Lo que realmente hacía era defender su emoción de las miradas de Sola y los chicos. Aun en aquel primer día de su convalecencia, pudo Sola hacer a la *Guardia Real Grana-dera* un obsequio inusitado. Desde el día anterior había guardado cuatro piedras de azúcar de pilón, y dio una a cada muchacho, destinando la mayor a Juanito Jacobo, precisamente por ser el más chico y a la vez el más goloso.

—Un ángel —les dijo— que ha venido todas las noches a preguntar por mí y a ver si se me ofrecía algo, me dio anoche estos terrones para todos, encargándome que no se los diera si no se habían portado bien. Yo no sé qué tal se han portado...

—Muy mal, muy mal —dijo doña Crucita—. No merecían sino azúcar de acebuche y miel de fresno.

—Lo pasado, pasado —añadió Sola—. Ahora se portarán bien.

Esto no se había acabado de decir cuando ya se oían los fuertes chas-quidos de los dientes de Juanito Jacobo, partiendo el azúcar. Los cuatro besaron a la que había hecho con ellos las veces de madre y se retiraron muy contentos. Don Benigno no podía contener cierta expansión de gozosa generosidad que naciendo en su corazón le llenaba todo entero. Fue tras los muchachos y dio cuatro cuartos a cada uno para que compraran chufas, triquitraques, pasteles o lo que quisieran. Después le pareció poco y a los dos mayores les dio una peseta por barba, advirtiéndoles que aquel dinero era para *correrla* en celebración del restablecimiento de Sola, y por tanto no debía ser metido en la hucha. Cada uno tenía su hucha con sendos capitales.

Crucita se fue a sus quehaceres y don Benigno se quedó solo con la *Hormiga*. En los días de gravedad, cuando le acometía fuertemente la calen-tura, Sola deliraba mucho. Los individuos conservan en sus desvaríos febriles casi todas las cualidades que les adornan hallándose en estado de perfecta salud, y así Sola enferma era diligente, bondadosa y afable. Agitándose en su lecho con horrible desvarío, mandaba a los chicos a la escuela, le pasaba la lección a Rafaelito, reñía a Juanito Jacobo por romper los figurines del *Correo de las Damas*, bromeaba con Crucita por cuestión de pájaras lluecas o de perros con moquillo, daba órdenes a la criada sobre la comida, se afligía porque no estaban planchadas las camisas de don Benigno, le pedía a este cigarros para el padre Alelí, preguntaba a los dos qué plato era el más de su gusto para la próxima cena y hablaba con todos de los Cigarrales y de cierta expedición que tenían proyectada; era una reproducción o un lúgubre espejismo de su actividad y de sus pensamientos todos en la vida ordinaria. Acontecía que después de un largo período de exaltación febril, Sola se quedaba muda y sosegada otro largo rato sin decir más que algunas palabras a media voz. Don Benigno que atendía a estos monólogos con tanto dolor como interés, pudo entender algunas palabras entre ellas: *don Jaime Servet.*

Aquel famoso día de los terrones de azúcar, don Benigno, luego que con ella se quedó solo, le preguntó quién era el tal don Jaime Servet que en sueños nombraba, y ella quiso explicárselo punto por punto; pero apenas había empezado cuando entraron Primitivo y Segundo trayendo un grande, magnífico y oloroso ramo de rosas que ofrecieron a Sola con cierto énfasis de galantería caballaresca. Los dos muchachos tuvieron la excelente idea de emplear las dos pesetas que les dio su padre en comprar flores para obsequiar con ellas a su segunda madre en el fausto día de su restablecimiento; y en verdad que era de alabar la delicadeza exquisita con que procedían los muchachos, probando que en la edad de las travesuras no escasea cierta inspiración precoz de acciones generosas y de la más alta cortesía. Decir cuánto agradeció Sola la fineza, fuera imposible, y si el fuerte olor de las flores no la mareara un poco, habría puesto el ramo sobre la almohada. Les dio besos y luego pasó el ramo a Cordero para que aspirase la rica fragancia.

Don Benigno no cabía en sí de satisfacción. Se puso nervioso, se le resbalaron las gafas nariz abajo, y esta parecía hacerse más picuda, tomando no sé qué expresión de órgano inteligente. Sonrisa de vanagloria retozaba en sus labios, y aquel aroma parecíale que llevaba a su alma un regalado confortamiento, una paz deleitosa, un gozo, una esperanza, una vida nueva. Los muchachos, al ver el éxito de su hazaña, estaban soplados de orgullo.

Don Benigno se los llevó prontamente a su cuarto y les dijo:

—Tomad... un duro para cada uno. Sois caballeros finos y agradecidos. Muy bien; muy bien, señoritos: este rasgo me ha gustado mucho. En vez de comprar golosinas que os ensucian el estómago... Comprasteis el ramo... pues... Idos a paseo: no vayáis esta tarde al colegio. Yo lo mando... Adiós... un duro a cada uno.

Cuando volvió al lado de Sola, Crucita había llevado, para que la enferma los viera, los pajarillos en cría, pelados y trémulos dentro del nido, mientras la pájara saltaba inquieta de un palo a otro, y el pájaro ponía muy mal gesto por aquel desconsiderado trasporte de la jaula. Sola admiró todo lo que allí había que admirar, la sabiduría y la paciencia de aquellos menudos animalillos que así pregonaban con su manera de criar la sabiduría maravillosa y el poder del Criador, el cual en todas partes donde algo respira ha puesto un bosquejo de la familia humana.

—Lléveselos usted —dijo Sola—, que se asustan y se enojan, y creo que el enojo lo van a pagar los pequeñuelos, quedándose hoy sin almorzar.

Después cargó Crucita, no sin trabajo, con algunos tiestos de minutisa y pensamientos para que Sola viera cómo con el calor de la estación se cubrían de pintadas florecillas, las unas formando ramilletes o grupos, como un canastillo de piedras preciosas, otras sueltas con diferentes tamaños y matices; pero todas guapas y alegres. También trajo un lirio que parecía un obispo, vestido de largas faldamentas moradas, un moco de pavo que más bien parecía gallo de cresta roja, y otras muchas hierbas que llevaban la alegría a la alcoba, pocos días antes tan silenciosa y tan fúnebre. ¡Con cuánto gusto recibía Sola aquellas visitas! Era la vida que le enviaba aquellos mensajes para cumplimentarla; era la casa amada que la saludaba con lo más hermoso y agradable que en sí tenía. Para que nada faltase, vino también la cotorra, a quien Sola encontró más crecida, vino el loro que le pareció haber sufrido algún desperfecto en su casaca verde, y por último entraron también los perros en tropel, y se lanzaron a la cama aullando y lamiendo. En tanto don Benigno, después de estar un rato como en éxtasis, bajó los ojos y apoyó la barba en su mano trémula. O rezaba o recitaba algún famoso texto de Rousseau: en esto no parecen acordes las crónicas, y por eso ponemos las dos versiones para que el lector elija la que más le cuadre.

Pasó un rato. Todo estaba en silencio. El héroe de Boteros saboreaba en el pensamiento la dicha presente que no era sino anticipado anuncio de su dicha futura.

—Pues como decía a usted... —indicó Sola.

—Eso es, apreciable *Hormiga*. Siga usted su cuento y dígame quién es ese don Jaime Servet.

Sola satisfizo cumplidamente la curiosidad de su amigo.

XXII

Habiendo ordenado los médicos que la enferma fuera a convalecer en el campo, don Benigno empezó a preparar el viaje a los Cigarrales de Toledo donde él poseía extensas tierras y una casa de labranza. Extraordinario gusto tenía el héroe en estos preparativos por ser muy aficionado a la dulce vida del campo, al cultivo de frutales, a la caza y a la crianza de aves y frutos domésticos. Por su desgracia él no podía abandonar su comercio en aquella estación, y érale forzoso seguir en la tienda por lo menos hasta que pasase el Corpus, fiesta de gran despacho de encajes para Iglesia y *modistería*. Pero resignándose a su esclavitud en la Corte se deleitaba pensando en el dichoso verano que iba a pasar. Amaba la Naturaleza por afición innata y por asimilación de lo que había leído en su autor favorito y maestro. Así nada le parecía tan de perlas como aquella frase: *el campo enseña a amar a la humanidad y a servirla.*

Su plan era llevar a Sola a últimos de mayo acompañada de Crucita y los niños menores. Inmediatamente regresaría él solo a Madrid y cuando acabase junio, volvería con los otros dos chicos a los Cigarrales donde estarían todos hasta fin de septiembre.

¡Los Cigarrales! ¡Cuánta poesía, cuántas amenidades, qué de inocentes gustos y de puros amores despertaba esta palabra sola en el alma del buen Cordero! ¡Qué meriendas de albaricoques, qué gratos paseos por entre almendros y olivos, qué mañanitas frescas para salir con el perro y la escopeta a levantar algún conejo entre las olorosas matas de tomillo, romero y mejorana! ¡Qué limpieza y frescura la de las aguas, qué color tan hermoso el de las cerezas, y qué dulzura y maravilla en los panales fabricados por el pasmoso arte de las abejas en el tronco hueco de añosos alcornoques o entre peñas y jaras! En los cercanos montes el gruñido del jabalí hace temblar de ansiedad el corazón del audaz montero, y abajo, junto a la margen del río aurífero, del río profeta que ha visto levantarse y caer tan diferentes imperios, la peña seca y el remanso profundo solicitan al pescador de caña flor y espejo de la paciencia. Pensando en estos cuadros poéticos, y gozando ya con la fantasía estos legítimos placeres, don Benigno se sonreía solo, se frotaba las manos y decía para sí.

—Barástolis, ¡qué bueno es Dios!

¡Y luego!... Esta reticencia le regocijaba más que aquellas risueñas perspectivas bucólicas. Había decidido no hablar a Sola de cierto asunto hasta que ambos estuvieran en los Cigarrales y ella completamente restablecida.

Cordero fue una mañana a la Cava Baja en busca de arrieros y trajinantes para arreglar con ellos su viaje. Entró en la posada de la Villa, y en la que antiguamente se llamaba del Dragón. En esta y en uno de los aposentos más altos encontró a un mayoral que ha tiempo conocía, y después de concertar ambos las condiciones del viaje, siguieron en calorosa conversación sobre el mismo asunto, porque se había despertado en don Benigno cierto entusiasmo pueril por la dichosa expedición. Allí preguntó varias veces Cordero la distancia que hay desde Madrid a Toledo, hizo comentarios sobre tal cuesta, sobre cuál mal paso, y finalmente disertó largo rato sobre si llovería o no al día siguiente, que era el señalado para la salida. Cordero opinaba resueltamente que no llovería. Ya se marchaba, cuando al pasar por el corredor alto donde había varias puertecillas numeradas vio a un hombre que tocaba en una de estas. El hombre preguntó en voz alta:

—¿Don Jaime Servet vive aquí?

Detúvose Cordero y oyó una voz que de dentro gritaba:

—No ha llegado todavía.

El héroe no dio a lo que había oído más importancia de la que merece una simple coincidencia de nombres.

¡Qué afán puso el buen señor en preparar su viaje, en disponer lo referente a vestidos, provisiones y todo lo demás que se había de llevar! Creeríase que iban a dar la vuelta al mundo, según la prolijidad con que Cordero se proveía de todo y las infinitas precauciones que tomaba, y las advertencias que hacía, y el itinerario escrupuloso que trazaba, y la elección de vituallas, y el acopio de drogas por si ocurrían descalabraduras o molimiento de huesos. Todo le parecía poco para que a Sola no faltara ninguna comodidad, ni se privase de nada que pudiera convenir a su espíritu y su salud. Y deseando anticipar las delicias del viaje, aquella noche le habló de la distancia, le describió los pueblos que habían de recorrer, pintole paisajes de ríos y montañas, diciendo estas o parecidas cosas: —Cuando pasemos de Torrejón de la Calzada, a Casarrubielos fíjese en aquellas lomas de viñas, que están en fila y hacen unos bailes tan graciosos cuando pasa el coche corriendo... Después en tierra de la Sagra verás unos panoramas que encantan... Luego que se pasa de Olías te quedarás pasmada cuando veas allá lejos la torre de la catedral que parece saluda al viajero... Sin quitarse el sombrero, se entiende, el cual es un capacete que está emparentando con el cielo y que trata de tú a los rayos...

En fin, llegó la mañana y se marcharon despedidos por Alelí que se quedó muy triste. Cuando el coche, dejando atrás el puente de Toledo, entró en la extensa, libre y alegre campiña inundada de luz, don Benigno sintió que la alegría se rebosaba del vaso de su espíritu, chorreando fuera como las caídas de una fuente de Aranjuez, y aquel chorrear de la alegría era en él risas, frases, exclamaciones, chascarrillos y por último la elocuente frase:

—Barástolis, ¡qué bueno es Dios!

Aquel mismo día corrió por Madrid la noticia de haberse escapado de la cárcel de Villa el preso que ya estaba destinado a la horca. Jenara se alegró tanto cuando Pipaón se lo dijo que al instante salió a la calle para felicitar a don Celestino. Hacía ya dos semanas que había empezado a perder el miedo, y salía de noche a pie acompañada de Micaelita, vestidas ambas en traje tan humilde que difícilmente podían ser conocidas.

Después de dar la enhorabuena a don Celestino y a su hija regresó a casa de Carnicero y se entretuvo escribiendo algunas cartas. Pipaón la visitó en su cuarto, donde hablaron un poco de política. Jenara fue luego a ver cenar a don Felicísimo, operación que le hacía gracia por las singularidades y extravagancias de aquel santo hombre en tan solemne instante, y le halló sumamente ocupado con un alón que por ninguna parte quería dejarse comer, según estaba de cartilaginoso y duro.

—Bomba, señora... —dijo Carnicero picoteando el hueso por aquí y por allá de modo que unas veces se lo ponía por bigote y otras se lo tascaba como un freno—. En Portugal el señor don Miguel está apretando las clavijas a aquel insubordinado reino. Ahora dicen que vendrán del Brasil don Pedro y doña María de la Gloria a disputar la corona a don Miguel... Quisiera yo ver eso... Sigue, querido Tablas, lo que me estabas contando, que esta señora no puede ser insensible a las glorias del toreo, y si es verdad, como dices, que ese muchacho rondeño...

Tablas aseguró que el muchacho rondeño que acababa de llegar a Madrid y se llamaba Montes, por sobrenombre *Paquiro*, era un enviado de Dios para restablecer la decaída y casi muerta orden de la tauromaquia. Dijo también que cuando Madrid le conociera bien sería puesto por encima de todos sus predecesores en aquel arte, incluso Pepe-Hillo y Romero, pues tenía todas las cualidades de los antiguos y aun algunas más, siendo autor de varias suertes y reglas, y de un toreo nuevo...

—Por lo que deberá llamarse —dijo don Felicísimo riendo como un bobo—, el Moratín de la muleta.

Algo más se habló de este tema, aventurando en él Jenara algunas observaciones; mas como esta dijera que se verificaría una *revolución* en el toreo, se enfadó Carnicero al oír la palabra y dijo que no habría revoluciones en nada y que bien estaba el mundo como estaba, aunque estuviera sin toros. Jenara dio su asentimiento y mientras el anciano tomaba sus últimos bocados, se entretuvo en observar la habitación, pues nunca se cansaba de mirarla ni de reconocer la extraordinaria concordancia que había entre ella y su habitador, de tal manera que así como el capullo es molde del gusano, así parecía que don Felicísimo había hilado su despacho envolviéndose en él. Detrás del sillón de la mesa había un largo estante del tamaño de la pared, cuyas puertas tenían en vez de vidrios rejillas de alambres y por los huecos de estas asomaban sus caras amarillentas los legajos, como enfermos que se asoman a las rejas de un hospital. Muchos tenían cruzados de cintas rojas y cartoncillos colgantes con rótulos. Algunos estaban tendidos horizontalmente, semejando no ya enfermos sino verdaderos cadáveres que no volverían a la vida aunque les royeran ratones mil; otros estaban inclinados sobre sus compañeros, como borrachos o mal heridos, y los menos aparecían completamente derechos y erguidos. Estos eran los que se asían a las rejillas y aun echaban fuera sus cintas rojas cual si meditaran una evasión arriesgada. En el más alto andamio de la sepulcral estantería Jenara vio una colección de objetos que semejaban tinajas negras, alternando con otros que si no eran avechuchos disecados, lo parecían. Eran los sombreros que había usado don Felicísimo en su larga vida, y que en aquel retiro estaban gozando de una pingüe jubilación de polvo y telarañas, ilusionados aún con remozarse y pasar a cubrir las cabezas de otra generación menos ingrata que la pasada.

Todo lo que decimos iba pasando por la fantasía de Jenara, y después esta se fijó en la mesa, donde aquella noche había, no ya un montón, sino una cordillera de legajos por cuya recortada cima aparecía de vez en cuando la cara de don Felicísimo, iluminada de lleno por la lámpara, como Luna que platea las cumbres de los montes. En aquella altura que podría ser Calvario estaba el Cristo de la espalda en llaga y del cuello en soga, y era de ver cómo volvía su rostro ensangrentado hacia la pezuña de macho cabrío, pidiéndole misericordia, y cómo no hacía maldito caso la pezuña, solo ocupada en oprimir duramente, cual si quisiera patearla, una carta en cuyo sobrescrito se leía:

Al señor don Jaime Servet. Posada del Dragón.

XXIII

Jenara no vio tal carta. Llamáronla a cenar y cenó. Después doña María del Sagrario, siguiendo su tradicional costumbre, que por lo infalible debía haberse puesto en el Almanaque, se quedó dormida en un sillón, mientras Micaelita y Bragas, que acababa de entrar, se secreteaban de lo lindo en el comedor. La dama huésped esperó a que Tablas y la criada cenasen también para ir con aquel al rincón de los muebles viejos donde solían hablar de cosas reservadas. Llegó la ocasión y Tablas, que obedecía servilmente a la señora y era como un esclavo, por la cuenta que le tenía, contestó a las apremiantes preguntas de esta manera:

—Fue a las dos en punto. El señorito don José, el señor don Celestino y yo habíamos convenido en que las dos era la mejor hora. Yo di al carcelero las onzas que me dio el señor don Celestino y el carcelero pidió más, y le llevé más, y luego dijo que no era bastante y se le dieron otras pocas onzas. Al preso le llevé las mangas con galones de teniente coronel, y la gorra de cuartel, que eran el trapo para engañar a cualquier carcelero de sentido. Ya se le había llevado puñal y pistola y un cinto de onzas, que son la mejor brega para parar los pies a la justicia y hacerla que obedezca al engaño. El carcelero y yo habíamos convenido en correr el cerrojo sin echarle el gancho, y don Salustiano tenía ya una cuerda para descorrerle desde dentro. Para que no hiciera ruido untamos de aceite al cerrojo. El preso salió: yo no sé cómo se las compuso para que no ladraran los dos grandes perros que se quedan todas las noches en el pasillo. Debió de echarles pan o hacerles maleficio, porque aquellos animales no se empapan en el engaño. Ello es que bajó y por la escalera se le apagó la luz y tuvo que volver a subir para encender otra. Yo le sentía desde abajo y no me atrevía a ayudarle ni a decir esta boca es mía, por miedo a que los carceleros se escurrieran fuera percatándose del engaño. Todos habían recibido sus pases de dinero para que se atontaran; pero yo no tenía confianza y estaba con el alma en un hilo, esperando a ver qué tal se portaba la cuadrilla. Por fin, señora, apareció el preso en la sala de guardia de la cárcel donde estábamos varios, algunos vendidos y otros que no se habían dejado comprar, echándoselas de bravos y boyantes. Yo les había convidado a beber y estaban un poco fuera de la jurisdicción del tino. Al ver al preso se quedaron pasmados. Venía con la capa terciada, enseñando la manga derecha y los galones de oro. En aquella mano traía un puñal, y en la otra la muleta o sea un puñado de onzas. ¡Qué momento! don Salustiano arrojó al suelo las onzas y amenazó con la herramienta gritando: *¡onzas y muertes reparto!*... Allá voy.

Había sonado la campanilla, y Tablas, interrumpiendo su relación, corrió a abrir. Aquella noche venía más gente que de ordinario a la misteriosa tertulia de don Felicísimo, y así la campanilla no sabía estar callada ni un cuarto de hora.

—Pues decía —añadió Tablas— que al ver las onzas por el suelo y el puñal en el aire, se quedaron todos parados, ciñéndose en el engaño sin saber si atender al oro o al hierro, al trapo o al estoque. Pero la mayor parte se fueron al capote y anduvieron un rato a cuatro pies. Otros quisieron cortar el terreno. Ya el preso tenía la llave en la cerradura para abrir la puerta... Esta llave se había hecho días antes por moldes de cera que yo saqué...

La campanilla volvió a sonar. Jenara hizo un gesto de impaciencia. Cuando después de abrir volvió Tablas y dijo a la señora con mucho misterio:

—Ahí está.

—¿Quién?

—El de ahí enfrente.

—¿Pero quién es el de ahí enfrente?

—El culebrón con pintas... Viene muy embozado en su capa y le acompaña un cura.

—¿Pero quién?

—El que se casó con la jorobada, el degollador de España, Calomarde, señora.

—Bien, siga usted.

—Puso la llave en la cerradura; pero en esto el bribón de Poela, que es el que había tomado más varas, quiero decir más onzas, se fue a él con muchos pies y le tiró a matar con un puñal. Felizmente no le hirió porque el preso llevaba sobre el pecho la tapa de un misal. Pero con el encontronazo se le cayó la llave de la cerradura y de la mano. Yo hice un cuarteo, apagué la luz, recogí la llave, se la di, abrió él a fondo, sin vacilar. En un mete y saca quedó hecho todo, y digo mete y saca porque don Salustiano, después de abrir, tuvo alma para sacar la llave, salir y cerrar por fuera. Lo que pasó en la calle no lo sé, pero según entiendo ya está ese caballero en corral seguro. En la cárcel hubo luego porrazos, caídas, puños y varas. Yo saqué un rasguño en esta mano. Vinieron dos alcaldes de Casa y Corte y estuvieron tomando declaraciones... A mí con esas. ¡Buen trasteo les dimos! Yo, aunque me citaban sus mercedes sobre corto y sobre largo y a la derecha y a la izquierda, no quise embestir a la palabra y me callé como un cabestro.

Apenas concluyó el atleta oyose allá en el fondo del pasillo una voz que decía: ¡Luz, luz!

Era que aquella noche como en otra ya mencionada la lámpara que alumbraba el congresillo furibundo resolvió apagarse y de nada valieron contra esta determinación autocrática las exclamaciones y protestas de don Felicísimo. Es fama que la luz comenzó a palidecer precisamente cuando la tertulia llegaba a su grado más alto de calor político y de cólera apostólica; por lo que contrariados todos al ver que desaparecían las caras, clamaban en tonos distintos: ¡luz, luz!

Allá corrió Tablas, y sacando la lámpara les dejó completamente a oscuras, mas no callados. Salía de la sala un murmullo impaciente, del cual Jenara no pudo entender cosa alguna. Cuando volvió Tablas llevando en alto la lámpara encendida, como el coloso antiguo alumbrando el puerto de Rodas, la dama pudo ver por la entornada puerta las sombras que se movían en aquel antro blanquecino. Conoció a algunos y haciéndose cruces se apartó de allí y dijo:

—¡También don Juan Bautista Erro!

—Y el señor obispo de León —murmuró Tablas—. Es el que mete más ruido y el que, cuando yo entré decía: «Para nada hace falta la luz.»

—Tiene razón. Para nada les hace falta. Y si no que se lo pregunten a los topos.

Después que supo cuanto podía saber de la evasión de Olózaga, intentó pescar algunas frases de las que en la sala se decían. Acercose y puso atención; pero el espesor de las antiguas puertas no permitía que se oyeran palabras. Aburrida dio algunos paseos por el corredor blanco en el cual los puntales interrumpían a cada instante la marcha, y los ladrillos del piso tecleaban bajo los pies. Sobre el yeso veíanse las correderas que de noche salían de las infinitas grietas de la casa para hacer sus excursiones, y el gato corría cazando y trepaba por las vigas y desaparecía por ignorados agujeros para reaparecer en la habitación más lejana, o bien se estiraba perezoso en el rincón de los muebles viejos, donde sus ojos brillaban como dos gotas de oro encendido. Cuando alguien andaba por los pasillos con paso muy vivo, sentíase un estremecimiento temeroso en la casa toda y los puntales parecían temblar, como los músculos del atleta que hace un esfuerzo grande, y caían algunas cascarillas de yeso de las paredes y el techo. La casa tenía, pues, sus palpitaciones súbitas y sus corazonadas nerviosas.

Jenara se retiró a su cuarto y apagó la luz fingiendo que se acostaba. Cuando los apostólicos se fueron, y se fue Pipaón y se encerró en su dormitorio don Felicísimo, la dama salió envuelta en manto negro y andando tan quedamente que sus pasos no se sentían más que los del gato. Vio a Tablas, le habló en secreto indicándole que deseaba salir sin que nadie lo supiera en la casa; vaciló un momento el gigante; pero su venalidad fue también llave de aquella evasión, no tan cara como la de Olózaga. ¿A dónde iba la aventurera? ¿A su casa, que continuaba puesta y servida, como si ella estuviera de viaje, o a otra parte misteriosa y no sabida de ser alguno vendido ni por vender? Lo ignoramos. Este es un punto en el cual todas nuestras pesquisas y diligencias han valido poco, y al tratarlo sin conocimiento nos ocurre decir como los apostólicos: «¡Luz luz!»

Al día siguiente muy temprano, cuando don Felicísimo y su hermana se levantaron, Jenara estaba en casa; pero salió muy tarde de su habitación porque había pasado, según indicó, muy mala noche. Cuando fue a saludar a Carnicero, este le dijo:

—¡Qué mala noticia tenemos hoy! Ese bribón de Olózaga que se escapó de la cárcel de villa no parece. Se ha revuelto todo Madrid... ¡Ah!, es que no se habrá revuelto bien. Si la policía supiera cumplir con su deber... Por cierto, señora mía, que anoche uno de los amigos que me honran viniendo a mi tertulia me habló de usted... Por de contado, señora, ni las moscas saben que está usted en mi casa.

—¿Y no se puede saber por qué motivo me tomó en boca ese amigo de usted?

—Ese amigo —dijo Carnicero— sostiene que usted debe saber dónde se oculta Olózaga.

—¿Yo? Su amigo de usted es tonto rematado. ¡Qué sandeces se permiten algunas personas!

Y no dijo más porque, habiéndose acercado a la mesa de don Felicísimo, tenía los cinco sentidos puestos en el sobre de la carta que bajo la pezuña estaba.

—Tablas, Tablas —gritó a la sazón el anciano—. Pero hombre, ¿que nunca has de estar aquí cuando haces falta...? Toma, ve, corre, lleva esta carta a la posada del Dragón.

Y levantó la pezuña de macho cabrío para tomar la carta, que violentamente oprimida por aquel pesado objeto parecía hallarse a punto de reventar echando fuera todas sus letras.

—Pues sí, señora mía —prosiguió don Felicísimo luego que marchó Tablas con el recado—. Eso me decía mi amigo, y me lo repitió tres veces... «Ella debe saberlo, ella debe saberlo y ella debe saberlo...» Y que le apearan de esto.

—Su amigo de usted —replicó Jenara— será un gran farsante y un perverso calumniador, porque esto envuelve una calumnia, señor Carnicero.

Y era verdad que la dama aventurera no sabía dónde se ocultaba el que después fue insigne tribuno y jefe de un partido. Siendo ella una de las personas que más ayudaron en el oscuro complot de la evasión, no fue partícipe del secreto del escondite, el cual, por excesivamente delicado y peligroso, no salió de la familia. Hoy se sabe que Salustiano al salir de la cárcel, cerrando por fuera la puerta, tropezó con un nuevo obstáculo, el centinela. Estaba concertado que un amigo, fingiéndose asistente del supuesto teniente coronel, entretendría al centinela contándole cuentos. Pero este amigo había faltado y el centinela se paseaba solo a la claridad de la Luna, que aquella noche brillaba de un modo tan poético como importuno. Un *buenas noches, centinela*, pronunciado con serenidad asombrosa, salvó a Salustiano de este nuevo peligro. Avanzó tranquilamente, y en la esquina de la calle de Luzón se le unió un amigo que le aguardaba. Por las calles menos concurridas se apartaron a buen paso de la cárcel, dirigiéndose a la vivienda destinada a servir de refugio al fugitivo, la cual era una sombrerería de la Puerta del Sol. Llegaron al centro de Madrid, y vieron que en el Principal se agolpaba la gente. Ya se tenía allí noticia de la escapatoria. Olózaga tuvo que dar un rodeo de un cuarto de legua para dirigirse a la sombrerería, entrando en la Puerta del Sol por la carrera de San Jerónimo, y al fin se vio seguro en el asilo que se le había preparado. Baráibar se llamaba el sombrerero, patriota generoso, que guardó el secreto con fidelidad admirable y supo arrancar al absolutismo una de sus víctimas. Escondido en el sótano de la tienda estuvo Salustiano muchos días, mientras se preparaba el no menos difícil ardid de ausentarle de España. Había trocado una prisión por otra; pero en esta última la esperanza, la idea de libertad y de triunfo le acompañaban en las solitarias horas. Por las noches, contra la opinión de su amigo Baráibar, que temblaba con las temeridades de Olózaga, este se disfrazaba hábilmente y se salía del sótano de la casa, no precisamente para pasearse por Madrid, sino para correr a misteriosas citas, en que no tenía participación la política. Como estas atrevidas expediciones nocturnas son de un carácter reservado, debe interponerse entre ellas y la luz de la historia la pantalla de la discreción; y así, doblando esta página, solo escribiremos en ella: «Oscuridad, oscuridad.»

XXIV

«¡Barástolis, mayoral, que ya estamos en casa; pare usted, pare usted!» Esto decía don Benigno, y al punto el desclavijado vehículo se detuvo en lo más fragoso de un caminejo lleno de guijarros y junto a una tapia carcomida. Bajaron todos molidos y aporreados, y don Benigno enderezó la caminata hacia la casa, que distaba como dos tiros de fusil del lugar donde había parado el coche. Cada uno de los chicos iba abrazado con su hucha, y entre todos conducían mal que bien los cinco perros de Crucita. Esta no había querido confiar a nadie sus dos gatos, y por el camino no había cesado de echar maldiciones contra el mayoral, el camino y el coche, que era una verdadera fábrica de chichones.

El panorama de la finca se presentó de un golpe a la contemplación de los viajeros. Don Benigno no cabía en sí de gozo, y a cada paso decía a Sola:

—Vea usted cómo están esos almendros... ¿Quién diría que esos olivos no tienen más que diez años?... Aquellos otros, que aún son estacas, los planté yo por mi mano hace tres años... Mire usted a la derecha; pues aquello es lo del tío Rezaquedito, tierras que vendrán a ser mías el año que viene.

La casa era de labor, medianamente arreglada para vivienda cómoda. Tenía una huertecilla, a la que daba frescura y sustancia el agua clara de una noria. Más allá había un prado muy lucido, en el cual pastaban algunos carneros, y las gallinas en bandadas, que regía un arrogante y enfatuado gallo, recorrían libremente todo, olivar, viñas y prado, respetando la huerta, donde les prohibía la entrada, con muy mal gesto, una cerca de zarza erizada de púas.

El sitio no era prodigio de hermosura pero sí muy agradable y tenía los inapreciables encantos de la soledad, del silencio campesino y del verdor perenne aunque un poco triste de los olivos. Los horizontes eran anchos, la luz mucha, el aire puro y sano. Todo convidaba allí a la vida sosegada y a desencadenar de tristezas y preocupaciones el espíritu, dejándole libre y a sus anchas.

Interiormente la casa valía poco; pero Sola, en cuanto la vio, hizo mentalmente la reforma y compostura de toda ella, prometiéndose ponerla, si la dejaban, en un grado tal de limpieza, comodidad y arreglo que podrían allí vivir canónigos y aun obispos. Todo lo observaba ella, y si al principio no decía nada, cuando Cordero le preguntó su opinión, no pudo menos de darla, diciendo: —¡Qué bien vendría aquí un tabique...!, y abrir allá una puerta... y extender este corredor poniéndole escalera exterior para bajar a la huerta... y en la huerta yo plantaría una fila de árboles que dieran sombra a la casa por esta parte... y quitaría el gallinero de donde está para ponerlo allá en el fondo del corral donde están las mulas... Hay que cuidar mejor de la huerta y componer esa noria que sin duda es del tiempo de los moros.

Todo esto lo oía extasiado don Benigno, prometiéndose formalmente hacer las reformas indicadas por Sola y aun algunas más.

Desgraciadamente para él, no podía estar en los Cigarrales sino un par de días, porque le precisaba volver a Madrid, pero ¡qué feliz sería cuando volviese definitivamente a sus queridas tierras para pasar todo el verano! Sí, sí, sí: era ya cosa decidida en el espíritu del bueno del comerciante liquidar cuentas, traspasar la tienda, renunciar al comercio y hacerse labrador para el resto de sus días. Estos dulces pensamientos le hacían sonreír a solas.

La historia cuenta que don Benigno regresó a Madrid sin que le ocurriera nada de particular en su viaje, dejando buenos y sanos, y además muy contentos, a los que en los Cigarrales se quedaron. También dice que vendió muchos encajes en la temporada del Corpus, y que allá por los últimos días de junio el héroe hizo entrega de la tienda a un amigo de toda su confianza, y se dispuso a partir para Toledo con sus dos hijos, Primitivo y Segundo, que ya estaban de vacaciones, con buenas notas y las correspondientes huchas llenas de dinero. Para colmo de dicha, el padre Alelí, a quien los médicos de la Orden habían prescrito sosiego y campo, se disponía a acompañarle a los Cigarrales. ¿Qué faltaba? Solo faltaba para poner la veleta al edificio de la felicidad Corderil que se resolviera un asunto delicado, un asunto del alma, un problema de corazón, del cual pendían todos los demás problemas, cuestiones y proyectos del héroe de Boteros. Una de las dificultades más graves, que era la de la enunciación o planteamiento verbal del problema, estaba ya vencida, porque don Benigno halló un medio excelente de vencer, o mejor dicho, de esquivar su timidez, y fue escribir a Sola una larga carta cuando ella se hallaba en los Cigarrales y él en Madrid.

La carta era tan fina, tan discreta y comedida, que no vacilamos en reproducir algunos párrafos de ella. Decían así:

«Esto que siento no es una pasión de mozalbete, que sería impropia de mi edad, es un afecto que empezó siendo compasión y poco a poco se fue volviendo un tanto egoísta; luego se robusteció mucho con admiraciones de las virtudes de usted, y más tarde se hizo fuerte con la consideración de asociar a mi vida una vida tan útil por todos conceptos y que me traería tan gran dote de riquezas morales y de méritos positivos.

»Aquí, apreciabilísima *Hormiga*, viene por sus pasos contados la cuestión del agradecimiento. Usted dirá que lo tiene por mí, y yo replico que mayor debe ser el mío porque los favores que me ha hecho son de los que no se pagan con nada del mundo. Usted ha criado a mis hijos, usted ha ordenado mi casa, usted ha hecho agradable, fácil y metódica la vida. Y quien tanto ha hecho, quien tanto merece, ¿no ha de tener una posición digna en el mundo? Sí, y mil veces sí. Huérfana y sola, pobre y sin más tesoro que sus virtudes, su amor al trabajo, su tierna solicitud por todas las criaturas débiles o enfermas, usted ha cautivado mi corazón, no con afecto ardiente de esos que más bien hacen desgraciados que felices a los hombres, sino despertando en mí un sentimiento puro, en el cual se enlazan el amor y el respeto, la consideración y la ternura, el deseo vivísimo de ser feliz y el más vivo aún de hacer feliz, rica, considerada y señora a quien ya tiene en su alma todas las señorías de Dios.

»No me conteste usted por escrito. Medite usted mi proposición, y cuando yo vaya, que será dentro de ocho o diez días, me responderá verbalmente con una sola palabra, en la inteligencia, apreciable *Hormiga*, de que si mi proposición mereciera una negativa, sería usted para mí lo mismo que ahora es, la primera y más santa de las amigas, y siempre sería yo para usted el mismo leal, admirador y ferviente amigo.

Benigno Cordero.»

Muy satisfecho y descansado se encontró el hombre después de escrita la carta. Leída y aprobada por el padre Alelí, don Benigno la entregó por su propia mano al ordinario de Toledo. Aquel día vendió muchos encajes. Dios estaba de su parte.

XXV

Por fin vino el último día de junio, y el héroe, con sus dos hijos y el padre Alelí, se embanastó en el coche, y helos aquí en camino de los Cigarrales. Durante el viaje el fraile hablaba por siete, siendo tan extremado aquel día el desorden caótico de su cabeza que no hablara mejor ni con más gracia el mismo descubridor de los *cerros de Úbeda*, o el fabricante de los *pies de banco*. A cada instante suspendía sus paliques para quedarse mirando al cielo, con el dedo en el labio y el entrecejo lleno de pliegues y laberínticas arrugas, imagen exacta de la confusión que dentro reinaba. Las únicas palabras que entonces profería eran estas: —Benignillo, yo tenía que decirte una cosa... ¿Qué es lo que yo tenía que decirte, Benignillo?... Pues no me acuerdo.

El de Boteros, aunque anheloso y lleno de dudas, tenía presentimientos felices, y el corazón le aseguraba que sería venturoso el término o solución de sus amorosas ansiedades. Llegaron. Sola, doña Crucita y los chicos menores con regular escolta de perrillos y perrazos salieron a recibirles al camino. Por un rato no se oyó más que el estallido de los besos con que se saludaban los hermanos. No poca parte del besuqueo fue para la correa y las flacas manos de Alelí, el cual, sintiendo un gozo superior a lo que las palabras podían expresar, echaba bendiciones a derecha e izquierda, como sembrador que desparrama a puñados el trigo sobre un fértil terreno. Don Benigno se encontró bastante cohibido en presencia de Sola; y así sus frases fueron balbucientes, truncadas y sosas. Ella estaba en su natural buen humor, alegre por la llegada de los viajeros, y un poco más decidora que de costumbre. Crucita no parecía la misma y andaba por el campo hecha una zagaleja, vestida con un *deshabillé* extravagante y cómodo, que no era ciertamente tomado de los figurines de la Arcadia ni del Zurguén.

Era una naturaleza constituida moralmente para la vida del campo, por su amor a las flores y a los animales, su espíritu de independencia y su actividad. Así cuando vio trocadas las arboledas de sus balcones por aquel espacioso tiesto en que había olivares, viñedos, albaricoques, establos, huerta, cerros y horizonte, enloqueció de contento y todo el día andaba por aquellos campos con un pañuelo liado a la cabeza y un garrote en la mano, echando de comer a las gallinas, vigilando los carneros, expulsando a los guarros de los sitios donde no debían estar, o bien cogiendo fruta, regando lechugas, arreglando una espaldera de cañas para que se enredaran trepando las tiernas y vacilantes judías. Los chicos que ya llevaban un mes en aquella vida, estaban negros como cuervos de tanto andar por el campo, jugando a todas horas con tierra, palitroques y guijarros. Parecían dos pintiparados paletos, y en sus caras, color de pucheros de Alcorcón, brillaban los ojos de azabache despidiendo centellas de picardías.

Antes de que llegara la noche, don Benigno recorrió la casa, hallando en ella y en la distribución de sus escasos muebles tanta novedad y arreglo que su corazón bailó de contento. Ya se conocía bien qué manos divinas habían andado por allí y qué instinto sublime había hecho de un caserón un hogar y del desmantelado hueco un delicioso nido.

—¡Qué admirable, qué encantadora manera de responder a mi proposición! —dijo Cordero para sí—. Me contesta con hechos, no con palabras. Estas paredes y estos muebles me responden por ella diciéndome: «Nos ha arreglado la señora de la casa.»

En la huerta halló Cordero nuevos motivos de admiración. No parecía la misma que él había dejado al regresar a Madrid. Todos los cuadros estaban sembrados de hortaliza; las gallinas expulsadas de allí tenían mejor acomodo en un local admirablemente elegido y dispuesto. La cerca limpia y podada reverdecía y echaba verdadera espuma de tiernos renuevos, como si en sus venas hirviera la savia; las callejuelas y paseos admirablemente enarenados parecían recibir con agradecimiento la blanda pisada del amo, cuando por aquellos frescos contornos se paseaba. La noria estaba ya compuesta y no se desperdiciaba el agua, ni quedaba ningún cangilón roto. Toda la máquina funcionaba dando vueltas majestuosamente y sin chirridos, semejando una vida serena, arreglada y prudente que iba sacando del hondo depósito del tiempo futuro los días para vaciarlos serenamente en el manso río del pasado. A Don Benigno se le antojaba que los árboles habían crecido mucho y era la verdad que si no habían crecido mucho, estaban verdes y lozanos y por haber sido limpiados de todo el ramaje viejo y seco. Extendían los morales su fresquísimo follaje como diciendo: «hemos echado estas hojas tan grandes y tan verdes para coronar a la señora de la casa.»

—Parece mentira —dijo don Benigno sintiendo su garganta oprimida por un dogal de satisfacción, pues también hay dogales de gozo—; parece mentira, apreciable Sola, que haya hecho usted tantas maravillas con el poco dinero que le dejé. La casa está trasformada y la huerta también. De este tugurio y de este rincón de tierra ha hecho usted con su mano de oro un palacio y un edén.

Sola se ruborizó un poco y dijo que era preciso echar abajo dos tabiques y plantar una nueva fila de árboles, y traer algunos muebles.

¿Muebles? ¡Ah! don Benigno habría traído, si en su mano estuviera, el trono de las Españas para sentar en él a la que de este modo inundaba su alma y su vida de esperanza y alegría. Al hablar de las reformas de la finca, Sola hablaba ingenuamente el lenguaje de la señora de la casa. Y en esto no había afectación de ninguna clase, ni menos desenfado de advenediza, sino que se expresaba así porque todo aquello le parecía suyo y muy suyo de hecho, aunque no mediasen las circunstancias que se lo iban a dar de derecho.

Cenaron. La cena fue alegre y opulenta. Abundante caza, sabrosos salmorejos, perdices escabechadas, estofado de vaca que propagó por toda la casa su exquisito olor de refectorio, legumbres fritas en menestra, festoneada con ruedecillas de huevos duros, vino fresco de Esquivias, y luego un bandejón de albaricoques de la finca, frescos, ruborizados, y echando pura miel por aquella boquirrita con que se pegaban al árbol, compusieron la colación. En la mesa se encontraron cosas de los Cigarrales y cosas de Madrid. Llevaba en esto la palabra el fraile que en tocando a hablar se parecía a la noria tal como estaba antes, echando agua sin concierto ni orden. Más de una vez se quedó parado y lelo, diciendo: —«Benignillo, yo tenía que contarte una cosilla...» «¡Ah!, ya caigo» —añadía dando un grito. Y después decía: —«Pues no: se me fue. Me anda dando vueltas por el magín y no la puedo atrapar.»

Con estas cosas se acabó la cena y el fraile rezó el rosario, contestado por Benigno y Sola, porque Crucita y los cuatro muchachos se quedaron dormidos teniendo entre los dientes el último hueso de albaricoque y el primer Padre nuestro.

—*Ite, mensa est.* A acostarse todo el mundo —gritó al concluir Alelí—. Estamos muertos de cansancio.

Y se acostaron todos. Don Benigno durmió con plácido sosiego y soñó que estaba su cabeza circundada de una aureola, de un disco de luz como el que tienen los santos. Por la mañana cuando se levantó y salió de su alcoba, persistía en él la ilusión de tener en su cabeza el nimbo y de estar despidiendo de sus sienes chorros de luz. Tomó su chocolate, encendió un cigarrillo, entró en la sala baja y vio a Sola que estaba abriendo las maderas para que entrara el aire puro del campo, y al mismo tiempo para atar la cuerda donde se había de colgar la ropa que se estaba lavando. El otro extremo de la cuerda debía atarse en el moral grande que había en medio de la huerta. Don Benigno tomó la soga y salió muy contento a ayudar a su protegida en aquella faena doméstica.

—Más fuerte —le dijo Sola riendo.

Si Cordero se atara la soga en el mismo cogollo de su corazón, no sintiera este más alborotado y palpitante.

—Más flojo —dijo Sola.

—¿Así?

—No tanto. Si se tira mucho se rompe, y si se afloja mucho, el viento se lleva la ropa. Ahora está bien.

Don Benigno volvió a la sala. Una gran cesta de ropa blanca aguardaba a la robusta moza que había de llevarla a la huerta. La moza salió, Sola se quedó allí mirando a fuera. Don Benigno se acercó a ella. Ambos hablaron un rato, diciéndose todo lo más quince palabras que nadie pudo oír, ni aun el narrador mismo que todo lo oye. La moza y dos criados más entraron. Don Benigno salió con la aureola de su cabeza tan crecida que le parecía ir derramando una claridad celestial por donde quiera que iba. Pasó a la huerta donde topó de manos a boca con un maestro de obras que había mandado venir de Toledo para encargarle las reformas de la casa.

Don Benigno no le conocía, pero le dio un abrazo. Estaba muy nervioso; pero su discreción y buen juicio pugnaban por sobreponerse a aquella exaltación, y al fin pudo lograrlo.

—Maestro —dijo—, es preciso emprender las obras inmediatamente. Hay que derribar dos tabiques y construir una galería exterior sobre la huerta...

En fin, la señora le dirá a usted; póngase usted a las órdenes de la señora. ¡Ah!... lo principal es arreglar la pieza que va a ser gabinete de la señora, ¿me entiende usted?, gabinete de la señora. ¿Cuánto se tardará en las obras? Hay que concluirlas pronto; pero muy pronto. Tienen ustedes una calma...

—Señor...

—Sí, mucha calma. Empiece usted pronto. ¿Ha traído las herramientas?

—Si no sabía...

—¡Qué cachaza! Quiero que la casa sea una tacita de plata. La señora dirigirá las obras. Pensamos vivir aquí constantemente. ¿Qué hace usted que no toma medidas? ¡Qué cachaza! ¡Barástolis, barástolis!

El maestro se excusó de no haber empezado las obras que aún no estaban formalmente encargadas, y don Benigno, que en los momentos de mayor exaltación era hombre razonable, comprendió la justicia de las excusas y le dio otro abrazo. Juntos recorrieron la casa. Uniose a ellos Sola y durante un rato no se habló más que de pies castellanos, de una puerta por aquí, de cuatro vigas por allá, de las paredes que debían empapelarse y de las que debían ser pintadas, del nuevo corredor para ir a la cocina, del cielo raso y de otras menudencias. Sola explanaba sus proyectos y deseos con una claridad admirable, demostrando en todo la elevación de su genio doméstico.

Cuando el maestro se retiró, Cordero y Sola hablaron larguísimo rato. Separáronse al fin, porque ella no podía abandonar ciertas ocupaciones de la casa, y cuando entró Sola en el cuarto donde estaban planchando se secó los ojos, que pestañeaban como si quisieran lloriquear un poco. Después cantó entre dientes, apartando la ropa que iba a repasar.

Don Benigno salió a la huerta y de la huerta al campo, porque necesitaba dar un paseo largo que sirviera de expansión a su alma. Iba por en medio de los olivos cuando oyó la voz de Alelí que decía:

—Benigno, ¿dónde estás?

La espesura de los árboles no permitía que se vieran.

—¿Dónde está usted, padre Monumento?

—Hijo, aquí estoy. Este enemigo malo, esta buena pieza de Jacobito me ha traído a estos andurriales para que viera un nido y aquí estoy en una zanja de donde no puedo salir.

Acercose Cordero a donde la voz sonaba y vio a su venerable amigo en lo más bajo de una hondonada que el terreno hacía. Jacobito se había subido a los hombros del fraile, montando a horcajadas sobre su cuello, y desde aquella eminencia alargaba la mano con un palo queriendo alcanzar el nido.

—Mírame aquí sirviendo de caballería al bergante de tu hijo... Lobezno, si coges el nido o lo rompes te tiro al suelo. No espolees, verdugo, que me rompes una clavícula. Benigno, por Dios, quítame este jinete y ayúdame a salir del hoyo.

—Abajo, abajo, atrevido, insolente chiquillo —dijo don Benigno riendo—. ¿Pues qué, nuestro amigo es campanario?

Desmontose el muchacho y Alelí, libre de tan molesto peso y ayudado de Cordero, salió del atolladero en que estaba. Arreglándose el hábito, tomó de la mano a su amigo y le dijo así:

—Ya me acuerdo de lo que tenía que decirte. Vaya con mi memoria que está dando vueltas como una veleta y tan pronto apunta al Norte como al Sur. ¿Sabes lo que tenía que decirte? Pues era que se susurra que Su Majestad napolitana está otra vez en cinta. Como salga varón ¡quién verá la cara que ponen mis señores los apostólicos!

—Eso me lo ha dicho usted catorce veces durante el viaje, tío Engarza-Credos.

—Dale bola, es verdad —repitió Alelí pegando en el suelo—. Pues no era eso. Era que... ¿qué era?

Después de una larga pausa diose un palmetazo en la frente y agarrando a don Benigno por la solapa tiró de él y le dijo:

—Ya lo pesqué... ya di con mi idea... ¡Cómo se escapan las ideas! Oye tú, *don Sábelo Todo*. ¿Quién es *Monsieure* Servet?

Don Benigno miró al cielo.

—No sé —dijo— ni me importa.

Después estuvo un momento confuso, porque aquel nombre sonaba en sus oídos de un modo extraño.

—Pues el día de nuestra salida, cuando tú estabas fuera de casa arreglando las cosas del viaje y yo en tu tienda charlando con el mancebo, llegó un caballero preguntando por ti. Preguntó por todos los de la casa y dijo que no podía esperar porque tenía prisa. Se fue soltándonos su nombre que era don *Yo no sé cuántos* Servet, y como por el modo de vestir y la arrogancia y el habla y el sonsonete del apellido me pareció francés, lo llamo *monsieure*.

Alelí pronunciaba esta palabra, así como todas las palabras francesas, lo mismo que se escribe.

—¿Y no dejó recado?

—Que ya volvería. Pero la del humo. Y el mancebo y yo opinamos que es un extranjero de los que vienen a enredar y hacer diabluras y revoluciones.

Don Benigno meditó un momento. Después desechó las ideas que le asaltaban, diciendo:

—No sé quién es, ni me importa. Ese apellido lo han llevado otras personas que ya no existen; con que padre Monumento, basta de sandeces y vamos de paseo. Jacobito, ven. Corre por delante: no te alejes de nosotros... Reverendísimo fraile, todo va bien, muy bien.

—Gracias a Dios... ¿Y para cuándo?

—Lo más pronto posible. Hoy mismo se pedirán los papeles. Barástolis...

—Sí, echa, echa de ese cuerpo dos docenas de *barástolis*, y yo te acompañaré echando cuatro... Ya era tiempo, ya era tiempo.

XXVI

Deseoso de que su dicha fuera realidad dentro del más breve plazo, don Benigno arregló sus papeles y pidió los de Sola que estaban en un pueblo del reino de León. Entretanto que venían aquellos malhadados documentos, sin los cuales no es posible encender cristianamente la antorcha de Himeneo, los futuros cónyuges vivían en intimidad honesta y dulce, en una especie de Luna de miel de la amistad, en pleno reinado de la paz doméstica, cuyos encantos se multiplicaban con la deliciosa existencia campesina. Los días pasaban empujándose suavemente unos a otros y cada uno de ellos tenía sobre sus propias alegrías la esperanza de las alegrías del siguiente. Nunca faltaba una operación de labranza, un paseo al monte, una merienda en las praderas del río, y nunca como en aquellas gratas ocasiones se le venían a la memoria al buen Cordero los pensamientos del filósofo de la libertad y la naturaleza. Tan pronto recitaba aquel pasaje en que Rousseau encomia las dulzuras de la amistad como aquel otro en que hace el panegírico de las *comidas rústicas preparadas por el ejercicio, sazonadas por el apetito, la libertad y la alegría*. El anatema de los convites urbanos no es menos enérgico que la apología de las meriendas sobre la hierba.

Emprendiéronse las reformas de la casa con gran actividad. Cordero encargó a Madrid los regalos con que pensaba expresar a Sola la pureza de su afecto y la enormidad de su admiración. También ella hacía sus preparativos, aunque en pequeña escala, pues quería que los nuevos dominios que iba a poseer se rigieran por la ley de sus dominios antiguos que era la modestia.

Solo una contrariedad agriaba el ánimo de Cordero, poniéndole de mal humor a ratos. Era que los papeles de Sola no venían. Era que en los libros parroquiales de la Bañeza había no sabemos qué embrollo o confusión, y quizás algo de ineptitud o mala fe en la persona comisionada para arreglar el asunto. Llegó el mes de agosto y los dichosos papeles no parecían. A mediados de dicho mes, el cansancio de Cordero no podía ser mayor, y recordando que tenía en Madrid un amigo que era el mejor agente de negocios eclesiásticos de toda España, le escribió una larga carta encomendándole la reclamación y pronto despacho de aquel asunto, que era la clave de su dicha. En el sobrescrito puso: «señor don Felicísimo Carnicero, calle del duque de Alba en Madrid.»

¿Y qué?, ¿perderemos esta ocasión de trasladarnos otra vez a la Villa y Corte sin pagar costas de viaje? No mil veces; que estas ocasiones no se presentan todos los días. Callandito nos deslizamos dentro de la carta, y henos aquí en poder del ordinario de Toledo que puntualmente la llevará a su destino, y con ella a nosotros.

Muy bien se va dentro de una carta. Además de que no hay mejor aposento que un pedazo de papel doblado, tenemos la ventaja de conocer los secretos que nuestras compañeras de viaje, las señoras letras, llevan consigo. Una oblea es llave de nuestra breve cárcel y un dedo vacilante rompiendo la frágil pared nos devuelve la libertad.

Ya estamos.

Abierto el papel, salimos un poco estropeados y entumecidos a causa de la postura violenta que es indispensable en los viajes epistolares, y de pronto nos hallamos frente a frente de una tabla que se esforzaba en ser semblante humano. Era don Felicísimo, que en aquel momento en que le vimos decía:

—Permítame usted que lea esta carta.

Tenía visita. Miramos, y en efecto, frente a la mesa estaba un caballero de muy buena presencia, el cual si no tenía cuarenta años andaba muy cerca de ellos. Vestía bien. Su rostro era moreno, su frente alta y hermosa, su complexión robusta, sin dejar de ser delicada, su modo de mirar triste, sus ojos negros y ardientes a la vez como las noches de verano.

Carnicero leyó la carta, y dijo entre dientes: «bueno.»

Después la puso bajo el pie de cabrón y prosiguió lo que con aquel buen señor hablaba cuando llegamos.

—Decía que el negocio de usted es de los más delicados que he visto. Parte de la fortuna de su tío de usted el señor canónigo de la Sonora, ha debido pasar al Monte Pío beneficial de la diócesis de Pamplona. Lo que está en la escribanía de la Puebla de Arganzón puede ser recogido por usted si tiene valimiento y trabaja mucho. ¿Por qué no se presentó usted a recoger su herencia cuando tuvo noticia del depósito? Ya me ha dicho usted que en aquellos días estaba emigrado y perseguido por las leyes. Pero eso no es una razón. Hoy también lo está usted y si se le deja en paz y aun se le permite abandonar la farsa del nombre supuesto es porque ha traído recomendaciones de altos personajes legitimistas. Yo... puesto en lugar de usted me decidiría a perder la mitad de la herencia del señor canónigo de la Sonora con tal de sacar libre la otra mitad, y confiaría mi pleito a un agente hábil y astuto que supiera mover los trastos y sacar adelante el negocio con toda prontitud.

—Ya lo he pensado —dijo el caballero— y no tengo inconveniente en ceder la mitad de la herencia a la persona que arregle esta cuestión sacando del Monte Pío Beneficial de Pamplona lo que indebidamente ha sido llevado a él. ¿Quiere usted que hagamos el convenio ahora mismo?

Don Felicísimo pareció dudar. Su cara de fósil sufrió trasformaciones ligerísimas en color y contextura cual si estuviera sometida en un laboratorio a fuertes influencias químicas. Variaron sus mejillas del gris cretáceo al rojo de cinabrio, su frente se llenó de arrugas como un terreno que se cuartea a causa de un recalentamiento interior, y sus ojos cambiaron un momento la trasparencia imperfecta del talco por el brillo del feldespato.

—La mitad, la mitad y punto concluido —dijo el otro, que sin duda era más vivo que un azogue y gustaba de las resoluciones prontas—. Hagamos el contrato hoy mismo y fijemos seis meses para el despacho del negocio. Si a los seis meses está resuelto, la mitad para mí, la mitad para usted.

Don Felicísimo empezó a balbucir excusas y a presentar sus muchos años y su retraimiento de los negocios como un obstáculo para emprender aquel que se le proponía. Habló mucho reconociéndose incapaz. Por los dos ángulos de su boca salía la saliva como una erupción bituminosa que en aquellas concreciones y repliegues de la barba rapada se dividía en menudos arroyos. El taimado viejo ponderaba las dificultades del pleito y su ineptitud, sin duda porque no le parecía bastante la mitad y quería dos tercios de la herencia.

—La mitad —manifestó resueltamente el otro—. ¿Quiere usted, sí o no?

—Por ser usted recomendado del señor don Alejando Aguado, marqués de las Marismas —replicó el viejo— acepto y tomo a mi cargo su negocio.

—La mitad... Seis meses.

—La mitad... Seis meses —repitió Carnicero, y su vocecilla salió de la espelunca de su boca, rugiendo como el oso prehistórico—. Hagamos hoy nuestra escritura.

Tomando el pie de cabrón con su mano de corcho dio un porrazo sobre la mesa, que hizo temblar hasta en sus cimientos el montón de legajos.

Después rodó la conversación sobre diversos asuntos, y concluyó en política. Acerca de ella dijo el caballero lo siguiente:

—He perdido todas las ilusiones. He vivido mucho tiempo en España en medio de las tempestades de los partidos victoriosos, y mucho tiempo también en el extranjero en medio del despecho de los españoles vencidos y desterrados. La experiencia me ha hecho ver que son igualmente estériles los Gobiernos que persiguen defendiéndose y los bandos que atacan conspirando. Yo he conspirado también algunas veces, y en aquellos trabajos oscuros he visto en derredor mío pocos móviles generosos y muchas, muchísimas ambiciones locas, apetitos y rencores que no se diferenciaban de los del despotismo más que en el nombre. La realidad me ha ido desencantando poco a poco y llenándome de hastío, del cual nace este mi aborrecimiento de la política, y el propósito firme de huir de ella en lo que me quedare de vida.

—Bien, bien —dijo don Felicísimo agitándose en su asiento y golpeando sus manos una con otra en señal de júbilo—. Es usted un enemigo más de esas endiabladas teorías constitucionales y de esas invenciones satánicas llamadas partidos y del estira y afloja de Cortes que gobiernan y rey que reina y hurga, por aquí y escarba por allá, y el demonio que lo entienda... De pensar así a ser apostólico proclamando esta gloriosa monarquía del porvenir no hay más que un paso. Le veo a usted en el buen camino y en jurisdicción apostólica.

El caballero no pudo reprimir la risa que estas palabras provocaron en él.

—¡Yo apostólico! —dijo—. No espere tal cosa el señor don Felicísimo. Para que eso suceda será preciso que Dios varíe mi natural ser, y arranque de mí la memoria. Esa forma nueva del despotismo que se anuncia ahora va a ser más brutal que cuantos despotismos se han conocido, porque sobre todos sus inconvenientes va a tener el de ser populachero. No es el absolutismo de Felipe II o de Luis XIV, grande, aristocrático, batallador, adornado de mil glorias militares y artísticas, y que disculpa sus atrocidades con grandes empresas y conquistas de mundos; va a ser un sistema de mojigatería y desconfianza, adicionado con todas las corruptelas de las camarillas que vienen funcionando desde los tiempos de Godoy. Se alimentará del suelo por dos grandes raíces, una que estará en las sacristías, claustros y locutorios de monjas, y otra que se fijará en las tabernas donde se reúnen los voluntarios realistas. Va a ser una tiranía ramplona que si es sufrida por nuestro país, lo que dudo mucho, pondrá a este en un lugar que no envidiará seguramente ninguna región del África.

Al oír esto don Felicísimo hizo un gesto tan displicente que su cara se arrugó toda, y desaparecían los ojos, y los pliegues de sus labios se extendieron multiplicándose y describiendo un número infinito de rayas hasta el último confín de las orejas.

—Según eso es usted liberal...

—Lo soy, sí, señor; soy liberal en idea, y deploro que el país entero no lo sea. Si no estuvieran tan arraigadas aquí las rutinas, la ignorancia, y sobre todo, la docilidad para dejarse gobernar, otro gallo nos cantara. El absolutismo sería imposible y no habría apostólicos más que en el Congo o en la Hotentocia. Por desgracia nuestro país no es liberal ni sabe lo que es la libertad, ni tiene de los nuevos modos de gobernar más que ideas vagas. Puede asegurarse que la libertad no ha llegado todavía a él más que como un susurro. Es algo que ha hecho ligera impresión en sus oídos, pero que no ha penetrado en su entendimiento ni menos en su conciencia. No se tiene idea de lo que es el respeto mutuo, ni se comprende que para establecer la libertad fecunda es preciso que los pueblos se acostumbren a dos esclavitudes, a la de las leyes y a la del trabajo. A excepción de tres docenas de personas... No pongo sino tres docenas... los españoles que más gritan pidiendo libertad entienden que esta consiste en hacer cada cual su santo gusto y en burlarse de la autoridad. En una palabra, cada español, al pedir libertad, reclama la suya, importándole poco la del prójimo...

—Luego usted —dijo don Felicísimo, que ya había recobrado la fijeza pétrea de su rostro— no es liberal al modo de acá.

—Lo soy al modo mío, según mi idea, y creo que estos principios, aprendidos donde no son solo principios sino hechos, prevalecerán en todo el mundo y conquistarán todas las tierras incluso España; pero cuando me detengo a calcular el tiempo que tardaremos en ser conquistados, me confundo, me mareo, porque todos los años me parecen pocos para tan grande obra. De aquí mi escepticismo, que no es realmente escepticismo, sino tristeza. Creo en la libertad porque he visto sus frutos en otras partes; pero no creo que esa misma libertad pueda darlos allí donde hay poquísimos liberales y de estos la mayor parte lo son de nombre. España tiene hoy la controversia en los labios, una aspiración vaga en la mente, cierto instinto ciego de mudanza; pero el despotismo está en su corazón y en sus venas. Es su naturaleza, es su humor, es la herencia leprosa de los siglos que no se cura sino con medicina de siglos. He visto hombres que han predicado con elocuencia las ideas liberales, que con ellas han hecho revoluciones y con ellas han gobernado. Pues bien, esos han sido en todos sus actos déspotas insufribles. Aquí es déspota el ministro liberal, déspota el empleado, el portero y el miliciano nacional; es tiranuelo el periodista, el muñidor de elec- ciones, el juntero de pueblo y el que grita por las calles himnos y bravatas patrióticas. La idea de libertad entrando súbitamente aquí a principios del siglo nos dio fórmulas, discursos, modificó algo las inteligencias; pero ¡ay!, los corazones siguen perteneciendo al absolutismo que los crió. Mientras no se modifiquen los sentimientos, mientras la envidia que aquí es como una segunda naturaleza, no ceda su puesto al respeto mutuo, no habrá libertades. Mientras el amor al trabajo no venza los bajos apetitos y el prurito de vivir a costa ajena no habrá libertades. No habrá libertades mientras no concluya lo que se llama sobriedad española que es la holgazanería del cuerpo y del espíritu alimentada por la rutina; porque las pasiones sangui- narias, la envidia, la ociosidad, el vivir de limosna, el esperarlo todo del suelo fértil o de la piedad de los ricos, el anhelo de someter al prójimo, la ambición de sueldo y de destinos para tener alguien sobre quien machacar, no son más que las distintas caras que toma el absolutismo, el cual se manifiesta según las edades, ya servil y rastrero, ya levantisco y alborotado.

—Según eso —dijo don Felicísimo que empezaba a estar algo confuso—, usted considera a nuestro país inepto para las libertades. Por consiguiente, como no puede haber más que dos clases de gobiernos y el liberal es impo- sible, tenemos que aceptar el absoluto.

—No —replicó el otro—, porque una ley ineludible arrastrará, mal de su agrado, a España por el camino que ha tomado la civilización. La civilización ha sido en otras épocas conquista, privilegios, conventos, fueros, obediencia ciega, y España ha marchado con ella en lugar eminente; hoy la civilización tan constante en la mudanza de sus medios como en la fijeza de sus fines, es trabajo, industria, investigación, igualdad, derechos, y no hay más remedio que seguir adelante con ella, bien a la cabeza, bien a la cola. España se pone las sandalias, toma su palo y anda: seguramente andará a trompicones, cayendo y levantándose a cada paso; pero andará. El absolutismo es una imposibilidad, y el liberalismo es una dificultad. A lo difícil me atengo, rechazando lo imposible. Hemos de pasar por un siglo de tentativas, ensayos, dolores y convulsiones terribles.

—¡Un siglo!

—Sí, y esta es la causa de mi tristeza. Yo me encuentro en la mitad de mi vida. He trabajado mucho por la idea salvadora; pero ya me siento fatigado y me reconozco sin fuerzas para esta labor inmensa que será cada día mayor. Otros vendrán que arrimen el hombro a tan terrible carga. Yo no puedo más. Las circunstancias en que me encuentro, solo, sin familia, lleno de tedio y viendo cuán poco hemos adelantado en la cuarta parte de un siglo, me desaniman atrozmente. Reconozco que cuanto de mis fuerzas dependía ya lo hice; está mi conciencia tranquila y me retiro. Hasta ahora yo no he vivido para mí ni un solo día. Llega la hora en que me es necesario vivir un poco para mí. No obteniendo gloria ni siquiera éxito, el sacrificio de mi existencia a un ideal sería estéril; pues vivamos, vivamos siquiera un poco y descansemos. Sobre las ruinas de mis quiméricas ambiciones se levanta hoy una ambición grande, potente, la ambición de ser feliz, tener una familia y vivir de los afectos puros, humildes, domésticos. ¡Es tan dulce no ser nada para el público y serlo todo para los nuestros! Apartado de todo lo que es política, deseando el olvido, miro a todas partes buscando un rincón en que ocultarme y a donde no llegue el fragor de la lucha.

Don Felicísimo movía la cabeza, sonriendo. Creía firmemente que el caballero, su amigo y cliente, tenía la cabeza vacía de lo que llaman seso, ¿pues qué mayor locura, en aquellos agitados días, que no ser apostólico, ni absolutista, ni siquiera liberal?

Ya iba a decir algo muy ingenioso sobre esta enfermiza manía de no ser nada, absolutamente nada, cuando entró Pipaón y estrechando con ímpetu amistoso la mano del caballero, le dijo:

—Enhorabuenas mil, queridísimo amigo. Vengo de ver a su Excelencia, que ya ha leído las cartas que trajiste del señor don Alejandro Aguado, marqués de las Marismas, y de su parte te aseguro que puedes vivir aquí tan libremente como en el mismo París o Londres. El señor Aguado es, como soberano absoluto del dinero, una potencia de primer orden, una autoridad indiscutible; ahora bien: considerando que el mencionado señor Aguado (Pipaón no abandonaba jamás su estilo de expediente) garantiza bajo su palabra de oro que vienes exclusivamente con la misión de comprarle cuadros para su rica galería, y además a asuntillos tuyos que nada tienen que ver con la política, se ha dado cuenta a S. M. De todo lo actuado y S. M. Se ha servido disponer que no se te moleste en lo más mínimo. Tendreislo entendido, y ahora, discreto amigo, ruégote que adoptes tu verdadero nombre y vengas a comer conmigo a mi casa, donde encontrarás personas que más desean verte que escribirte...

El caballero se levantó y muy gozoso dijo:

—Confío sin vacilar en la libertad que se me ofrece y recobro mi nombre.

XXVII

Tenía sus papeles en regla, pasaporte, partida de bautismo, a más de otros documentos importantes, y aquel mismo día se celebró la escritura para llevar adelante lo pactado con don Felicísimo, asistiendo a este acto solemne, como notario, el licenciado Lobo, a quien conocemos desde hace veinticuatro años. Por la tarde Pipaón se llevó al amigo a su casa, donde le obsequió bizarramente con suntuosa comida, cigarros exquisitos y licores de primera. Esta esplendidez y el lujo de la vivienda en que estaba admiraron mucho al convidado, que no podía menos de traer a la memoria la humildad con que el señor Bragas dio los primeros pasos en la carrera de covachuelista. El medro había sido grandísimo y el aprovechamiento tan colosal, que allí podrían tomar lecciones cuantas hormigas hay en el mundo.

Los dos camaradas charlaron de lo lindo sobre cosas diversas, pero especialmente sobre el destino y vicisitudes del amigo que por tanto tiempo había estado ausente de España y envuelto en misterios. Las preguntas sucedían a las preguntas y las explicaciones a las explicaciones, y no fue todo paz y concordia en su interesante diálogo, porque a lo mejor de él hubo peligro de que los ánimos se soliviantaran dando al traste con la amistad y buena armonía que son compañeras inseparables de una serie de buenos platos. Parece ser que el amigo había enviado a Pipaón, durante los últimos años, todas las cartas que tenía que dirigir a Madrid. El objeto de esta mediación era que el diestro cortesano salvara de las asechanzas de la policía en Correos una correspondencia inocente en que nada se hablaba de política. Así lo hizo durante algún tiempo; pero desde mediados del 29, don Juan Bragas, que en las cosas privadas lo mismo que en las públicas había de mostrar la doblez y bajeza de su carácter, abusó de la confianza del emigrado dejando de entregar algunas de sus cartas a la persona a quien se dirigían, para dárselas a otra.

La cuestión de las cartas salió, pues, a relucir en la mesa, y Pipaón que en frescura y demás dotes para el fingimiento no tenía rival en el mundo, se desenvolvió gallardamente de aquel compromiso. Su sofistería, sus protestas de amistad, auxiliadas de su serenidad hacían quiebros admirables, y no se dejaba él coger en mentira aunque la lógica misma se encargara de acometerle.

—Puedes estar seguro, amigo Salvador —le decía—, de que desde octubre del 29 no he recibido ningún paquete tuyo. Si lo recibiera, tonto, ¿para qué lo quería yo? ¿De qué podrían valerme tus cartas, no trayendo nada de política?, y aunque trajeran algo, hombre, aunque fuera cada letra de ellas una bomba explosiva, ¿me crees capaz de vender a un amigo de la infancia?, ¿me crees capaz de abusar indignamente de tu confianza?, ¿me crees capaz de violar el sacratísimo misterio de la correspondencia...? ¡Oh!, no me des a entender que hay en ti, no digo sospecha, pero ni siquiera un átomo de sospecha, porque nace en mí cierta indignación terrible que me hará olvidar la amistad, la consideración; me desvanezco, me exalto, me sulfuro... No, tú no puedes tener de mí tan baja opinión, tú bromeas, tú has perdido la memoria de mis buenas partes, y allá en la emigración has olvidado lo arraigada que está la hidalguía en pechos españoles.

El amigo no se convenció con estas vehementes razones; pero no queriendo volver sobre lo pasado, dejó aquel tema para tomar otro. Apremiado por Bragas, contó lo más notable de su vida durante las largas ausencias, extendiéndose mucho en los dramáticos sucesos de su expedición a Cataluña, durante la insurrección apostólica de este país. Pasmado lo oía todo el buen cortesano, y cuando su amigo llegaba a narrar un peligro extraordinario o el acometimiento de alguna aventura terrible temblaba y sudaba como si él mismo se sintiera empeñado en aquellos grandes riesgos y compromisos; tal verdad e interés había en la relación.

Ya estaba en los postres, cuando Pipaón, oído el relato del convidado contó a su vez los chascos que él (Pipaón) y otra persona (Jenara) se habían llevado en Madrid, creyendo ver al buen amigo en cada uno de los individuos que sucesivamente iba deteniendo la policía por creerlos emisarios de Mina o Valdés.

—Como no recibíamos cartas tuyas —dijo—, y en tanto los emigrados se agitaban en París y en Londres, siempre que teníamos noticia de la llegada misteriosa de algún conspirador, creíamos que eras tú. En Gracia y Justicia me enteraba yo de los soplos de la policía, y... Francamente, como siempre tuviste afición a zurcir voluntades de revolucionarios y preparar sediciones... No levantaban una pieza los buenos podencos de la Superintendencia, sin que Jenara y yo dijéramos: «él es.» Cuando Espronceda vino y se escondió por unas horas en la Trinidad, creímos que eras tú. ¿Llegó un tipo, un no sé quién y estuvo tres días en la botica de la calle de Hortaleza?... pues eras tú. ¿Hablose de otro que se metió en el *guardamangier* de Palacio y que luego resulto ser un choricero perseguido por haber dado unos palos?... pues tú. ¿Súpose por los serenos que un hombre encopetado había entrado a deshora varias noches en casa de Olózaga?... pues tú. Pero el más gracioso engaño de todos es el que padeció nuestra paisanita durante la prisión de Olózaga, engaño en el cual no he tenido parte ni responsabilidad. Ella sobornó carceleros y compró mequetrefes de cárcel de esos que traen y llevan recados. Esta gente sirve bien, como anden las onzas por medio, y lo prueba la evasión de Olózaga. Pues bien. En el torreón de la Villa había un preso a quien daban el nombre de Escoriaza, el cual unas veces atribuía su encerramiento a cosas de mujeres, y otras a tramas políticas. Intrigando para salvar a Olózaga, nuestra amiga, cuyo corazón es tan grande como su entendimiento, se interesaba por el misterioso Escoriaza, creyendo... No podía faltar la muletilla... Creyendo que eras tú. Él recibió recados y dineros, comprendió que había un engaño y lo sostuvo hábilmente. En fin, querido, a la postre resultó ser ese raterillo a quien llaman Candelas, que si Dios no lo remedia, pasará a la posteridad por sus hazañas. Mira, Salvador, cuando lo supe, estuve riéndome dos horas... Por último, al cabo de tantas equivocaciones vino la verdad, y la sin par Generosa, que te buscaba en todas partes, te encontró de improviso en su propia casa, en casa de don Felicísimo. Y fue de la manera más inesperada y más teatral. Un día vio sobre la mesa de Carnicero una carta para don Jaime Servet, nombre que usaste en Cataluña, según nos dijo el marqués de Falfán de los Godos, que te encontró en Canfranc cuando volvías sano y salvo a Francia. Al punto Jenara... ya sabes que es un fuego vivo de actividad y de impaciencia... Corrió a la posada del Dragón... ¡Qué desgracia!, no estabas... Pasaron días. La carta para ti volvió a la mesa de don Felicísimo donde ha estado dos meses esperándote. Pero ayer nuestra amiga sintió una voz en el despacho de Carnicero; ella y Micaela se acercaron, entreabrieron la puerta, miraron... Eras tú, tú mismo, real, verdadero, efectivo. Jenara se desmayó en el pasillo y Micaela y yo la llevamos a su cuarto, donde sin más medicina que un vasito de agua, volvió en sí y de repente me dijo entre riendo y llorando: «Ha engrosado bastante ese badulaque...» Y en conclusión, chico, esta tarde tendrás el gusto de verla, porque para eso estás aquí y para eso te he convidado de acuerdo con ella, y ya...

El cortesano miró el reló, añadiendo con socarronería:

—No, no es hora todavía... ¿Llevarás a mal lo que he hecho? ¡Qué demonios! Si supieras el interés que tiene por ti... Te quiere como a un hijo.

Salvador no dijo cosa alguna concreta acerca de este inopinado amor de madre que la señora le tenía, y volviendo al tema pasado riose mucho de los lances cómicos ocurridos con su supuesta persona, y principalmente de haber sido confundido con dos hombres que habían de ser pronto celebridades del siglo, si bien de orden muy distinto, Espronceda y Candelas. Dijo luego que al volver a Francia de vuelta de Cataluña, había seguido ayudando a Mina en sus planes; pero que, desde la intentona del año 30, había cesado en sus trabajos, renunciando para siempre y con decidido propósito a la política. Desde que tal resolución tomó, habíase aplicado a buscar los medios de volver libremente a España, donde le llamaban afectos nobles y una regular herencia por recoger. Tuvo la suerte entonces de conocer a don Alejandro Aguado, el cual le empleó en diferentes comisiones en Bélgica e Inglaterra. Sirvió con celo y habilidad al banquero, y el banquero se encargó de abrirle las puertas de España. Quiso traerle cuando vino Rossini en marzo del 31; pero entonces no fue posible. A la vuelta de Aguado a Francia, el célebre contratista dio a Salvador el encargo de reunirle cuadros para su afamada colección (que hoy puede admirarse en el Louvre), y para esto, y para hacerle posible la residencia en España, escribió en su obsequio cartas de recomendación de esas que todos los obstáculos allanan y vencen dificultades que al oro mismo son rebeldes. Aguado era el prestamista del Tesoro español y tenía en su mano la fortuna pública y gran parte de la privada de esta nación venturosísima. Por estas causas sus relaciones en Madrid eran sólidas y su firma como una especie de fórmula abreviada del Evangelio.

Don Felicísimo había tenido a principios de 1831 correspondencia con Aguado, con motivo de ciertos negocios de los Santos Lugares que este arregló en París y Roma. Concluidas y zanjadas las cuentas a gusto de ambos, lo mismo el banquero que el agente eclesiástico deseaban ocasión de servirse mutuamente, y como en poder de Carnicero obraba todavía una cantidad, resto de la negociación realizada y de la cual debía disponer Aguado, este suplicó a su amigo la entregase al señor don Jaime Servet, su amigo y corresponsal que llegaría a Madrid en época concertada. Reservadamente enteraba Aguado a Carnicero de quién era este Servet y de su verdadero nombre y la herencia y los cuadros y los propósitos pacíficos que llevaba a Madrid, por lo cual esperaba que le ayudase en todo. Con esto y con las cartas que Salvador trajo para Calomarde, Varela, Ballesteros y la reina Cristina, no fue difícil que al llegar a Madrid dejase su falso nombre, entrando en el pleno goce de lo que podría llamarse derechos civiles y que era en realidad tolerancia o benignidad del gobierno absoluto. La carta para Cristina, que entregó el primer día, fue como es de suponer eficacísima, y todo lo demás se le hizo fácil. Ya tenemos noticia de las buenas disposiciones de Carnicero, el cual miraba al señor Aguado como a un Dios; pues en aquel espíritu el furor apostólico no excluía la adoración de becerros de oro con todos los servilismos que esta religiosidad insana trae consigo.

Ya habían concluido de comer y estaban de sobremesa fumando excelentes puros, cuando sonó la campanilla, y Pipaón dijo a su amigo:

—Me parece que ya está ahí. Es puntual como la hora triste.

Salvador hizo una pregunta interesante por demás, a la cual contestó el tunante de Pipaón con sonrisa maliciosa y en voz tan baja que el narrador se quedó en ayunas. Es evidente que la pregunta se refería a la señora que en aquel momento llamaba a la puerta, y también lo es que Pipaón contestó con un nombre. Lo único que pudimos percibir de este oscurísimo coloquio fue la observación de Salvador, diciendo:

—Me lo figuré... le vi en Francia... ¡qué cosas!

Era ella en efecto. Salvador, dejando a su amigo, fue a la sala, donde la encontró de pie, fijos los ojos en la puerta. Se saludaron con afecto, demostrándose el uno al otro sentimientos de amistad y alegría por verse después de tanto tiempo. En ella había cierto alborozo del alma que luchaba por encerrarse en el círculo de lo que se llama satisfacción en lenguaje de urbanidad, y en él había frialdades que se mostraban de improviso, rompiendo el velo de expresiones convencionales con que las quería cubrir. Ella estaba turbada, tan turbada que después de los primeros saludos decía una cosa por otra; él no parecía muy sereno, pero se recobró antes que ella y fue de los dos el primero que rió. ¡Sabe Dios cuál sería el último!

La discreción que en el uno emanaba naturalmente del desamor y en la otra del remordimiento, les llevó a una conversación en que ni por incidencia se tocó ningún punto de la vida pasada de ambos. Hablaron del tiempo y de política, los dos temas obligados en toda reunión donde no hay nada de que hablar. Allí parecía más bien que ella y él temían abordar otros asuntos. Lo único que se permitió Jenara fuera de los lugares comunes de la política y el tiempo, fue algunas exhortaciones que demostraban bastante interés por el que fue su amigo.

—No te fíes de esta gente, ni de la buena acogida que te han hecho —le dijo—. Esta canalla es más temible cuanto más halaga, y cuando parece que perdona es que prepara el golpe de muerte. La protección de la reina Cristina, que tanto considera al señor Aguado, te servirá de mucho mientras haya tal reina; pero, hijo, aquí no hay nada seguro; estamos sobre un abismo. Al Rey le repiten ya con más frecuencia los ataques de gota y el mejor día nos quedamos sin él. Ya supones lo que pasará en la botella de cerveza el día que le falte el corcho. Muerto el Rey, adiós reina y Roque; se armará aquí una marimorena de todos los demonios, y el bando apostólico será dueño del reino y nos hará gustar las delicias del gobierno de Cafrería. Como no me resigno a que me gobiernen a la africana, tengo todo preparado para marchar en cuanto haya síntomas; así desde que el Rey cojea del pie izquierdo, ya me tienes haciendo las maletas. Prepárate tú también, y no te fíes de la protección de Cristina, un ídolo a quien derribará de su pedestal el último suspiro del Rey.

Salvador, conviniendo en muchas de estas apreciaciones respondió que por nada del mundo volvería a la emigración, y que resuelto a huir de la política, esperaba que nadie le molestaría. No queda duda alguna de que la hermosa dama, al oírle hablar tenía en su alma eso que no se puede designar sino diciendo que estaba agobiada bajo un formidable peso. Claramente decían sus ojos que tras de la fórmula artificiosa y vana que articulaban los labios, había una reserva de palabras verdaderas que al menor descuido de la voluntad saldrían en torrente diciendo lo que ellas solas sabían decir. Que se echara fuera, por capricho o audacia, una palabra sola y las demás saldrían vibrando con el sentimiento que las nutría. Por un instante se habría creído que el volcán (demos al fenómeno referido su nombre platónico convencional) llegaba al momento supino de la erupción echando fuera su lava y su humo. Salvador tembló al ver con cuánto afán, digno de mejor motivo, contaba la señora las varillas de su abanico, pasándolas entre los dedos cual si fueran cuentas de rosario, y mirándolo y remirándolo como si él también hablase. Después la dama alzó los ojos que tenía empañados, cual si fluctuara sobre aquel cielo azul la niebla del lloriqueo, y echando sobre su amigo una mirada que era más bien explosión de miradas, desplegó los labios, empezó una sílaba y se la tragó enseguida juntamente con otras muchas, que estaban entre los lindos dientes esperando vez. La señora se sometió a sí misma con formidable tiranía y en vez de aquello que iba a decir no dijo más que esto:

—Hoy me han regalado una cesta de albaricoques.

A esta noticia insignificante contestó Monsalud diciendo que a él le gustaban poco los albaricoques, y que delante de un racimo de uvas no se podía poner ninguna otra especie de fruta. Con esto se empeñó un eruditísimo coloquio sobre cuáles eran las mejores frutas, defendiendo la señora con argumento irrebatible el melón de Añover y los albaricoques de Toledo, pasando la conversación a los Cigarrales, y por último a don Benigno Cordero, a cuya obsequiosa amistad debía Jenara la cestilla mencionada. Entonces el otro dio en hacer pregunta tras pregunta sobre la honrada familia del encajero, y Jenara dio en responderle con malísima gana y con tanta avaricia de palabras como liberalidad de movimientos para darse aire con el abanico. Creeríase que se estaba azotando el seno para castigarle de haber engrosado más de la cuenta, y así todos los faralanes de su vestido en aquella parte se agitaban como flámulas y gallardetes en día de festejo y de temporal. De repente la señora cortó la conversación diciendo:

—Son las seis y Micaelita me espera para ir al Prado. Yo estoy libre también; ya me ha dicho hoy don Felicísimo por encargo del *esposo de la jorobada* (Calomarde) que se acabó la tontería de mi persecución.

Salvador manifestó alegrarse mucho de aquella franquicia, y no dijo sino palabras convencionales y frías para retener a la dama en la visita. También habló de su próximo viaje a Toledo. Ella se levantó, y sus bellos ojos ya no echaban de sí sentimientos amorosos sino un chisporroteo de orgullo. Despidiose secamente diciéndole: «Nos veremos otro día» y se retiró majestuosa, como soberana que no sabe lo que es abdicar y antes consentirá en equivocarse mil veces que en ceder una sola.

XXVIII

A principios de Setiembre todavía el benignísimo don Benigno no había podido allanar aquel endiablado obstáculo de los papeles. El agente no contestaba nada de provecho, y todo era dilaciones, por lo cual Cordero, que ya iba perdiendo la paciencia, determinó hacer un viaje a Madrid para comunicar algo de su inquietud y de su prisa al señor Carnicero. El héroe había resuelto encontrar los papeles, aunque tuviera que ir por ellos a la misma villa de La Bañeza o al fin del mundo. Así lo dijo al partir, despidiéndose para poco tiempo.

Dos días después de su partida estaba Sola en una de las piezas altas, ocupada, por más señas, en pegar botones a una camisa de su futuro esposo, cuando recibió aviso de que un señor acababa de llegar a la finca y deseaba hablar con la señorita. Comprendiendo al punto quién era, Sola se quedó como estatua, sin habla, sin ideas en la cabeza, sin sangre en las venas, sintiendo una alegría disparatada, que al mismo tiempo era pena muy viva, y miedo y cortedad de genio. Ella sabía quién era el visitante; se lo decía aquel mismo azoramiento súbito en que estaba y el horrible salto de su corazón alarmado. Había tenido noticia por don Benigno, dos semanas antes, de la aparición de Salvador en Madrid, padeciendo con esto un trastorno general en sus ideas. Pocos días después había recibido una carta del mismo anunciándole visita, y desde que recibiera la carta el barullo de sus ideas y la estupefacción de su alma habían aumentado. Grandes cosas se preparaban sin duda, anunciándose en la infeliz joven con sentimientos de miedo y espasmos de alegría. Armándose de valor, se dispuso a recibir al que un tiempo se llamó su hermano. Mientras se arreglaba un poco para presentarse a él, miró por la ventana. Allá abajo, entre los olivos, había un caballo, sujeto por un muchacho de la casa. Era el caballo de él. La puertecilla de la huerta por donde se pasaba para llegar a la casa, estaba abierta. Él la había dejado abierta al pasar. En la salita baja se sentían pasos. Eran sus pasos.

Sola bajó, apoyándose fuertemente en el barandal para no bajar de cabeza. Entró en la salita... ¡Qué grueso, qué moreno!... ¡tenía algunas canas!... Sola no pudo decir nada y se dejó abrazar fuertemente.

—¡Ay! —exclamó sintiéndose inerte entre los brazos de su hermano, que parecían de hierro.

Sola no se hacía cargo de nada. Estaba pálida y con los labios secos, muy secos. No se dio cuenta de que él se sentó en un sofá de paja, que era el principal adorno de la salita; no se dio cuenta de que él, tomándole las manos, la llevó al mismo sofá y la sentó allí como se sienta una muñeca; no se dio cuenta tampoco de que Salvador dijo:

—Ya sé que no está don Benigno; ¡cuánto lo siento!

Sola no hacía más que mirarle asombrada, encontrándole grueso, no tan grueso que perdiera su gallardía de otros tiempos; asombrada de verle mucho más moreno y curtido que antes y con algunas manchas de canas en el cabello.

—¡Me miras las canas! —dijo él—. Estoy viejo, hermana, viejo del todo. A ti te encuentro más guapa, más mujer, más saludable. Ya sé que eres tan buena como antes o más buena aún, si cabe. El marqués de Falfán me ha hablado mucho de ti, y me contó tu grave enfermedad. ¡Pobrecita! También sé que no has recibido mis cartas desde hace dos años, como no las recibió Falfán ni otros amigos míos. Es una traición de Bragas, aunque él jura y perjura que no ha recibido paquetes míos en mucho tiempo. La última carta que me escribiste la recibí en Inglaterra hace dos años. Después, yo escribía, escribía, y tú no me contestabas.

Hablaron un rato de aquel singular extravío de cartas, que no podía ser sino pillada de Pipaón, falaz intermediario; pero como ya el mal pasado no tenía remedio, dejaron de hablar de ello para ocuparse de cosas más vivas y más interesantes para uno y otro.

—¡Cuántos años sin verte! —dijo él, mirándola de tan buena gana que bien se conocía el largo ayuno que de aquellas vistas habían tenido sus ojos.

—El marqués de Falfán —repitió ella— que iba algunas veces a la tienda de don Benigno y siempre me hablaba de ti, me contó que pasando él la frontera cierto día del año 27 te encontró. Ibas a caballo disfrazado y te habías puesto el nombre de Jaime Servet. Este nombre se me quedó tan presente que lo dije muchas veces cuando estaba delirando. Después de esto me escribiste desde París. Un día que fuimos a ver entrar a la reina Cristina a casa de Bringas, me dio Pipaón una carta tuya; fue la última. Poco después el marqués de Falfán me dijo que tenía ciertos indicios para creer que habías muerto.

Salvador le contó luego a grandes rasgos los principales sucesos de su vida en el período de ausencia, y le explicó las causas de su venida a España. Lo que más sorprendió a Sola de cuanto dijo su hermano fue aquel aborrecimiento a la política y al conspirar. Salvador le dijo:

—Cuando el hombre se enamora desde su niñez de ciertas ideas, o sea de lo que llamamos ideales... No sé si me entiendes... y se lanza a trabajar en ellos, se crea una vida artificial. Las ambiciones, la sed de gloria y el afán de todos los días la forman. Así pasa el tiempo y así consume el hombre las fuerzas de su alma en un combate con fantasmas. Cuando hay éxito, querida hermanita, cuando Dios dispone las cosas para que determinados hombres en determinados países sean instrumento de planes providenciales, entonces la vida que he llamado artificial puede dejar de serlo, mudándose en realidad hermosa. Pero cuando no hay éxito, cuando después de mucho desvarío hallamos que todo es quimera, sea por el tiempo, por el lugar o porque realmente no valemos para maldita de Dios la cosa, resulta uno de estos dos fenómenos: o la desesperación o el recogimiento y el deseo de la vida vulgar, tranquila, compartida entre los afectos comunes y los deberes fáciles. Yo he querido optar por lo segundo, que es más natural. Un poeta hablando de estas cosas dijo: *Es como una encina plantada en un vaso, la encina crece y el vaso se rompe.* Yo creo que en la generalidad de los casos hay que decir: *El vaso es muy duro y la encina se seca*, y este es el caso mío, querida.

Sola dio un suspiro por único comentario.

—La encina se seca —añadió Monsalud—. En mí se empezó a secar hace tiempo, y ya quedan en ella muy pocas ramas con vida; pero a su sombra ha nacido un árbol modesto que vivirá más y a falta de laureles dará frutos... Pronto tendré cuarenta años. ¡Si vieras tú qué efecto tan raro nos hace el vernos de cerca de esta edad y reconocer que no hemos vivido nada en tan larga juventud! Porque un hombre puede haber emprendido muchas cosas, haber estudiado, leído y haber querido a muchas mujeres, y sin embargo encontrarse el mejor día con la triste seguridad de no ser nada, ni saber nada, ni amar a nadie. Pronto empezaré a ser viejo. ¡Qué triste cosa es la vejez sin otros goces que las memorias de una juventud alborotada ni más compañía que el rastro que dejaron todos aquellos fantasmas y figurillas al convertirse en humo!... Se me figura que comprendes esto perfectamente... ¿Pero a que no sabes cuál es ahora la aspiración de mi vida?

—Ya me lo has dicho, no ser nada.

—Pues aspiro a ser el vecino tal, de tal calle, de cual pueblo; nada más que un vecino, querida. ¿Crees que esto es fácil? Mira que no lo es. La vida errante me fatiga, la vida solitaria me entristece. Para ser vecino de tal calle es preciso fijarse y tener compañía que nos ate con cuerda de afectos y deberes. No hay nada que tan dulcemente abrume al hombre como el peso de un techo propio.

Esta frase, dicha así como sentencia, conmovió a Sola hasta lo más profundo de su alma. Por un momento creyó que todo se volvía negro en su alrededor.

—¿Qué dices a esto? —le preguntó él—. Hace un año, hallándome en París curado ya de la manía del vivir quimérico, y prendado de amores por la vida posible, por la vida que no temo llamar vulgar, te escribí, manifestándote lo que pensaba.

—¡A mí! —exclamó Sola figurándose en el acto, como por inspiración divina, la carta que no había recibido, y viéndola toda letra por letra.

—A ti... Ya sé que no la recibiste. Sería preciso desollar vivo a Pipaón. En mi carta te consultaba, te pedía consejo. Fue aquel un tiempo en que tú te realzabas a mis ojos de un modo nuevo y no iba mi pensamiento a ninguna parte sin tropezar contigo. Siempre había admirado yo tus virtudes, siempre había sentido por ti un afecto entrañable; pero entonces todos los sueños de la vida posible venían a mi cerebro como envueltos en ti, quiero decir que todas las ideas de esta nueva existencia y las imágenes de mi reposo y de mi felicidad futura se me presentaban como un contorno de tu cara. Esto es concluir por donde otros han empezado, esto es cosa de mozalbetes; pero los que no han sabido vivir la vida del corazón cuando niños, la viven cuando viejos, y así...

La miró un rato y viéndola perpleja, él que gustaba de expresar las cosas con prontitud y claridad, le dijo en un galanteo máximo todo lo que tenía que decirle. Sus palabras fueron estas.

—Y así vengo a proponerte que nos casemos.

Sola no estaba ya confusa sino espantada. Se mordía un labio y la yema de un dedo. Se los mordía tan bien que a poco más arrojara sangre. Al mismo tiempo miraba al suelo, temerosa de mirar a otra parte. Su alma estaba, si es permitido decirlo así, como una grande y sólida torre que acababa de desplomarse sacudida por terremotos. No acertaba a pensar cosa alguna derechamente, ni a concretar sus ideas para formar un plan de respuesta. Salvador le tomó una mano. Entonces ella, herida de súbito por no sé qué sentimiento, por el pudor, por la dignidad tal vez o quizás por el miedo retiró su mano y dijo:

—Soy casada.

—¡Tú!...

—Como si lo fuera. He dado mi palabra.

—En Madrid me dijeron eso, como una sospecha. Yo creí que era falso.

—Es cierto —dijo Sola que, recobrándose con gran esfuerzo, luchaba con sus lágrimas para que no salieran—. Si no hubieran ocurrido ciertos entorpecimientos, ya estaría casada con el mejor de los hombres.

A Salvador tocó entonces el morderse el labio y la coyuntura del índice de su mano derecha. Sola invocó mentalmente a Dios, tomó fuerzas de su valeroso espíritu y de la idea del deber que era siempre su confortante más poderoso, y quiso dominar la situación haciendo el panegírico de su futuro esposo.

—Hay un hombre —dijo—, a quien debo la vida, de quien he sido hija cuando no tenía padre ni hermano. Siente por mí un respeto que yo no merezco y un cariño que no podré pagar con cien vidas mías. Cuantos miramientos, cuantas atenciones se puedan tener con una persona amada, ha tenido él para mí. Yo he pedido a Dios que me diera algo con que poder pagar beneficios tan grandes, y Dios ha puesto en mi corazón lo que me hacía falta. Ese hombre ha querido tener casas, tierras, criados para que yo fuera señora de todo, y él mío por toda la vida.

Salvador miró por la ventana los árboles, la deliciosa paz y abundancia que todo aquel conjunto rústico expresaba. Sintió el corazón oprimido de pena y lleno de la noble envidia que infunde el bien no merecido. En la ventana que frente a él estaba, un arbolillo agitado por el viento tocaba con sus ramas los vidrios. Varias veces durante el curso del diálogo precedente, Salvador había mirado allí creyendo que alguien llamaba en los vidrios. Ya llegado el momento de su desengaño, miró la rama y viendo que daba más fuerte, murmuró: «Ya me voy, ya me voy.»

Volviéndose otra vez a Sola, le dijo:

—Me has hablado en un lenguaje que no admite réplica. No debo quejarme, pues he venido tarde, y habiendo tenido el bien en mi mano durante mucho tiempo, lo he soltado para seguir locamente un camino de aventuras. Pero algo me disculparán mi desgracia, mi destierro y también mi pobreza, causa de que antes no te propusiera lo que ahora te propongo. Aquí me tienes razonable, con esperanzas de ser rico, y a pesar de tales ventajas, más desgraciado y más solo que antes.

Animada por el pequeño triunfo que había obtenido en su espíritu, Sola quiso ir más allá, quiso hacer un alarde de valentía diciendo a su amigo: *ya encontrarás otra con quien casarte*; pero cuando iba a pronunciar la primera sílaba de esta frase triste no tuvo ánimos para ello y fue vencida por su congoja. No dijo nada.

—Yo quería —dijo Salvador, no desesperanzado todavía— que meditaras...

Sola que vio un abismo delante de sí, quiso hacer lo que vulgarmente se llama *cortar por lo sano*.

—No hables de eso... —dijo—. No puede ser... Figúrate que no existo.

Sin darse cuenta de ello le miró con lágrimas. Pero sobrecogida repentinamente de miedo, se levantó y corriendo a la ventana se puso a mirar los morales al través de los vidrios. Allí la infeliz imaginó un engaño o salida ingeniosa para justificar su emoción. Volviose a él segura de salir bien de tal empeño.

—¿Sabes por qué lloro? Porque me acuerdo de tu pobre madre, que murió en mis brazos, desconsolada por no verte... Dejome un encargo para ti, un paquetito donde hay una carta y varias alhajas, encargándome que a nadie lo fiara y que te lo diera en tu propia mano. ¡Y yo tan tonta que no te lo he dado aún, cuando no debí hacer otra cosa desde que entraste!... Lo que me confió tu madre no se separa nunca de mí... Aquí lo tengo y voy a traértelo.

Sin esperar respuesta, Sola subió a su habitación y al poco rato puso en manos de Monsalud un paquete cuidadosamente cerrado con lacres.

Salvador lo abrió con mano trémula. Lo primero que sacó fue una carta, que besó muchas veces. En pie al lado de su amigo, que continuaba en el sofá de paja, Sola no podía apartar los ojos de aquellos interesantes objetos. La carta tenía varios pliegos. Salvador pasó la vista rápidamente por ellos antes de leer.

—¡Mira, mira lo que dice aquí! —exclamó señalando una línea—. Mi madre me suplica que me case contigo.

—Te lo suplicaba hace mucho tiempo —dijo Sola disimulando su pena con cierta jocosidad afectada, que si no era propia del momento venía bien como pantalla.

—Necesito una hora para leer esto —dijo Monsalud—. ¿Me permites leerlo aquí?

Sola miró a las ventanas y por un momento pareció aturdida. Su corazón atenazado le sugería clemencia, mientras la dignidad, el deber y otros sentimientos muy respetables, pero un poco lúgubres, como los magistrados que condenan a muerte con arreglo a la justicia, le ordenaban ser cruel y despiadada con el advenedizo.

—Mucho siento decírtelo, hermano —manifestó la joven sonriendo como se sonríe a veces el que van a ajusticiar—, lo siento muchísimo; pero va a anochecer. Tú que estás ahora tan razonable, me dirás si es conveniente...

—Sí, debo marcharme —replicó Salvador levantándose.

—Debes marcharte y no volver... y no volver —afirmó ella marcando muy bien las últimas palabras.

—¿Y qué pensaré de ti?

Sola meditó un rato y dijo:

—¡Que me he muerto!

Se apretaron las manos. Sola miraba fijamente al suelo. Fue aquella la despedida de menos lances visibles que imaginarse puede. No pasó nada, absolutamente nada, porque no puede llamarse acontecimiento el que *Doña Sola y Monda* se acercase a los vidrios de la ventana para verle salir y que le estuviese mirando hasta que desapareció entre los olivos, caballero en el más desvencijado cuartago que han visto cuadras toledanas. Ni es tampoco digno de mención el fenómeno (que no sabemos si será óptico o qué será) de que Sola le siguiese viendo aun después de que las ramas de los olivos y la creciente penumbra de la tarde ocultaran completamente su persona.

La noche cayó sobre ella como una losa.

Fatigado y displicente, con los hábitos arremangados y su gran caña de pescar al hombro, subía el padre Alelí la cuestecilla del olivar. Ya era de noche. Los muchachos acompañaban al fraile, trayendo el uno la cesta, el otro los aparejos y el pequeño dos ranas grandes y verdes. Esto era lo único que el reino acuático había concedido aquella tarde a la expedición piscatoria de que era patrón el buen Alelí. Todas nuestras noticias están conformes en que tampoco en las tardes anteriores fueron más provechosas la paciencia del fraile y la constancia de los muchachos para convencer a las truchas y otras alimañas del aurífero río de la conveniencia de tragar el anzuelo; por lo que Alelí volvía de muy mal humor a casa echando pestes contra el Tajo y sus riberas.

Todavía distaba de la casa unas cincuenta varas cuando encontró a Sola que lentamente bajaba como si se paseara, saliendo al encuentro de las primeras ondas de aire fresco que de los cercanos montes venían. Los niños menores la conocieron de lejos y volaron hacia ella saludándola con cabriolas y gritos, o colgándose de sus manos para saltar más a gusto.

—¿Usted por aquí a estas horas? —dijo Alelí deteniendo el paso para descansar—. La noche está buena y fresquita. ¿Querrá usted creer que tampoco esta tarde nos han dicho las truchas esta boca es mía? Nada, hijita, pasan por los anzuelos y se ríen. Esos animalillos de Dios han aprendido mucho desde mis tiempos y ya no se dejan engañar... Hola, hola, ¿no son estas pisadas de caballo? Por aquí ha pasado un jinete. Dígame usted, ¿ha enviado Benigno algún propio con buenas noticias?

Sola dio un grito terrible, que dejó suspenso y azorado al bondadoso fraile. Fue que Jacobito puso una de las ranas sobre el cuello de la joven. Sentir aquel contacto viscoso y frío y ver casi al mismo tiempo el salto del animalucho rozándole la cara fueron causa de su miedo repentino; que este modo de asustarse y esta manera de gritar son cosas propias de mujeres. Alelí esgrimió la caña, como un maestro de escuela, y dio dos cañazos al nene.

—¡Tonto, mal criado!

—No, no han venido buenas noticias —dijo Sola temblando.

Aquella noche cenaron como siempre, en paz y en gracia de Dios, hablando de Cordero y pronosticando su vuelta para tal o cual día. La vida feliz de aquella buena gente no se alteró tampoco en lo más mínimo en los siguientes días. Sola estaba triste; pero siempre en su puesto, siempre en su deber, y todas las ocupaciones de la casa seguían su marcha regular y ordenada. Ninguna cosa faltó de su sitio ni ningún hecho normal se retrasó de su marcada hora. La reina y señora de la casa, inalterable en su delicado imperio, lo regía con actitud pasmosa, cual si ni uno solo de sus pensamientos se distrajese de las faenas domésticas. Interiormente fortalecía su alma con la conformidad y exteriormente con el trabajo.

Fuera de algunos breves momentos, ni el observador más perspicaz habría notado alteración en ella. Estaba como siempre, grave sin sequedad, amable con todos, jovial cuando el caso lo requería, enojada jamás. Sin embargo, cuando Crucita y ella se sentaban a coser, podían oírse en boca de la hermana de don Benigno observaciones como esta:

—Pero mujer, está *Mosquetín* haciéndote caricias y ni siquiera le miras.

Sola se reía y acariciaba al perro.

—Hace días que estás no sé cómo... —continuaba el ama de *Mosquetín*—. Nada, mujer, ya vendrán esos papeles; no te apures, no seas tonta. Pues qué, ¿han de estar en la China esos cansados legajos?... ¡Vaya cómo se ponen estas niñas del día cuando les llega el momento de casarse! Todo no puede ser a qué quieres boca. Menos orgullito, señora, que ya que el bobalicón de mi hermano ha querido hacerte su mujer, Dios no ha de permitir que este disparate se realice sin que te cueste malos ratos.

Sola se volvía a reír y volvía a acariciar a *Mosquetín*.

Una mañana, los chicos, que estaban en la huerta haciendo de las suyas, empezaron a gritar: «Padre, padre.» Don Benigno llegaba. Entró en la casa sofocado, ceñudo, limpiándose con el pañuelo el copioso sudor de su inflamado rostro, y dejándose caer en una silla con muestras de cansancio, no decía más que esto:

—¡Los papeles!... ¡Los papeles!... ¡Don Felicísimo!...

—¿Qué?... ¿Han parecido?... —le preguntó Sola con ansiedad.

—¡Qué han de aparecer!... ¡Barástolis! No hay paciencia para esto, no hay paciencia...

XXIX

¿Y cómo habían de aparecer, santo Dios, si el cura de La Bañeza, a consecuencia de una reyerta con el obispo de la diócesis había hecho la gracia de huir del pueblo, después de arrojar a un pozo todos los libros parroquiales? Véase aquí por dónde la tremenda y sorda lucha que entre el régimen absolutista y el espíritu moderno estaba empeñada, había de estorbar la felicidad de aquel candoroso Don Benigno, que, aunque liberal, en nada se metía.

Era el obispo de León, señor Abarca, absolutista furibundo de ideas y aragonés de nacimiento, con lo que basta para pintarle. De consejero áulico del Rey y atizador de sus pasiones pasó a la intimidad de don Carlos y a la dirección del partido de este, llegando a ser más tarde ministro universal de la corte de Oñate. El cura de La Bañeza se diferenciaba de su pastor en lo de liberal, y se le parecía en que era aragonés. Puede suponerse lo que sería una pendencia clerical y política entre dos aragoneses de sotana. El obispo tenía, entre otros defectos, el de los modos ásperos, los procedimientos brutales y las palabras destempladas; el cura, sobre todas estas máculas, tenía la de ser algo más presbítero de Baco que sacerdote de Cristo. Resistiose el cura a dejar la parroquia (que precisamente estaba a cuatro pasos de la taberna); insistió el obispo, salieron a relucir mil zarandajas, canónicas de un lado, liberalescas de otro, y al fin, vencido el subalterno, escapó una noche antes de que le cayera encima el brazo secular; pero como hombre de ideas filosóficas, pensó que los libros parroquiales, por ser expresión de la verdad, debían estar, como la verdad misma, en el fondo de un pozo, y de aquí la pérdida de los tales libros.

De orden de Su Ilustrísima hízose una información en el pueblo para restablecer los libros, y al cabo de algunos meses, don Benigno supo por Carnicero que en la partida de bautismo no había ya dificultades. Pero el Demonio, que siempre está inventando diabluras, hizo que apareciese nueva contrariedad. Uno de los libros del registro de matrimonios se había conservado y en el tal libro constaba que una Soledad Gil de la Cuadra había contraído nupcias en 1823. Indudablemente no era esta Soledad nuestra simpática heroína; pero mientras se ponía en claro, ji, ji, (así lo decía don Felicísimo a su cliente Cordero) había de pasar algún tiempo, siendo quizás preciso llevar el asunto a un tribunal eclesiástico, pues estas delicadas cosas no son buñuelos, que se hacen en un segundo.

Así, entre obispos y curas aragoneses, pozos llenos de libros, agentes eclesiásticos y torna y vuelve y daca, el héroe de Boteros sufrió el martirio de Tántalo durante un año largo, pues hasta el verano de 1832 no se allanaron las dificultades. Cuando don Felicísimo escribió a Cordero participándole este feliz suceso añadía que solo faltaba una firma del señor obispo Abarca para que todo aquel grandísimo lío terminase.

Durante esta larga espera la familia de Cordero continuaba sin novedad en la salud y en las costumbres. El invierno lo pasaron en Madrid para atender a la educación de los niños y a la tienda, que don Benigno juró no abandonar mientras el edificio de sus felicidades no fuese coronado con la gallarda cúpula de su casamiento. Desde la primavera se trasladaron todos a los Cigarrales, acompañados de Alelí que cada día tomaba más afición a la familia y se entretenía en enseñar a *Mosquetín* a andar en dos pies.

Innecesario será decir, pero digámoslo, que don Benigno, si bien trataba familiarmente a Sola, no traspasó jamás, en aquella larga antesala de las bodas, los límites del decoro y de la dignidad. Se estimaba demasiado a sí mismo y amaba a Sola lo bastante para proceder de aquella manera delicada y caballerosa, magnificando su ya magnífica conducta con el mérito nuevo de la castidad. Ni siquiera se permitía tutear a su prometida, porque el tuteo, decía, trae insensiblemente libertades peligrosas, y porque el decoro del lenguaje es siempre una garantía del decoro de las acciones.

En este tiempo ocurrió también la dispersión de algunos personajes muy principales de esta historia. Salvador se fue a Andalucía donde encontró abundancia de cuadros y antigüedades de mérito. Luego subió por Extremadura a Salamanca, vino a Madrid, en febrero de 1832 a exigir a Carnicero el cumplimiento del pacto, y habiendo ocurrido ciertas dilaciones, celebraron un nuevo pacto-prórroga, que terminó cuatro meses después con feliz éxito el asunto. El aventurero vio al fin en sus manos la mitad de la herencia de su tío, gracias a las uñas de don Felicísimo, que acariciando la otra mitad, desenmarañó la madeja. Fue Salvador a París en la primavera para rendir cuentas a Aguado, y en el verano tornó a España y a Madrid para ultimar un asunto de vales reales que en la Corte tenía.

Jenara pasó en Madrid el invierno de 1831 a 1832 y en primavera se trasladó a Valencia, volviendo al poco tiempo para instalarse en San Ildefonso. La opinión pública que, tal vez sin motivo, le tenía mala voluntad, hacía correr acerca de su conducta rumores poco favorables, aunque eran de esos que cualquier dama ilustre de aquellos tiempos y de estos y todos los tiempos soporta sin detrimento alguno en el lustre de su casa, antes bien aumentándolo y viéndose cada día más obsequiada y enaltecida. Si en el año anterior fue tildada de aficionarse con exceso a la oratoria forense y parlamentaria, ahora decían de ella que se pirraba por la poesía lírica, prefiriendo sobre todos los géneros el *byroniano*, o sea de las desesperaciones y lamentos, sin admitir consuelo alguno en este mundo ni en el otro.

Enorme escuadrón de amigos la despidió al marchar a la Granja. Adiós, gentil Angélica, engañadora Circe. No podemos seguirte aún. Nos llaman por algún tiempo en Madrid afecciones de literatos que nos son más caras que las propias niñas de nuestros ojos. Y era curioso ver cómo se iba encrespando aquel piélago de ideas, de temas literarios e imágenes poéticas del cafetín llamado Parnasillo. Sin duda de allí había de salir algo grande. Ya se hablaba mucho y con ardor de un drama célebre estrenado en París el 25 de febrero de 1830 y que tenía el privilegio de dividir y enzarzar a todos los ingenios del mundo en atroz contienda. El asunto, según algunos de los nuestros, no podía ser más disparatado. Un príncipe apócrifo que se hace bandolero, una dama obsequiada por tres pretendientes, un viejo prócer enamorado, y un Emperador del mundo, son los personajes principales. Luego hay aquello de que todos conspiran contra todos y de que pasan cosas históricas que la historia no ha tenido el honor de conocer jamás. Y hay un pasaje en que el prócer que aborrece al bandido lo salva del Emperador; y luego el Emperador se lleva la muchacha y el bandolero se une al prócer; y como uno de los dos está demás porque ambos quieren a la señorita, el bandolero jura que se matará cuando el prócer toque un cierto cuerno que aquel le da en prenda de su palabra; y cuando todo va a acabar en bien porque el Emperador ha perdonado a chicos y grandes y viene el casorio de los amantes con espléndida fiesta, suena el consabido cuerno: el príncipe bandolero se acuerda de que juró matarse, y en efecto se mata.

Si a unos les parece esto el colmo del absurdo, a otros les parece de perlas. Riñen los exaltados con los retóricos, y en medio de las disputas sale a relucir una palabra que estos profieren con desprecio, aquellos con orgullo. *¡Románticos!*... Aguarde un poco el lector que ya vendrán a su tiempo la amarillez del rostro, las largas y descuidadas melenas, las estrechas casacas. Por ahora el romanticismo no ha pasado a las maneras ni al vestido, y se mantiene gallardo y majestuoso en la esfera del ideal.

El drama francés es un monstruo para algunos; pero ¡qué aliento de vida, de inspiración, de grandeza en este monstruo, pariente sin duda de las hidras calderonianas, ante cuya indómita arrogancia, a veces sublime, salvaje a veces, parecen gatos disecados las esfinges del clasicismo! Contra la frialdad de un arte moribundo protesta un arte incendiario; la corrección es atropellada por el delirio; las reglas con sus gastados cachivaches se hunden para dar paso a la regla única y soberana de la inspiración. Se acaba la poesía que proscribe los personajes que no sean reyes, y se proclama la igualdad en el colosal imperio de los protagonistas. Rómpese como un código irrisorio la jerarquía de las palabras nobles e innobles, y el pueblo con su sencillez y crudeza nativa habla a las musas de *tú*. Caen heridos de muerte todos los monopolios: ya no hay asuntos privilegiados, y al templo del arte se le abren unas puertas muy grandes para dar paso a la irrupción que se prepara. Se suprimen los títulos nobiliarios de ciertas ideas, y se ordena que el Mar, por ejemplo, que de antiguo venía metiendo bulla y soplándose mucho con los retumbantes dictados de Nereo, Neptuno, Tetis, Anfitrite, sea despojado de estos tratamientos y se llame simplemente Fulano de Tal, es decir, *el Mar*. Lo mismo les pasa a la Tierra, al Viento, al Rayo.

Mucho podríamos decir sobre esta revolución que tuvimos la gloria de presenciar; pero damos punto aquí porque no es llegada aún la sazón de ella, y sus insignes jefes no eran todavía más que conspiradores. El Café del príncipe era una logia literaria, donde se elaborara entre disputas la gloriosa emancipación de la fantasía, al grito mágico de *¡España por Calderón!*

El teatro estaba aún solitario y triste; pero ya sonaban cerca las espuelas de *Don Álvaro*. *Marsilla* y *Manrique* estaban más lejos, pero también se sentían sus pisadas, estremeciendo las podridas tablas de los antiguos corrales. Comenzaba a invadir los ánimos la fiebre del sentimiento heroico, y las amarguras y melancolías se ponían de moda.

Las grandes obras de Espronceda no existían aún, y de él solo se conocían el *Pelayo*, la *Serenata* compuesta en Londres y otras composiciones de calidad secundaria. Vivía sin asiento, derramando a manos llenas los tesoros de la vida y de la inteligencia, llevando sobre sí, como un fardo enojoso que para todo le estorbaba, su genio potente y su corazón repleto de exaltados afectos. Unos versos indiscretos le hicieron perder su puesto en la Guardia Real. Fue desterrado a la villa de Cuéllar, donde se dedicó a escribir novelas.

Vega había escrito ya composiciones primorosas; pero sin entrar aún en aquellas íntimas relaciones con Talía, que tanto dieron que hablar a la Fama. Bretón había vuelto de Andalucía, y con sin igual ingenio explotaba la rica hacienda heredada de Moratín. Martínez de la Rosa trabajaba oscuramente en Granada. Gallego estaba a la sazón en Sevilla; Gil y Zárate, perseguido siempre por la inquisitorial censura del padre Carrillo, había abandonado el teatro por una cátedra de francés. Caballero, Villalta, Revilla, Vedia, Segovia y otros insignes jóvenes cultivaban con brío la lírica, la historia y la crítica.

Al propio tiempo la pintura de la vida real, es decir, del espíritu, lenguaje y modo de la sociedad en que vivimos, era acometida por un joven artista madrileño para quien esta grande empresa estaba guardada.

Miradle. No parece tener más de veintiséis o veintisiete años. Es pequeño de cuerpo, usa anteojos y siempre que mira parece que se burla. Es, más que un hombre, la observación humanada, uniéndose a la gracia y disimulando el aguijoncillo de la curiosidad maleante con el floreo de la discreción. De sus ojos parte un rayo de viveza que en un instante explora toda la superficie y sin saber cómo se mete hasta el fondo, sacando los corazones a la cara; al mismo tiempo parece que se ríe, como dando a entender que no hará daño a nadie en sus disecciones de vivos.

Este joven a quien estaba destinado el resucitar en nuestro siglo la muerta y casi olvidada pintura de la realidad de la vida española tal como la practicó Cervantes, comenzó en 1832 su labor fecunda, que había de ser principio y fundamento de una larga escuela de prosistas. Él trajo el cuadro de costumbres, la sátira amena, la rica pintura de la vida, elementos de que toma su sustancia y hechura la novela. Él arrojó en esta gran alquitara, donde bulliciosa hierve nuestra cultura, un género nuevo, despreciado de los clásicos, olvidado de los románticos, y él solo había de darle su mayor desarrollo y toda la perfección posible. Tuvo secuaces, como Larra, cuya originalidad consiste en la crítica literaria y la sátira política, siendo en la pintura de costumbres discípulo y continuador de *El Curioso Parlante*; tuvo imitadores sin cuento y tantos, tantos admiradores que en su larga vida los españoles no han cesado de poner laureles en la frente de este valeroso soldado de Cervantes.

En 1831 hizo el *Manual de Madrid*, anunciando en él sus dotes literarias y una pasión que le había de ocupar toda la vida, la pasión de Madrid. En enero del año siguiente publicó *El retrato* en las *Cartas Españolas* de Carnerero, y tras *El retrato* vino sin interrupción esa galería de deliciosos cuadros matritenses, que servirá, el día en que la capital de España se pierda, para encontrarla aunque se meta cien estados bajo tierra. ¡Asombroso poder del ingenio! Aquellos revueltos tiempos en que se decidió la suerte de la nación española han quedado más impresos en nuestra mente por su literatura que por su historia; y antes que la Pragmática Sanción, y el Carlismo y la Amnistía y el Auto acordado y la Corte de Oñate y el Estatuto, viven en nuestra memoria don Plácido Cascabelillo, don Pascual Bailón Corredera, don Solícito Ganzúa, don Homobono Quiñones y otras dignas personas nacidas de la realidad y lanzadas al mundo con el perdurable sello del arte.

En agosto del mismo año de 1832 principió a salir el *Pobrecito Hablador* de Larra. De este quisiéramos hablar un poco; pero el insoportable calor nos obliga a salir de Madrid.

Antes de partir haremos una visita a don Felicísimo, en cuya casa hallamos grandísima novedad, y es que al cabo de muchas dudas y vacilaciones, el insigne Pipaón se decidió a manifestar a Micaelita su propósito de tomarla por esposa, considerando para sí que si buenos desperfectos tenía, con buenas talegas iban disimulados. Es opinión admitida por todos los historiadores que Micaelita no rezó ningún Padre nuestro al oír nueva tan lisonjera de los labios del cortesano de 1815. Don Felicísimo y doña Sagrario se regocijaron mucho, pues no podían soñar mejor partido para aquel poco solicitado género, que un individuo encaminado a ser, por sus prendas especiales el Calomarde de los venideros tiempos.

Nuestra buena suerte quiso que al dar un vistazo al agente de asuntos eclesiásticos halláramos al señor de Pipaón, que también se despedía. Deleitosa conversación se entabló entre los dos. Cuando el cortesano estrechó entre los suyos fuertísimos los dedos de corcho del señor don Felicísimo, este exhaló un hipo y dijo:

—Me olvidaba... Querido Pipaón, puesto que va usted inmediatamente para allá, hágame el favor de llevar esta carta.

Y diciéndolo, el anciano levantó el pie de cabrón con ademán que algo tenía de ceremonioso y cabalístico, como el mágico que alza cubiletes y descubre signos. El sobre de la carta de que se hizo cargo Pipaón, decía:

Al señor don Carlos Navarro, en San Ildefonso.

XXX

En los primeros días del mes de Setiembre, un viajero llegó a la posada del Segoviano en la Granja, y pidió cuarto y comida, exigencias a que con tanto tesón como desabrimiento se negó el fondista. Era inaudito atrevimiento venir a pedir techo y manteles en una posada que por su mucha fama y prez estaba llena de gente principal desde el sótano a los desvanes. ¡Ahí era nada en gracia de Dios lo de personajes que en la casa había! Cuatro consejeros de Estado, un fiscal de la Rota, un administrador del Noveno y Excusado, dos brigadieres exentos, un padre prepósito, un definidor y seis cantores de ópera sobrellevaban allí con paciencia las incomodidades de los cuartos y compartían el ayuno de las parcas comidas y mermadas cenas.

—Perdone por Dios, hermano —dijo a nuestro viajero el implacable dueño del mesón, que reventaba de gordura y orgullo considerando el buen esquilmo de aquel año, gracias al ansia de los partidos que tanta gente llevaba a San Ildefonso.

Y el viajero redoblaba su amabilidad suplicante, en vista de la negativa venteril. Era tímido y circunspecto, quizás en demasía para aquel caso en que tenía que habérselas con la ralea de posaderos y fondistas.

—Deme usted un cuchitril cualquiera —dijo—. No estaré sino el tiempo necesario para conseguir que Su Ilustrísima el señor Abarca eche una firma en cierto documento.

—¿El señor Abarca?... Buena persona... Es muy amigo mío —replicó el ventero—. Pero no puedo alojarle a usted... Como no sea en la cuadra...

Ya se había decidido el atribulado señor a aceptar esta oferta, cuando acertó a pasar don Juan de Pipaón. El viajero y el cortesano se vieron, se saludaron, se abrazaron, y... ¿cómo había de consentir don Juan que un tan querido amigo suyo se albergara entre cuadrúpedos teniendo él, como tenía, en la casa de Pajes, dos hermosísimas y holgadas estancias, donde estaba como garbanzo en olla?

—Venga conmigo el buen Cordero —dijo con generosa bizarría— que le hospedaré como a un príncipe. La Granja rebosa de gente. Amigo —añadió, hablándole al oído, cuando ambos marchaban hacia la casa de Pajes— el Rey se nos muere.

—De modo que sobrevendrá...

—El diluvio universal... Háblase de componer la cosa en familia. Pero vamos, vamos a que descanse usted.

Cordero dio un suspiro y ambos entraron en la casa. Después de un ligero descanso y del desayuno consiguiente, Cordero salió a ver los jardines.

¡La Granja! ¿Quién no ha oído hablar de sus maravillosos jardines, de sus risueños paisajes, de la sorprendente arquitectura líquida de sus fuentes, de sus laberintos y vergeles?... Versalles, Aranjuez, Fontainebleau, Caserta, Schoenbrünn, Potsdam, Windsor, sitios donde se han labrado un nido los reyes europeos huyendo del tumulto de las capitales y del roce del pueblo, podrán igualarle, pero no superan al rinconcito que fundó el primer Borbón para descansar del gobierno. Y no hay más remedio que admirar esta pasmosa obra del despotismo ilustrado, reconociéndola conforme a la idea que la hizo nacer. El despotismo ilustrado fomentó la riqueza en todos los órdenes, desterró abusos, alivió contribuciones, acometió mejoras en bien del pueblo; pero todo lo sometió a una reglamentación prolija. Hacía el bien como una merced y lo distribuía como se distribuye la sopa a los pobres recogidos en un asilo. Todo había de sujetarse a canon y a medida, y la nación, que nada podía hacer por sí, lo recibía todo con arreglo a disciplina de hospital.

El despotismo ilustrado da vida en el orden económico a los Pósitos, a los Bancos privilegiados, a los Gremios; en el orden político crea los pactos de familia, y en el artístico protege el clasicismo. Llega al fin un día en que pone su mano en la Naturaleza, y entonces aparece Le Nôtre, el arquitecto de jardines. Este hombre somete la vegetación a la geometría y hace jardines con teodolito. A su mando inapelable los árboles ya no pueden nacer libremente donde la tierra, el agua y Dios quisieron que naciesen, y se ponen en filas, como soldados, o en círculo, como bailarines. No basta esto para conseguir aquella conformidad disciplinaria que es el mayor gusto del despotismo ilustrado, y son escogidos los árboles como Federico de Prusia escoge a sus granaderos. Es preciso que todos sean de un tamaño y que las ramas crezcan por reguladas dosis. El hacha se encarga de convertir un bosque en alameda, y surgen, como por encanto, esos bellos escuadrones de tilos y esas compañías de olmos que parecen esperar el grito de un pino para marchar en orden de parada.

El despotismo ilustrado y sus jardineros aspiran a más; aspiran a que la Naturaleza no parezca Naturaleza sino un reino fiel sometido a la voluntad de su dueño y señor. Las tijeras, que antes solo eran arma de los sastres, son ahora la primera herramienta de horticultura y con ella se establece una igualdad de vasallaje que confunde en un solo tamaño al grande y al chico. Es un instrumento de corrección como la lima de que tanto hablaban los clásicos, y que a fuerza de pulimentar hacía que todos los versos fueran igualmente fastidiosos. La tijera hace de los amorosos mirtos y del espeso boj las baratijas más graciosas que puede imaginarse. Córtalos en todas las formas, y talla guarniciones, muebles, dibujos, casitas, arcos, escudos, trofeos. Los jardineros redondean los árboles, dejándoles cual si salieran del torno, y las esbeltas copas se convierten en pelotas verdes. En el bajo suelo cortan y recortan el césped como se cortaría el paño para hacer una casaca, y luego bordan todo esto con flores vivas que ponen donde la topografía ordena. Hacen mil juegos y mosaicos, tapicerías y arabescos. ¡Ay de aquella florecilla indisciplinada que se salga de su sitio! La arrancan sin piedad. La lozanía excesiva tiene pena de muerte como la libertad entre los hombres.

A un jardín le hacen parecer teatro, plaza, cementerio o cosa semejante. Resulta un lugar frío, triste, desabrido, que trae al pensamiento las tragedias en que Alejandro salía vestido de Luis XIV. Es preciso poner algo que anime aquella soledad, algo que se mueva. ¿Quién será el juglar de este escenario amanerado? Pues el agua. El agua que es la libertad misma, la independencia, el perpetuo correr y la risa y la alegría del mundo, es sacada de aquellos plácidos arroyos, de aquellas tranquilas lagunas, de los agrestes manantiales y sujeta con presas y trasportada en cañerías, y luego sometida al martirio inquisitorial de las fuentes que la obligan a saltar y hacer cabriolas de un modo indecoroso. El clasicismo hortícola quiere que en todo jardín haya mucha mitología, faunos groseros, ninfas muy fastidiosas, dioses pedantes, geniecillos mal criados. Pues todos estos individuos no tienen gracia si no echan un chorro de agua, quién por la boca, quién por ánforas y caracoles, aquel por todas las partes de su musgoso cuerpo, y diosa hay que arroja de sus pechos cantidad bastante para abrevar toda la caballería de un ejército.

En la Granja la fuente de la Fama escupe al cielo un surtidor de 184 pies de altura y el Canastillo traza en el espacio todo un problema geométrico con rayas de agua, mientras Neptuno, rigiendo sus caballos pisciformes, eleva a los aires sorprendente arquitectura de movible cristal que con los juegos de la luz embelesa y fascina. Las fuentes de Pomona, Anfitrite y los Dragones también hacen con el agua las prestidigitaciones más originales. Desde la plaza de las Ocho Calles se ven, con solo girar la mirada, todas las extravagancias de gimnástica y coreografía con que el pobre elemento esclavizado divierte a reyes y a pueblos. Los atónitos ojos del espectador dudan si aquello será verdad o será sueño, inclinándose a veces a creer que es un manicomio de ríos.

Era primer domingo de mes y corrían las fuentes. Toda la sociedad del Real Sitio estaba en los jardines disfrutando de la frescura del ambiente y de la perspectiva de los árboles, cosa bellísima aunque académica. Las damas de la corte y las que sin serlo habían ido a veranear, los militares de todas graduaciones, los señores y los consejeros, los lechuguinos y por último la gente del pueblo a quien se permitía entrar aquel día por causa del correr de las fuentes, formaban un conjunto tan curioso como rico en matices y animación. Por aquí corrillos de pastoreo cortesano como el que inspiró a Watteau, por allá rusticidades en crudo, más lejos Ariadnas que se quieren perder en laberintillos de boj, y por todas las rectas calles grupos que se cruzan, bandadas alegres que van y vienen. Como el agua salta risueña de las tazas de mármol, así surge la conversación chispeante de los movibles grupos. No se puede entender nada.

Allá va Pipaón con su amigo. Al pasar oímos que este le dijo: —Y Jenara ¿dónde está? No la he visto por ninguna parte.

—¿Qué la has de ver, si ha ido a Cuéllar? —replicó el cortesano.

Y perdiéronse entre el gentío elegante. El vestir ceremonioso era entonces de rúbrica en los paseos, y no había las libertades que la comodidad ha introducido después. Entonces ni el calor ni el esparcimiento estival eran razones bastantes para prescindir de la etiqueta, y así lo mismo en el Prado de Madrid que en los jardines de San Ildefonso, el hombre culto tenía que encorbatinarse al uso de la época, que era una elegante parodia de la pena de muerte en garrote vil. ¡Ay de aquel cuya cabeza no se presentara sirviendo de cimiento a un mediano torreón de felpa negra o blanca con pelos como de zalea, ala estrecha y figura cónico-truncada que daba gloria verlo!

Las solapas altas, las mangas de pernil, las apretadas cinturas son accidentes muy conocidos para que necesitemos pintarlos. El paño oscuro lo informaba todo, y entonces no había las rabicortas americanas de frágil tela, ni los trajes cómodos, ni sombreros de paja, ni quitasoles.

¿Pues y el vestido y los diversos atavíos de las damas? Entonces el peinarse era peinarse; había arquitectura de cabellos y una peineta solía tener más importancia que el Congreso de Verona. Para calle las damas retorcían y alzaban por detrás el pelo sujetándole en la corona con una peineta que se llamaba *de teja*, *de sofá* o *de pico de pato*, según su forma. ¡Qué cosa tan bonita!, ¿no es verdad? Pues ved ahora por delante los rizos batidos, como una fila de pequeños toneles negros o rubios suspendidos sobre la frente. Esto era monísimo, sobre todo si se completaba tan lindo artificio con la cadena a la *Ferronière* y broche a la *Sévigné* sujetando el cabello. Esto hacía creer que las señoras llevaban el reloj en el moño, de lo que resultaba mucho atractivo.

Tentado estoy de describiros el peinado a la *jirafa* con tres grandes lazos armados sobre un catafalco de alambre, los cuales lazos aparecían como en un trono, rodeados de un servil ejército de rizos huecos.

¡Cielos piadosos, quién pudiera ver ahora aquellas dulletas de inglesina tan pomposas que parecían sacos, y aquellos abrigos de *gros tornasol* o de casimir *Fernaux* o tafetán de Florencia, guarnecidos de *rulos* y trenzas, todo tan propio y rico que cada señora era un almacén de modas! ¡Quién pudiera ver ahora resucitados y puestos en uso aquellos vestidos de invierno, altos de talle, escurridos de falda, y guarnecidos de marta o chinchilla! Lo más airoso de este traje era el *gato*, o sea un desmedido rollo de piel que las señoras se envolvían en el cuello, dejando caer la punta sobre el pecho, y así parecían víctimas de la voracidad de una cruel serpiente.

Pero estas son cosas de invierno, y volvamos a nuestro verano y a nuestros jardines de La Granja. Todos los que esto lean, convendrán en que no podría darse cosa más bonita que aquellas mangas de jamón, abultadas por medio de ahuecadores de ballena, y con los cuales las señoras parecían llevar un globo aerostático en cada brazo. ¡Y dicen que entonces no había modas elegantes! ¿Pues, y dónde nos dejan aquel talle que por lo alto tocaba el cielo y aquella falda que intentaba seguir el mismo camino, huyendo de los pies, y aquel escote recto por pecho y espalda que a veces quería bajar al encuentro del talle y que disimulaba su impudencia con hipocresía de *canesús* y sofisma de tules? Si no fuera porque las damas ataviadas en tal guisa se asemejaban bastante a una alcazarra, este vestido merecía haberse perpetuado. ¡Qué precioso era! Tenía la ventaja de no alterar las formas, y entonces el pecho era pecho y las caderas caderas.

¡Ay!, entonces también los pies eran pies, es decir que no había esas falsificaciones de pies que se llaman botinas. Los zapateros no habían intentado aún enmendar la plana a Dios creando extremidades convencionales al cuerpo humano. ¿Y qué cosa más bonita que aquellas galgas y aquel cruzado de cintas por la pierna arriba hasta perderse donde la vista no podía penetrar? La suela casi plana, el tacón moderado, el empeine muy bajo, eran indudablemente la última parodia de aquellas sandalias que usaban las heroínas antiguas y que servían para lo que no sirve ningún zapato moderno, para andar.

Ni que me maten dejaré de hablar de las mantillas, las cuales entonces eran a propósito para echar abajo la teoría de que esta prenda no sirve para nada. Entonces las mantillas eran mantillas; como que había unas que se llamaban de toalla, y esto pinta su longitud. Aquellas mantillas tapaban y tenían infinito número de pliegues, cuya disposición y gobierno sometidos a la mano de la mujer que la llevaba, eran casi un lenguaje. La toquilla de ahora es un adorno, la mantilla de entonces era la persona misma. Las toquillas de hoy se *llevan*; las mantillas de entonces se *ponían*. Los pliegues relumbrones de su raso interior, el brillo severo de su terciopelo, la niebla negra de sus encajes, hechura fantástica de hilos tejidos por moscas, y la pasamanería de sus guarniciones reunían en derredor de una cara hermosa no sé que misterioso cortejo de geniecillos, que ora parecían serios ora risueños y a su modo expresaban el pudor y la provocación, la reserva o el desenfado. El ideal se hizo trapo, y se llamó mantilla.

En cambio de otras ventajas que el vestir moderno lleva al antiguo, aquellos tenían la de la variedad de tonos. Entonces los colores eran colores, y no como ogaño variantes del gris, del canelo y de los tintes metálicos. Entonces la gente se vestía de verde, de colorado, de amarillo, y los jardines de la Granja vistos a lo lejos, eran un prado de pintadas florecillas. El alepín, la cúbica, el tafetán de la reina, el *muaré antic*, las sargas, la inglesina, el *cotepali* ofrecían variedad de bultos y colores. Los parisienses que en esto de hacer modas se pintan solos y cuando no pueden inventar formas y colores nuevos les dan nombres extraños, habían lanzado al mundo el color *jirafa*, el *pasa de corinto*, el no menos gracioso *La Vallière*, el *azul Cristina*; pero los que verdaderamente merecen un puesto en la historia son el color *ayes de Polonia* y el *humo de Marengo*.

El cuadro de interés indumentario con fondos de verdor académico que hemos trazado carece aún de ciertos tonos fuertes, que echará de menos todo el que hubiera contemplado el original. Con el pincel gordo apuntaremos en los primeros términos algunas manchas de encarnado rabioso, amarillo y pardo que son las pintorescas sayas de las mujeres del campo venidas de los inmediatos pueblos. La elegancia de estos trajes se pierde en la oscuridad de los tiempos, y a nuestro siglo solo ha llegado una especie de alcachofa de burdos refajos, dentro de la cual el cuerpo femenino no parece tal cuerpo, sino una peonza que da vueltas sobre los pies, mientras los hombres, (aquí es preciso volcar sobre el cuadro toda la pintura negra) fatigados y oprimidos dentro de las enjutas chaquetas y los ahogados pantalones y las medias de punto, parecen saltamontes puestos de pie, guardando la cabeza bajo anchísimo queso negro.

El pincel más amanerado nos servirá para apuntar, oscilando sobre esta multitud de cabezas, como las llamas de Pentecostés, los pompones de los militares; y si hubiera tiempo y lienzo, pondríamos en último término, con tintas graciosas, un zaguanete de alabarderos, que, semejante a un ejército de zarzuela, pasa por el jardín precedido de su música de tambor y pífanos. Lejos, más lejos aún que la vaporosa proyección del agua en el aire, ponemos la fachada del palacio, rectilínea, clásica, de formas discretas y limadas como los versos de una oda. ¡Ay!, en el momento en que le contemplamos, gran gentío de cortesanos, militares y personajes de todas las categorías entra y sale por las tres grandes puertas del centro con afán y oficiosidad. De pronto el murmullo alegre de las fuentes cesa, y todas dejan de correr. El agua vacila en los aires, los chorros se truncan, se desmayan, descienden, caen, como castillos fantásticos deshechos por la luz de la razón, y en estanques y tazones se extingue el último silbido de los surtidores, que vuelven a esconderse en sus misteriosas cañerías. En los jardines reina un estupor lúgubre; la gente se para, pregunta, contesta, murmura, y de boca en boca van pasando como chispazos de pólvora fugaz estas palabras: «El Rey se muere, el Rey se muere.»

Las puertas del palacio se abren de par en par. Entremos.

XXXI

—Se ha fijado la gota en el pecho...

—Así parece.

—Peligro inminente... ¡muerte!

—El Señor lo dispone así...

El que tal dijo (y lo dijo con el aplomo del que está en los secretos de Dios y mantiene relaciones absolutamente familiares con Él) era un anciano corpulento, recio y hasta majestuoso, vestido de luengas ropas moradas. Parecía la efigie de un santo doctor bajado de los altares, y así sus palabras tenían una autoridad semi-divina. Hablaba dogmáticamente y no admitía réplica. Era obispo y aragonés.

Su interlocutor vestía también ropas talares pero negras, sin adorno alguno ni preciadas insignias. No parecía tener más de treinta y cinco años y se distinguía por su hermosura como el obispo de León por su apostólica majestad. Era el padre Carranza, prepósito de los Jesuitas, hombre listo si los hay, y además de cara bonita, calidad que avaloraba su extraordinaria elocuencia, de tal modo que cuando subía al púlpito parecía un ángel con sotana, celestial mensajero para proclamar con encantadora voz lo pecadores que somos. Por su elocuencia y talento, (no por otras de sus eminentes cualidades, como la malignidad ha dicho alguna vez) ganó en absoluto la confianza de doña Francisca, a quien conoceremos enseguida.

—Diga usted a Sus Altezas que Su Majestad me ha llamado para pedirme consejo en estas críticas circunstancias. En este momento Su Excelencia el señor Calomarde está en la cámara de Su Majestad, el cual... Dios lo quiere así... Continúa en malísimo estado, en deplorable estado... Cúmplase la voluntad del Altísimo.

Esto se decía en lujosa antecámara de esas que abundan en nuestros palacios reales y que en su ornato y mueblaje ofrecían mezcla confusa del estilo Luis XV y del gusto neo-clásico puesto en moda por el imperio francés. La tapicería era rica y graciosa; el piso, cubierto de finísimo junco, daba carácter español al recinto, y por el techo corrían entre nubecillas semejantes a espuma de huevo batido, varias ninfas a lo Bayeu que parecían representaciones de la retórica de Hermosilla y de la poesía Moratiniana, según las baratijas simbólicas que cada una llevaba en la mano para dar a conocer su empleo en el vasto reino del ideal. La luz que alumbraba la pieza era escasa y apenas se distinguía un Carlos IV en traje de caza que en la pared principal estaba, escopeta en mano, la bondadosa boca contraída por la sonrisa, y con la vista un poco extraviada hacia el techo, cual si intentara dar un susto a las ninfas que por él se paseaban tranquilas sin meterse con nadie.

La hermosa figura del obispo y el elegante cuerpo negro del jesuita concordaban admirablemente con aquel fondo o decoración palatina. Ambos dijeron algunas palabras precipitadas que no pudimos oír y salieron a prisa por distintas puertas. Seguiremos al jesuita guapo, quien rápidamente nos llevó a otra monumental y vistosa sala donde salieron a recibirle dos damas más notables por su rango que por su belleza. Eran la infanta doña Francisca y la princesa de Beira, brasileñas y ambiciosas. La primera habría sido hermosa si no afeara sus facciones el tinte rojizo, comúnmente llamado color de hígado. La segunda llamaba la atención por su arremangada nariz, su boca fruncida, su entrecejo displicente, rasgos de los cuales resultaba un conjunto orgulloso y nada simpático, como emblema del despotismo degenerado que se usaba por aquellos tiempos.

El padre Carranza les habló con nerviosa precipitación, y ellas le oyeron con la complacencia, mejor dicho, con la fe que el buen padre Carranza les inspiraba, y en el ardiente y vivísimo coloquio, semejante a un secreto de confesonario, se destacaban estas frases: «Dios lo dispone así... veremos lo que resulta de ese consejo... ¿y qué hará esa pobre Cristina?»

Los tres pasaron luego a la pieza inmediata, solo ocupada en aquel momento por un hombre, en el cual conviene que nos fijemos por ser de estos individuos que, aun careciendo de todo mérito personal y también de maldades y vicios, dejan a su paso por el mundo más memoria y un rastro mayor que todos los virtuosos y los malvados todos de una generación. Estaba sentado, apoyado el codo en el pupitre y la mejilla en la palma de la mano, serio, meditabundo, parecido por causa del lugar y las circunstancias a un grande Emperador de cuyos planes y designios depende la suerte de toda la tierra. Y la de España dependía entonces de aquel hombre extraordinariamente pequeño para colocado en las alturas de la monarquía. Tenía todas las cualidades de un buen padre de familia y de un honrado vecino de cualquier villa o aldea; pero ni una sola de las que son necesarias al oficio de Rey verdadero. Siendo, como era, rey de pretensiones, y por lo tanto batallador, su nulidad se manifestaba más, y no hubo momento en su vida, desde que empezó la reclamación armada de sus derechos, en que aquella nulidad no saliese a relucir, ya en lo político, ya en lo marcial. Era un genio negativo, o hablando familiarmente, no valía para maldita de Dios la cosa.

Su Alteza se parecía poco al Rey Fernando. Su mirada turbia y sin brillo no anunciaba, como en este, pasiones violentas, sino la tranquilidad del hombre pasivo, cuyo destino es ser juguete de los acontecimientos. Era su cara de esas que no tienen el don de hacer amigos, y si no fuera por los derechos que llevaba en sí como un prestigio indiscutible emanado del Cielo, no habrían sido muchos los secuaces de aquel hombre frío de rostro, de mirar, de palabra, de afectos y de deseos, como no fuera el vehemente prurito de reinar. Su boca era grande y menos fea que la de Fernando, pues su labio no iba tan afuera; pero el gran desarrollo de su mandíbula inferior, alargando considerablemente su cara, le hacía desmerecer mucho. El tipo austriaco se revelaba en él más que el borbónico, y bajo sus facciones reales se veía pasar confusa la fisonomía de aquel espectro que se llamó Carlos II el Hechizado. A pesar del lejano parentesco, la quijada era la misma, solo que tenía más carne.

Cuando entraron las infantas don Carlos levantó los ojos de su pupitre, miró con tristeza a las damas y después a un cuadro que frente a él estaba y era la imagen de la Purísima Concepción. El Soberano de los apostólicos dio un suspiro como los que daba don Quijote en la presencia ideal de Dulcinea del Toboso, y luego se quedó mirando un rato a la pintura cual si mentalmente rezara.

—Francisquita —dijo al concluir—, no me traigas recados, como no sean para darme cuenta de la enfermedad de mi adorado hermano. No quiero intrigas palaciegas, ni menos conspiraciones para sublevar tropa, paisanos o voluntarios realistas. Mis derechos son claros y vienen de Dios: no necesitan más que su propia fuerza divina para triunfar, y aquí están de más las espadas y bayonetas. No se ha de derramar sangre por mí, ni es necesario tampoco. Yo no conquisto, tomo lo mío de manos de Altísimo que me lo ha de dar. Esa, esa augusta señora —añadió señalando el cuadro—, es la patrona de mi causa y la generalísima de nuestros ejércitos: ella nos dará todo hecho sin necesidad de intrigas, ni de sangre, ni de conspiraciones y atropellos.

Doña Francisca miró a la imagen bendita, y aunque era, como su ilustre esposo, mujer de mucha devoción, no parecía fiar mucho, en aquellos momentos, de la excelsa patrona y generalísima. La de Beira fue la primera que tomó la palabra para decir a Su Alteza:

—Carlitos, no podemos estar mano sobre mano ni esperar los acontecimientos con esa santa calma tuya, cuando se van a decidir las cosas más graves. Nosotras no intrigamos, lo que hacemos es apercibirnos para cortar las intrigas que se traman contra ti, legítimo heredero del trono, y contra nosotras. No conspiramos; pero estamos a la mira de la conspiración asquerosa de los liberales, que ahora se llamarán *cristinos*, para burlar tus derechos, emanados de Dios, y alterar la ley sagrada de la sucesión a la corona. En este momento, Cristina, por encargo del Rey, llama a Consejo al ministro Calomarde, al obispo de León y al conde de la Alcudia. ¿Sabes para qué?

—¿Para qué?

—Para proponer un arreglo, una componenda —dijo prontamente Doña Francisca, no menos iracunda que su hermana—. Pronto lo sabremos. Esa pobre Cristina apelará a todos los medios para embrollar las cosas y ganar tiempo, hasta que se desencadenen las furias de la revolución, que es su esperanza.

—¡Un arreglo!... —dijo don Carlos con entereza—. ¿Con quién y de qué? Entre los derechos legítimos, sagrados y la usurpación ilegal no puede haber arreglo posible.

Dijo esto con tanto aplomo que parecía un sabio. Después miró a la Virgen como para tener la satisfacción de ver que ella opinaba lo mismo.

—Basta de cuestiones políticas —dijo Su Alteza volviendo a tomar una actitud tranquila—. ¿Sigue Fernando más aliviado del paroxismo de esta tarde?

—Hasta ahora no hay síntomas de que se repita...

—Pero puede suceder que de un momento a otro...

—¡Pobre Fernando! —exclamó don Carlos dando un gran suspiro y apoyando la barba en el pecho. Incapaz de fingimiento y de mentira, la apariencia tétrica del Infante era fiel expresión de la vivísima pena que sentía. Amaba entrañablemente a su hermano. Para que todo fuera en desventaja de los españoles, Dios quiso que estos se dividieran en bandos de aborrecimiento, mientras los hermanos que ocasionaron tantos desastres vivieron siempre enlazados por el afecto más leal y cariñoso.

Poco más de lo transcrito hablaron el Infante y las dos damas, porque empezó a reunirse la camarilla en el salón inmediato, y Doña Francisca y su hermana abandonaron a Don Carlos para recibir a los aduladores, pretendientes y cofrades reverendos de aquella cortesana intriga. En poco tiempo llenose la cámara de personajes diversos, el conde de Negri, el padre Carranza, el embajador de Nápoles, vendido secretamente a los apostólicos desde mucho antes, y don Juan de Pipaón, que según todas las apariencias, representaba en el seno de la comunidad apostólica a Calomarde. Luego aparecieron el obispo de León y el conde de la Alcudia, y entonces la cámara fue un hervidero de preguntas y comentarios. Vanidad, servilismo, adulación, los rostros pálidos, las palabras ansiosas, el respeto olvidado, el rencor no satisfecho, la esperanza cohibida por el temor... todo esto había bajo aquel techo habitado por sosas ninfas, entre aquellos tapices representando borracheras a lo Teniers, remilgadas pastoras o cabriolas de sátiros en los jardines de Helicona.

—Una proposición inaudita, señores —dijo el reverendo obispo con fiereza—. Veremos lo que opina el Señor. Ahí es nada... Quieren que durante la enfermedad del Rey se encargue del gobierno doña Cristina, y que el Serenísimo Señor Infante sea... Su consejero.

Una exclamación de horror acogió estas palabras. La princesa de Beira casi lloraba de rabia, y a la orgullosa Doña Francisca le temblaban los labios y no podía hablar.

—Es una desvergüenza —se atrevió a decir Pipaón, que siempre quería dejar atrás a todos en la expresión extremada del entusiasmo apostólico.

—Es una jugarreta napolitana —indicó Negri, que en estas ocasiones gustaba de decir algo que hiciera reír.

—Es burlarse de los designios del Altísimo —afirmó Abarca, atento siempre a entrometer la Divinidad en aquellas danzas.

—Es simplemente una tontería —dijo el de Alcudia—. Veamos la opinión de Su Alteza.

El ministro y el obispo pasaron a ver a don Carlos, que hasta entonces tenía la digna costumbre de huir de los conventículos donde se ventilaban entre aspavientos y lamentaciones los intereses de su causa, y al poco rato salieron radiantes de gozo. Su Alteza había contestado con enérgica negativa a la proposición de la *madre de Isabelita*; que de este modo solían allí nombrar a la reina Cristina.

Entonces los cortesanos corrieron del cuarto del Infante a la cámara real, donde, en vista de la denegación, se buscaban nuevas fórmulas para llegar al deseado arreglo. Hora y media pasó en ansiedades y locas impaciencias. La reina y los ministros conferenciaban en la antecámara del Rey. En la alcoba de este nadie podía penetrar, a excepción de Cristina, los médicos y los ayudas de cámara de Su Majestad. El Infante no salía del rincón de su cuarto, en que parecía estar recogido como un cenobita que hace penitencia; pero la bulliciosa Infanta, la implacable princesa de Beira, su hijo don Sebastián y la mujer de este no se daban punto de reposo, inquiriendo, atisbando, en medio del vertiginoso ciclón de cortesanos que iba y venía y volteaba con mareante susurro.

Al fin aparecieron el obispo y el conde de la Alcudia, trayendo las nuevas proposiciones de arreglo. ¿Cuáles eran? «¡Una regencia compuesta de Cristina y don Carlos, con tal que este empeñase solemnemente su palabra de no atentar a los derechos de la princesa Isabel!» Tal era la proposición que a unos parecía absurda, a otros insolente, a los más ridícula. Hubo exclamaciones, monosílabos de desprecio y amargas risas. «¡Los derechos de Isabelita!» Esta idea ponía fuera de sí a la enfática y siempre hinchada princesa de Beira.

¿Y quién sabrá pintar la escena del cuarto de don Carlos, cuando el obispo y el ministro le comunicaron la última proposición de los Reyes? Por todos los santos se puede jurar que el que tal escena vio no la olvidará aunque mil años viva. Nosotros que la vimos la tenemos presente lo mismo que si hubiera pasado ayer, ¿pero cómo acertar a pintarla? Es tan rica de matices y al propio tiempo tan sencilla que es fácil se eche a perder al pasar por las manos del arte. ¡Pasó allí tan poca cosa y fue de tanta trascendencia lo que allí pasó!... No hubo ruido; pero en el silencio grave de aquella sala se engendraron las mayores tempestades españolas del siglo.

Al ver entrar al obispo y al ministro, seguidos de las infantas, don Sebastián y el agraciadísimo padre Carranza, don Carlos se levantó solemnemente. Era hombre que sabía dar a ciertos actos una majestad severa que contrastaba con su llaneza en la vida privada. Mientras Alcudia leía el borrador del decreto en que se establecía la doble regencia, la princesa de Beira estaba lívida y Doña Francisca mordía las puntas del pañuelo. Ambas hermanas vestían modestamente. ¿Quién olvidará sus talles altos, sus ampulosos senos, sus peinados de tres lazos y sus pañoletas de colores? Estaban como dos estatuas de la ambición doméstico-palatina, erigidas en el centro del arco que formaba la comisión de príncipes y magnates. Miraban ansiosas a don Carlos cual si temieran que el grande amor que al Rey tenía venciera su entereza en aquel crítico instante, haciéndole incurrir en una debilidad que se confundiría con la bajeza.

Don Carlos no tenía talento ni ambición, pero tenía fe, una fe tan grande en sus derechos que estos y los Santos Evangelios venían a ser para Su Alteza Serenísima una misma cosa. Esta fe que en lo moral producía en él la honradez más pura, y en los actos políticos una terquedad lamentable, fue lo que en tal momento salvó la causa apostólica, llenando de júbilo los corazones de aquellos señorones codiciosos y levantiscas princesas. Mientras duró la lectura, don Carlos no quitó los ojos del cuadro de la Purísima, a quien sería mejor llamar Capitana por las prerrogativas militares que el príncipe le había dado. Después hubo una pausa silenciosa, durante la cual no se oyó más que el rumorcillo del papel al ser doblado por el conde de la Alcudia. Las infantas miraban a los labios de don Carlos y don Carlos se puso pálido, alzó la frente más ancha que hermosa, y tosió ligeramente. Parecía que iba a decir las cosas más estupendas de que es capaz la palabra humana, o a dictar leyes al mundo como su homónimo el de Gante las dictaba desde un rincón del alcázar de Toledo. Con voz campanuda dijo así:

—No ambiciono ser rey; antes por el contrario desearía librarme de carga tan pesada que reconozco superior a mis fuerzas... pero...

Aquí se detuvo buscando la frase. Doña Francisca estuvo a punto de desmayarse y la de Beira echaba fuego por sus ojos.

—Pero Dios —añadió don Carlos— que me ha colocado en esta posición me guiará en este valle de lágrimas... Dios me permitirá cumplir tan alta empresa.

Aún no se sabía qué empresa era aquella que Dios, protector decidido de la causa, tomaba a su cargo en este valle de lágrimas. El conde de la Alcudia que a pesar de estar secretamente afiliado al partido de don Carlos, quería cumplir la misión que le había dado el Rey, dijo algunas palabras en pro de la avenencia. Pero entonces don Carlos, como si recibiera una inspiración del Cielo, habló con facilidad y energía en estos términos, que son exactos y textuales:

—«No estoy engañado, no, pues sé muy bien que si yo por cualquier motivo, cediese esta corona a quien no tiene derecho a ella, me tomaría Dios estrechísima cuenta en el otro mundo y mi confesor en este no me lo perdonaría; y esta cuenta sería aún más estrecha perjudicando yo a tantos otros y siendo yo causa de todo lo que resultare; por tanto no hay que cansarse, pues no mudo de parecer.»

Dijo y se sentó cansado. Las infantas dejaron a sus abanicos la expresión del orgullo y satisfacción que sentían por aquellas cristianísimas palabras. ¿Qué cosa más admirable que un príncipe decidido a reinar sobre nosotros, no por ambición, no por deseo de aplicar al Gobierno un entendimiento que se siente poderoso, sino por cristianismo puro, por temor de Dios y por miedo al Infierno? En aquel breve discurso nos explicó Su Alteza Serenísima la clave de sus ideas y de su modo de hacer la guerra y de gobernar. No era ambicioso ni conquistador, sino una especie de cruzado de la Tierra Santa de sus derechos. Según él, Dios estaba profundamente interesado en aquel negocio, y tanto, que no se sabe lo que habría pasado en los reinos celestiales si al buen Infante le da la mala tentación de dejar reinar a *Isabelita*. Es sabido que estas contiendas de familia se miran allá arriba como cosa de casa. Bien enterado estaba de todo el confesor de Su Alteza, que así le había pintado la imposibilidad de ser modesto y la urgente precisión de ceñirse la corona por estar así acordado allí donde se hacen y deshacen los imperios. ¿Y cómo se iba a atrever el pobre don Carlos a confesar en el temeroso tribunal de la penitencia el horrible delito de no querer ser Rey? ¿Y además no estaba de por medio la infeliz España a quien Dios no podía abandonar?

¿Y qué era el príncipe más que el instrumento de Dios, protector decidido en todos tiempos de nuestra nación con preferencia a todas las demás que ocupan la interesante Europa, la América lozana, la negra África y el Asia opulenta? ¡Instrumento de la Providencia! Esto y no otra cosa era don Carlos, y bien lo comprendía así el bueno, el evangélico, el seráfico obispo de León, cuando al salir de la cámara del Infante se abrió paso entre la multitud de cortesanos, diciendo con entusiasmo:

—¡Paso al partido del Altísimo!

Olvidábamos decir que don Carlos, luego que dio aquella respuesta digna de un arcángel, encargado de defender una plaza del Cielo sitiada por los pícaros demonios, habló un rato con sus amigos y con su esposa y cuñada, repitiéndoles lo que ya les había dicho muchas veces, a saber: que se negaba resueltamente a apelar a las armas, que desaprobaba todas las conspiraciones fraguadas en su nombre y que se le enterase cada poco rato del estado de la salud del Rey.

Luego se encerró en su oratorio donde rezó gran parte de la noche, pidiendo a Dios, su superior jerárquico, y a la Limpia y Pura, su generala en jefe, que salvaran la vida de su amado hermano Fernando. Tal era, ni más ni menos, aquel don Carlos que en España ha llenado el siglo con su nombre lúgubre, monstruo de candor y de fanatismo, de honradez y de ineptitud.

XXXII

Todos los manipuladores de aquella intriga se agitaban mucho, pero ninguno como Pipaón, el correveidile de Calomarde, el que tan pronto llevaba un recado al embajador de Nápoles, caballero Antonini, como un papelito al padre Carranza para que lo diera a las infantas. Cuando el barullo cesó en los salones y empezó a reinar un poco de sosiego, el bueno de Bragas retirose con Calomarde y Carranza a una pieza lejana donde estuvieron charlando acaloradamente y revolviendo papeles y haciendo números hasta por la mañana. Cuando amaneció tenía la augusta cabeza tan caldeada por el hervir de ideas y proyectos que en aquella cavidad bullían, que juzgó prudente no acostarse y salir a los jardines para dar algunas vueltas. Largo rato estuvo recorriendo alamedas y bosquecillos de tallado mirto, pero sin parar mientes en la hermosura de la Naturaleza en tal hora, porque su ambición ocupaba al cortesano todas las potencias y sentidos. Así la deliciosa frescura de la mañana, el despertar de los pajarillos, la quietud soñolienta de la atmósfera, la gala de las flores humedecidas por el rocío, eran para aquel infeliz esclavo de las pasiones, como páginas de un idioma desconocido, del cual no comprendía ni una letra ni un rasgo. Ciego para todo menos para su loco apetito no veía sino la cartera ministerial, el sueldazo, las obvenciones, las veneras, el título de nobleza y todo lo demás que del próximo triunfo de los apostólicos podía obtener.

Junto a la fuente de Pomona tropezó con don Benigno Cordero, que volvía de su paseo matinal. Era hombre que madrugaba como los pájaros y daba paseos de leguas antes del desayuno. Aquella mañana el héroe estaba tan meditabundo como Pipaón; pero por diferentes motivos.

—No he dormido en toda la noche, señor Don Benigno —dijo el cortesano con énfasis—. Hemos trabajado para evitar derramamiento de sangre. El Rey se nos muere hoy: no llegará a la noche. ¡España por don Carlos!

—Yo tampoco he dormido, pero no me desvelan a mí esas trapisondas palaciegas, no —repuso el héroe melancólicamente—. Barástolis, rebarástolis... ¡pensar que hasta ahora no he podido conseguir de ese intrigante la cosa más fácil y sencilla que se puede pedir a un obispo!... ¡una firma, una, don Juan, una firma! He prometido una gran cesta de albaricoques, amén de otras cosas, al familiar de Su Ilustrísima y... Ni por esas... Su Ilustrísima no se puede ocupar de eso, Su Ilustrísima se debe al Rey y al Estado y al... ¿En qué país vivimos? ¿Pues así se tratan los intereses más respetables? ¿Es esto ser obispo?... ¡Le digo a usted, amigo don Juan, que estoy de obispos hasta la corona!... ¿Qué es lo que pido? Una firma, nada más que una firma en documento corriente, informado y vuelto a informar, y que ha pasado por más manos que moneda vieja... ¡Oh!, malhadada España. ¡Y estos hombres hablan de regenerarte!

¡Una firma, nada más que una firma! Indudablemente el revoltoso obispo debía ser ahorcado. Pipaón consoló a su amigo lo mejor que pudo prometiéndole recomendar el caso a Su Ilustrísima, y conseguirle si triunfaban los apostólicos, no una firma, sino cuatro o cinco docenas de ellas.

Cuatro o cinco docenas de *Barástolis* echó después de su boca don Benigno, y juntos él y Bragas se dirigieron hacia la casa de Pajes.

—Si estuviera aquí Jenarita —decía Cordero—, ella con su irresistible poder haría firmar a ese condenado.

Pipaón se acostó; pero llamado a poco rato por Su Excelencia, tuvo que dejar el blando sueño para acudir a los cónclaves que se preparaban para aquel día. El inconsolable y aburridísimo Cordero, luego que se desayunó, volvió a los jardines, único punto donde hallaba algún esparcimiento en su tristeza, y no había llegado aún a la fuente de la Fama, cuando topó con Salvador Monsalud que de palacio venía cabizbajo y de malísimo humor. El día anterior se habían visto y saludado un momento como amigos antiguos que eran desde las trapisondas de la Milicia nacional del año 22, memorable por la hazaña del nunca bastante célebre arco de Boteros. Don Benigno se alegró de verle, por tener alguien con quien hablar en aquella desolada corte, tan llena de interés para otros y para él más triste y solitaria que un desierto. De manos a boca Monsalud le habló de Sola, del casamiento, y tales elogios hizo de ella y con tanto calor la nombró, que Cordero sintió inexplicables inquietudes en su alma generosa. No sabía por qué le era desagradable la persona y la amistad de aquel hombre, protector y amigo de su futura en otro tiempo, y luego nombrado en sueños por ella. Recordó claramente cuán triste se ponía Sola si le faltaban cartas de él, y cuánto se alegraba al recibir noticias suyas; pero al mismo tiempo le consoló el recuerdo de la perfecta sinceridad, signo de pureza de conciencia, con que

Sola le supo referir su entrevista con Salvador en los Cigarrales, mientras Cordero estaba en Madrid ocupado de los nunca bastante vituperados papeles. Recordó muchas cosas, unas que le agitaban, otras que calmaban su inquietud, y por último la fe ciega que tenía en el afecto puro y sencillo de la que iba a ser su señora le confortaba singularmente.

No obstante, quiso evitar la compañía de aquel hombre, y ya preparaba la conversación para buscar un pretexto de ausencia, cuando Salvador dijo:

—Reniego de esta cansada y revoltosa corte. Aquí estoy hace seis días atado por una pretensión fácil y sencilla, y aunque tengo relaciones en palacio, nada puedo conseguir. A usted no le sorprenderá el saber que lo que pretendo no es más que una firma, nada más que una firma en documento corriente. Pero el señor Calomarde que para daño eterno de nuestro país, sigue sin reventar todavía, no se ha decidido aún a tomar la pluma. ¡Y de que la tome y rubrique dependen mi fortuna y mi porvenir!

—Nuestra cuita es la misma —exclamó Don Benigno sintiéndose consolado con la desgracia ajena—. Yo también me aburro y me desespero y me quemo la sangre solo por una firma.

—¡Qué ministros!

—Están intrigando para arrancar al Rey un codicilo que dé la corona a don Carlos.

—¡Qué menguados hombres!... ¡Que una nación esté en tales manos...!

—Y según los vientos que corren, barástolis, lo estará para *in eternum*. La consigna de esa gente es que el Rey se muere hoy. Parece que han sobornado al Altísimo.

—Es gracioso.

—Ya tratan a don Carlos de Majestad.

—Lo creo. Será Rey. Vamos progresando. ¿Piensa usted emigrar?

—¿Yo? —dijo Cordero sorprendido—. Si triunfa ese partido brutal lo sentiré mucho, porque en fin, tengo ideas liberales... Algo ha leído uno en autores filosóficos...

—Sí, ya sé que lee usted a Rousseau. Rousseau dice: «no hay patria donde no hay libertad.» ¿Piensa usted emigrar?

—Emigrar no, porque no me mezclo en política. Viviré retirado de estos trapicheos dejándoles que destrocen a su antojo lo que todavía se llama

España, y con ellos se llamará como Dios quiera. Un padre de familia no debe comprometerse en aventuras peligrosas. Usted...

—Yo no soy padre de familia ni cosa que lo valga —dijo el otro dejando traslucir claramente una pena muy viva—. No tengo a nadie en el mundo. No hay casa, ni hogar, ni rincón que guarden un poco de calor para mí; soy tan extranjero aquí como en Francia; soy esclavo de la tristeza; no tengo en derredor mío ningún elemento de vida pacífica; la última ilusión la perdí radicalmente; vivo en el vacío; no tengo, pues, otro remedio, si he de seguir existiendo, que lanzarme otra vez a las aventuras desconocidas, a los caminos peligrosos de la idea política, cuyo término se ignora. Mi antigua vocación de revolucionario y conspirador, que estaba amortiguada y como vencida en mí, vuelve a nacer ahora, porque el freno que le puse se ha roto, porque la vocación nueva con que traté de matar aquella se ha convertido en humo. Hay que volver al humo pasado, a las locuras, a la lucha, a las ideas, cuya realización, por lo difícil, toca los límites de lo imposible.

Don Benigno le oía con estupor. Habíanse internado en uno de aquellos laberintos hechos con tijeras, que parecen decoraciones teatrales construidas para una sosa comedia galante o para una opereta de Metastasio. Solitarias y placenteras estaban las callejuelas y las bovedillas verdes. Nadie podía oírles allí. Salvador no puso trabas a su lengua y se expresó de este modo:

—Cuando vine aquí persistía en mi propósito de huir para siempre de la política, aunque estaba muy indeciso considerando que alguna dirección o empleo había de dar a mi pensamiento y a mi voluntad. No se puede vivir de monólogos, como yo vivo ahora. Mi desgracia o mi fortuna, que esto no lo sé bien, quisieron que entrara algunas veces en Palacio. Allí traté a gentileshombres y cortesanos, hice amistad con ministriles y empleadillos menudos; todo por el negocio maldito de esta rúbrica que pido a Su Excelencia y que no me quiere dar. Además soy amigo de un montero de Espinosa que me ha enterado de todo lo ocurrido ayer y anoche. ¡Qué cosas, amigo mío; qué horrores! Si cuando se lee la historia sentimos emociones tan hondas y queremos ser actores en los sucesos pintados, ¿qué será cuando vemos la historia viva, antes de ser libro, y asistimos a los hechos antes de que sean páginas? El drama de anoche me ha espeluznado. Pues se prepara otro drama, junto al cual el de anoche será comedia. No, no es posible ver esto como se ven por anteojo los muñecos y las vistas de un *tutilimundi*. De repente me he sentido exaltado, y mis antiguas vocaciones han renacido con ímpetu irresistible.

—Cuidado, cuidado —dijo don Benigno, temeroso del sesgo peligroso que aquella conversación tomaba—. Los arbolitos oyen; chitón. Le veo a usted en camino de ser un cristino furibundo.

—Yo no sé por qué camino voy; solo sé que cuando veo a esa reina joven, hermosa, inocente de todos los crímenes del absolutismo: cuando considero sus virtudes y la piedad con que asiste al Rey enfermo, que solo merece lástima; cuando veo los peligros que la cercan, los infames lazos que se le tienden y el desdén con que la miran los mismos que hace poco se arrastraban a sus pies, siento arder la sangre en mis venas, y no sé qué daría, créame usted, don Benigno, por hallarme en situación de enseñar a esos murciélagos apostólicos cómo se respeta a una señora y a una reina. En la corona que no han podido quitarle todavía, y que sobre su hermosa frente tiene mayor brillo, veo la monarquía templada que celebra alianzas de amistad con el pueblo; pero en la corona de hierro que esos intrigantes clérigos y cortesanos están forjando en el cuarto de don Carlos, veo la monarquía desconfiada, implacable, que no admite más derechos que los suyos. No, no hay ya en España caballeros, si España consiente que esa turba de fanáticos expulse a la reina y arrebate la corona a su hija...

—Sí, sí —exclamó Cordero sintiendo que revivía lentamente en su pecho su antiguo entusiasmo liberalesco—. Pero cuidado, mucho cuidado, amigo. Lo que usted dice es peligrosísimo. Todo el Real Sitio es de los apostólicos. No nos metamos en lo que no nos importa.

—¿Cómo que no nos importa? —dijo el otro con viveza—. Es cuestión de vida o muerte, de ser o no ser. En estos momentos se está decidiendo, y pronto se probará si los españoles no merecen otro destino que el de un hato de carneros o si son dignos de llamar nación a la tierra en que viven. Yo que había tomado en aborrecimiento las revoluciones y el conspirar, ahora siento en mí un apetito de rebeldía que me llevaría a los mayores atrevimientos si viera junto a mí quien me ayudase. Desanimado ayer y deseoso de la oscuridad, hoy que la vida doméstica me es negada por Dios, quisiera tener medios de revolver a España, y amotinar gente, y hacer que todo el mundo se rebelara, y romper todos los lazos, y levantar todos los destierros, y desencadenar todo lo que está encadenado por este régimen brutal. Yo iría a esa reina atribulada y le diría: «Señora, lance Vuestra Majestad un grito, un grito solo en medio de este país que parece dormido y no está sino asustado. No tema Vuestra Majestad; estas situaciones se vencen con el valor y la confianza. Abra Vuestra Majestad las puertas de la patria a todos los emigrados, a todos absolutamente sin distinción. Para vencer al Infante se necesita una bandera; para hacer frente a un principio se necesita otro; nada de términos medios, ni acomodos vergonzosos; esa gente pide todo o nada; pues nada y guerra a muerte. Levántese Vuestra Majestad y ande con paso seguro; no se deje asustar por los errores de los que no han sabido establecer la libertad. Es preciso tolerarles como son, porque son la salvación, y si aseguran el trono y la libertad sus imperfecciones y extravíos les serán perdonados. Y entonces, señora, se alzará del seno de la nación oprimida y deseosa de mejor suerte, un sentimiento, un prurito incontrastable, y miles de hombres generosos se agruparán al lado de Vuestra Majestad protestando con la palabra y con la espada de que quieren por soberana a la reina del porvenir, la reina liberal, Isabel II.»

XXXIII

—¡Chitón, chitón por todos los santos del cielo! —dijo don Benigno poniéndole la mano en la boca para hacerle callar.

El héroe participaba de aquel noble ardor, pero temía que tales demostraciones les trajeran a ambos algún perjuicio. Tembloroso y ruborizado, Cordero llevó a su amigo fuera del verde laberinto, incitándole a que callara, porque —y lo dijo en la plenitud de la convicción— si el obispo Abarca y el ministro Calomarde llegaban a tener noticia de lo que se habló en los jardines, no firmarían ni en tres siglos. Salvador tranquilizó al buen comerciante sobre aquel endiablado negocio de las firmas y cuando se separaron invitole a que comieran juntos aquella tarde. Excusose don Benigno, por sentirse, al oír la invitación, tocado de aquel mismo recelo o inquietud de que antes hablamos; pero las reiteradas cortesanías del otro le vencieron al fin. Mientras Cordero entraba en la casa de Pajes pensando en el convite, en la muerte del Rey, en la firma y sobre todo en los que le esperaban en los Cigarrales, Salvador penetró en Palacio y no se le vio más en todo el día.

Era aquel el 18 de Setiembre, día inolvidable en los anales de la guerra civil, porque, si bien en él no se disparó un solo cartucho, fue un día que engendró sangrientas batallas, un día en el cual se puede decir figuradamente que se cargaron todos los cañones. Desde muy temprano volvió a reinar el desasosiego en los salones y en todas las dependencias. Su Majestad seguía muy grave, y a cada vahído del monarca la causa apostólica daba un salto en señal de vida y buena salud; así es que cuando circulaban noticias desconsoladoras no se veía el dolor pintado en todas las caras, como sucede en ocasiones de esta naturaleza, aun en reales palacios, sino que a muchos les bailaban los ojos de contento, y otros aunque disimulaban el gozo, no lo hacían tanto que escondieran por completo la repugnante ansiedad de sus corazones corrompidos.

En medio de esta barahúnda, la reina apuraba ella sola en el silencio lúgubre de la alcoba regia el cáliz amargo de la situación más triste y desairada en que pueda verse quien ha llevado una corona. Los cortesanos huían de ella; a cada hora, a cada minuto veía disminuir el número de los que parecían fieles a su causa, y cada suspiro del Rey moribundo producía una defección en el débil partido de la reina. El día anterior aún tenía confianza en la guardia de Palacio; pero desde la mañana del 18 las revelaciones de algunos servidores leales la advirtieron de que, muerto el Rey, la guardia y probablemente todas las fuerzas del Real Sitio abrazarían el partido del Infante.

Cristina se vistió en aquellos días el hábito de la Virgen del Carmen, y con la saya de lana blanca estaba más guapa aún que con manto regio y corona de diamantes. No salía de la alcoba regia sino breves momentos, cuando el Rey parecía sosegado y ella necesitaba ver a sus hijas o desahogar su pena en amargas lágrimas, derramadas sin testigos en su cámara particular. Allí también había bullicio y movimiento, porque la servidumbre arreglaba las maletas y embaulaba el ajuar de la reina en previsión de una fuga precipitada.

Por la noche la reina no dormía tampoco. Sentada junto al lecho del Rey, vigilaba su enfermedad, atendía a sus dolores, preparaba por sí misma las medicinas y se las daba, le dirigía palabras de esperanza y consuelo, no permitía que los criados hicieran cosa alguna que pudiera hacer ella, esclava entonces de sus deberes de esposa con tanto rigor como la compañera del último súbdito del tirano enfermo. Haciendo entonces lo que no suelen ni saben hacer generalmente las reinas, aquella joven se puso una corona de esas que no están sujetas a los azares de un destronamiento ni a los desaires de la abdicación.

La historia no dice lo que pasó por la mente del atormentador de España al ver que en pago de sus violencias, de su bárbaro orgullo, de sus vicios y de su egoísmo brutal, Dios le enviaba aquel ángel en su última hora para que el autor de tantas agonías viera endulzada la suya y pudiera morirse en paz, como se mueren los que no han hecho daño a nadie. Cuando se entraba en la alcoba real no se podía ver sin horror el enorme cuerpo del Rey en el lecho, hinchado, sin movimiento, oprimido por bizmas, ungido con emplastos que a pesar de sus virtudes no vencían los dolores; hecho todo una miseria; conjunto lastimoso de desdichas físicas, que así remedaban la moral más perversa que ha informado un alma humana.

Su rostro variaba entre el verdoso de la muerte y el amoratado de la congestión. Ligeramente incorporado sobre las almohadas su cabeza estaba inmóvil, su mirada fija y mortecina, su nariz colgaba cual si quisiera caer saltando al suelo, y de su entreabierta boca no salía sino un quejido constante que en los breves momentos de sosiego era estertor difícil. Por fin le tocaba a él también un poco de potro. Debía de estar su conciencia bastante despierta en aquellos momentos, porque no se quejaba desesperado, como si en el fondo de su alma existiese una aprobación de aquel horrible quebrantamiento de huesos y hervor de sangre que sufría. La cama del Rey por el estado de aquel desdichado cuerpo que desde algún tiempo vivía corrompiéndose, parecía más bien un ensayo de las descomposiciones del sepulcro. Esto solo es un elocuente elogio de la cristiana abnegación de la reina.

En la alcoba había dos o tres crucifijos e imágenes, todos solicitados por la piedad de Cristina para que no permitieran que España se quedase sin Rey. Mas por el momento no había síntomas de que tan noble anhelo fuera atendido, porque Fernando VII se moría a pedazos. Aquella masa inerte, tan solo vivificada por un gemido, no era ya Rey ni siquiera hombre. Hacia el medio día se temió la pérdida absoluta de las facultades mentales y antes que esto llegara, se reconoció la necesidad de dar solución al problema tremendo. Una chispa de razón quedaba en el espíritu del Rey. Era urgente, indispensable, que a la débil luz de esa chispa se resolviese el conflicto.

Cristina hubiera dilatado aquel momento. Ganando algunas horas habría podido llegar su hermana la Infanta Doña Carlota, mujer de mucho brío y resolución que para aquel caso era de perlas. Desde que se agravó Su Majestad le habían enviado correos al Puerto de Santa María, rogándola que viniese, y ya la Infanta debía de estar cerca, quizás en Madrid, quizás en camino del Real Sitio. Pero el aniquilamiento rápido del enfermo no permitía esperar más. Entraron, pues, en la real cámara tres figuras horrendas: Calomarde, el de Alcudia y el obispo de León. La reina y el confesor del Rey habían llegado poco antes y estaban a un lado y otro de Su Majestad, Cristina casi tocando su cabeza, el clérigo bastante cerca para hablar al oído del pobre enfermo. Había llegado un momento en que ninguna alma cristiana podía conservar rencor ante tanta desdicha. No era posible ver a Fernando VII en aquel trance sin sentir ganas de perdonarle de todo corazón.

Los tres temerosos figurones se situaron por los pies de la cama. Después que uno tras otro besaron con apariencia cariñosa aquella mano lívida, que había firmado tantas atrocidades, se sentaron por los pies del lecho. El obispo estaba grave e impotente como quien, suponiéndose con autoridad divina, se cree por encima de todas las miserias humanas; el conde de la Alcudia estaba triste y acobardado por la solemnidad del momento, y Calomarde, el hombre rastrero y vil, cuya existencia y cuyo gobierno no fueron más que pura bajeza e hipocresía, arqueaba las cejas mucho más que las arqueaba de ordinario, pestañeaba sin cesar y hacía pucheros. Cruel con los débiles, servil con los poderosos, cobarde siempre, este hombre abominable adornaba con una lagrimilla la traición infame que hacía a su amo al borde del sepulcro.

Quien presenció aquella escena terrible cuenta que la luz de la estancia era escasa; que los tres consejeros estaban casi en la sombra; que el Rey volvía su rostro hacia la reina vestida de hábito blanco; que hubo un momento en que el confesor no hacía más que morderse las uñas; que la hermosura de Cristina era la única luz de aquel cuadro sombrío, intriga política, horrible fraude, traidor escamoteo de una corona perpetrado en el fondo de un sepulcro.

Cuenta también el testigo presencial de aquella escena que el primero que habló, y habló con entereza, fue el obispo de León. Se puso de pie y parecía que llegaba al techo. Su voz hueca de sochantre retumbaba en la cámara como voz de ultratumba. Aquel hombre tan rígido como astuto principió tocando una delicada fibra del corazón del Rey; habló de *las inocentes niñas* de Su Majestad y de la *virtuosa reina*, que según él corrían gran peligro si no pasaba la corona a las sienes de Don Carlos. Después pintó el estado del reino, en el cual, según dijo, no había un solo hombre que no fuera partidario de la monarquía eclesiástica representada por el Infante.

Fernando dio un gran suspiro y fijó sus aterrados ojos en el obispo. Este se sentó. Puesto en pie Calomarde dijo que su emoción al ver en aquel estado al mejor de los Reyes y al mejor de los padres, y al mejor de los esposos, y al mejor de los hombres no le permitía hablar con serenidad; dijo que se veía en la durísima precisión de no ocultar a su amado soberano la verdad de lo que ocurría; que había tanteado el ejército, y todo el ejército se pronunciaría por don Carlos si no se modificaba en favor de este la Pragmática sanción del 29 de marzo de 1830; que los voluntarios realistas, sin excepción de uno solo, proclamaban ya abiertamente como Rey de derecho divino al mismo señor don Carlos, y que para evitar una lucha inútil y el derramamiento de sangre convenía a los intereses del reino...

El infame hacía tantos pucheros que no pudo continuar la frase. Sintiose que el cuerpo dolorido del Rey se estremecía en su lecho o potro de angustia. Oyose luego la voz moribunda que dijo entre dos lamentos:

—Cúmplase la voluntad de Dios.

El confesor silbó en su oído palabras no entendidas por los demás, y entonces la reina Cristina, sin mirar a las tres sombras, volviendo su rostro al Rey y haciendo un heroico esfuerzo para no dar a conocer su dolor, pronunció estas palabras:

—Que España sea feliz, que en España haya paz.

El Rey exhaló un gran suspiro, mirando al techo, y después dijo algo que pareció el mugido de un león enfermo. La reina tomó su pañuelo y sin decir nada, dejando correr libremente sus lágrimas, limpió el sudor abundante que bañaba la frente del Rey.

Siguió a esto un discursillo del conde de la Alcudia confirmando el dictamen de los otros dos apostólicos. Aquel famoso triunvirato traía la comedia bien aprendida, y en el cuarto de don Carlos se habían estudiado antes detenidamente los discursos, pesando cada palabra. El confesor dijo también en voz alta su opinión, asegurando bajo su palabra que el Altísimo estaba en un todo conforme con lo expuesto por los respetabilísimos señores allí presentes. ¡Se quedó tan satisfecho después de este mensaje...!

El Rey pareció llamar a sí todas sus fuerzas. Claramente dijo:

—¿En qué forma se ha de hacer?

No vacilaron los apostólicos en la contestación, pues para todo estaban prevenidos. Calomarde fingiendo que se le ocurría en aquel mismo instante, propuso que el Rey otorgase un codicilo-decreto derogando la Pragmática sanción del 30, y revocando las disposiciones testamentarias en la parte referente a la regencia y a la sucesión de la corona.

Después de una pausa el Rey se hizo repetir la proposición del ministro, y oída por segunda vez, Cristina volvió a limpiar el sudor que corría por la frente de su marido. Con un gesto y la mano derecha este mandó a los tres apostólicos consejeros que salieran de la estancia y se quedó solo con su esposa y con su confesor, el cual salió también poco después. Consternados los tres escamoteadores y dudando del éxito de su infame comedia, no decían una palabra, y con los ojos se comunicaban aquella duda y el temor que sentían. Calomarde y el obispo dieron algunos paseos lentamente por la cámara, esperando que el Rey les volviera a llamar, y el conde de la Alcudia aplicó el oído a la puerta y dijo en voz baja y temerosa:

—Parece que llora Su Majestad.

—No lo creo —murmuró el obispo acercando también su oído.

Entonces se abrió la puerta y apareció el confesor con las manos cruzadas y el semblante compungido, imagen exacta de la hipocresía. Los cuatro cuchichearon un momento como viejas chismosas. Media hora después Cristina les llamó y volvieron a entrar. Fernando no estaba ya incorporado en su cama sino completamente tendido de largo a largo, fijos los ojos en el techo, rígido, pesado, el resuello lento y difícil. Sin mirar a los que habían sido sus amigos, sus aduladores, terceros de sus caprichos políticos y servidores de sus gustos con la lealtad y sumisión del perro, Fernando VII les manifestó en pocas palabras que aceptaba el sacrificio que se le imponía. Esforzándose un poco, habló más para exigir secreto absoluto de lo acordado hasta que él muriese.

Los tres apostólicos bajaron; encerráronse en un gabinete. Entre tanto, la chusma del cuarto de don Carlos ardía en impaciencias; las dos infantas estaban tan nerviosas, que no podía ser más. La historia, que es muy descuidada en ciertas cosas, no dice el número de tazas de tila que se consumieron aquel día. El obispo, Calomarde y Alcudia se mostraron tan reservados aquella tarde, que los *carlinos* se impacientaban y aturdían cada vez más. No obstante, algunas palabras optimistas, aunque enigmáticas, de Abarca al salir del gabinete en que los tres se encerraron para extender el decreto-codicilo, hicieron comprender a la muchedumbre apostólica que las cosas iban por buen camino. Finalmente, al llegar la noche, y cuando se difundía por Palacio, corriendo y repercutiéndose de sala en sala como un trueno, la voz de *el Rey ha muerto*, el señor Abarca entró triunfante en la cámara donde la corte del porvenir estaba reunida. En su mano alzaba el reverendo un papel, con el cual parecía amenazar, o que lo tremolaba como estandarte donde estuviera escrita una ley suprema. Moisés bajando del Sinaí no estaba seguramente más terrible que el señor Abarca cuando, mostrando el decreto-codicilo, exclamó:

—Señores, óiganme.

Oyeron leer con atención profunda y poco faltó para que algunos se prosternaran, quién por servilismo mezclado de entusiasmo, quién por ese especial y no bien comprendido instinto a lo Nabucodonosor que algunos entes civilizados no pueden ocultar aunque vistan casaca bordada. Toda la corte de don Carlos estaba allí, menos don Carlos, el candidato divino, que a tal hora se hallaba en su oratorio con la frente humillada y el corazón oprimido, pidiendo a Dios que no quitara la vida a su hermano.

XXXIV

Al llegar aquí, el narrador no puede contener el asombro que le produce el peregrino suceso que va a referir, y deteniendo su relato, exclama: ¡Oh admirables designios de la Providencia!, ¡oh vanidad de los cálculos humanos!, ¡oh peligro de jugar con las cosas del Cielo, eslabonándolas con los apetitos e intereses de un bando político! De este modo el ánimo del lector queda perfectamente dispuesto para saber que Dios Todopoderoso, que sin duda tenía a don Carlos en más estimación que al partido apostólico, atendió al ruego que con amor fraternal y piedad cristiana le dirigió este; y así dispuso que Fernando, ya casi muerto, tornase a la vida, dando al traste con las esperanzas de lo que el obispo de León llamaba *el partido del Altísimo*. De este modo el padre de todas las cosas abandonaba a su grey en lo mejor de la pelea, seguido de la generalísima, a quien también pidió muy ardientemente don Carlos la vida de su hermano. Hasta con su cristiandad se perjudicaba a sí mismo don Carlos como jefe visible del partido absolutista-religioso, y si lo dejaran rezar mucho, es fácil que los furibundos apostólicos perdieran todas las batallas cortesanas y marciales que en lo futuro habían de dar.

Fernando se aletargó por la noche. Todos le creyeron muerto y la tremenda noticia circuló por el Real Sitio, llegó hasta Madrid y aun fue trasmitida a las Cortes europeas. Pero a la mañana siguiente, de aquel cadáver volvieron a salir quejas y suspiros, se reanimó con oportunas sustancias y medicinas, y en Palacio y en los jardines no se decía sino *el Rey vive, el Rey vive*; frase de consternación para algunos, de esperanzas para los menos. Muchas caras variaron completamente, y Cristina vio sonreír a los que el día anterior estaban cejijuntos y tenían en su rostro protervo el indefinible airecillo de la defección. ¡Y el señor obispo que la tarde del 18 salía a los jardines diciendo en voz alta en un corro de amigos: «Ya no volverán a levantar la cabeza los liberales»!... ¡Y el gracioso padre Carranza que aquella noche había prometido solemnemente a sus allegados más de cuarenta canonjías y beneficios simples!

En todo el día 19 fueron llegando al Real Sitio muchos jóvenes de la aristocracia y militares de todas graduaciones, que iban a ponerse a las órdenes de la reina Cristina. Con estas adquisiciones hechas por un partido que se creía muerto, iban rápidamente abatiéndose los ánimos de los apostólicos y no se sabe qué cantidad fabulosa de tazas de tila tuvieron que tomar Doña Francisca y su hermana para poner a raya sus desconcertados nervios. ¡Dios y la generalísima ayudaban a la napolitana!

Con la irrupción de personajes civiles y militares en el Real Sitio, las habitaciones escasearon en tales términos que Pipaón tuvo que rogar a don Benigno le dejase libre el cuarto que ocupaba en la casa de Pajes, lo que no sintió mucho el héroe porque estaba hasta la corona de cortesanos, obispos y palaciegos.

—Lo siento mucho —dijo don Juan al despedirle—. Pero ya ve usted, media España ha venido aquí a ponerse a las órdenes de la reina... ¡Es un ángel esa señora! Aunque no lo parezca, sepa usted que yo la admiro mucho. Dicen que será nombrada Regente... y no me pesa, no me pesa...

Cuando Cordero iba por el jardín acompañado de un chico que le llevaba las maletas encontró a Salvador, el cual se empeñó en compartir con él su alojamiento, aunque estrecho, suficiente para los dos. Dio mil excusas don Benigno que en aquel momento sintió más vivo que nunca el misterioso recelo que su amigo le inspiraba; pero al fin no tuvo más remedio que aceptar, so pena de tener que dormir en la calle o en un banco de los jardines.

—No hay que pensar ahora —le dijo Monsalud con cariño—, en que esos señores firmen. Ninguno de ellos sabe ahora dónde tiene la mano derecha. Esperando a ver en qué para esto, viviremos juntos, charlaremos, nos contaremos nuestras desdichas y nos consolaremos mutuamente.

Al día siguiente Fernando cobró algunas fuerzas, y serenándose su mente, empezó a comprender la infame sorpresa de que había sido víctima. No obstante, todavía los Reyes legítimos estaban en Palacio como cohibidos por la gente apostólica, cuyo poder era grande aún, a pesar de la situación desfavorable en que se encontraban. Les esperaba todavía el golpe de gracia, que había de darles muerte en la esfera cortesana, cerrándoles todo camino que no fuera el de la guerra. En la madrugada del 22 llegó a San Ildefonso la infanta Carlota, esposa del infante Don Francisco y hermana de Cristina, mujer resuelta, varonil, desparpajada, libre y campechana de palabras, alta, airosa y algo manolesca de figura, valerosa hasta lo sumo, despótica, y tan ardiente de genio que, según pública opinión, trataba a bofetadas, cuando el caso lo requería, a las personas ligadas a ella por el parentesco más íntimo. Odiaba con toda su alma a las dos princesas brasileñas, Doña Francisca y la de Beira, y este aborrecimiento podrá explicar quizás mejor que ninguna razón política, la guerra que había declarado a los apostólicos. ¡Formidable influencia de la mujer en el destino de los pueblos! Los hombres pensando, plantean las teorías y los sistemas, crean los partidos; las mujeres amando o aborreciendo, determinan la acción. Imaginando que la historia es un drama, el hombre es el histrión y la mujer el autor. No ha existido ningún gran suceso político que no haya venido a la historia a impulsos de manos femeninas, y esa académica nave del Estado de que tanto hablan los tratados políticos no navegaría muchas veces si no tiraran de ella las voladoras palomitas de Venus.

Doña Carlota entró en Palacio hablando a gritos, tratando con modales bruscos a todo el mundo, servidumbre, gentiles-hombres y damas; presentose a su hermana y después de abrazarla la llamó tonta unas veinte veces. El testigo presencial de estas escenas, que ya no eran de tragedia ni de drama sino de opereta, cuenta que como Cristina y Carlota hablaban acaloradamente en italiano, no era posible a los presentes entender bien lo que decían; solo se entendían algunas palabras, como *sciocca, pazza, regina de galleria, sceleratezza*... Después la Infanta descansó un momento, y a hora avanzada de la mañana anunció que recibiría a los ministros y demás personajes que quisieran cumplimentarla. Cuando Calomarde y el conde de la Alcudia entraron, Doña Carlota afectó serenidad y preguntó al ministro de Gracia y Justicia la razón de haber revelado el secreto del codicilo, contra lo dispuesto por Su Majestad. Tembloroso y cortado, don Tadeo se excusó con el letargo del Rey, que parecía muerte.

—Su Majestad —dijo Doña Carlota, disimulando su ira—, quiere recoger el original del codicilo y me encarga decir a usted que lo presente ahora mismo.

El ministro se inclinó, saliendo en busca de lo que se le pedía. Entretanto todos los que no se habían manifestado muy claramente partidarios del Infante se reunían en la Cámara. En pie y moviéndose sin cesar de un lado para otro, altiva, nerviosa, respirando fuerte, Doña Carlota parecía que imaginaba crueldades y violencias impropias de mujer y de princesa. Los circunstantes no le dijeron nada, y Cristina misma, con ojos encendidos de tanto llorar y el seno palpitante, enmudecía ante la arrogantísima actitud de aquella nueva Semíramis, su hermana.

Cuando Calomarde entregó a la Infanta el manuscrito, que tantos desvelos y fingimiento había costado a los apostólicos, Carlota no se tomó el trabajo de leerlo y lo rasgó con furia en multitud de pedazos. Con el mismo desprecio y enojo con que arrojó al suelo los trozos de papel, echó sobre la persona del ministro estas duras palabras, que no suelen oírse en boca de príncipes:

—«Vea usted en lo que paran sus infamias. Usted ha engañado, usted ha sorprendido a Su Majestad abusando de su estado moribundo; usted al emplear los medios que ha empleado para esta traición, ha obrado en conformidad con su carácter de siempre, que es la bajeza, la doblez, la hipocresía.»

Rojo como una amapola, si es permitido comparar el rubor de un ministro a la hermosura de una flor campesina, Calomarde bajó los ojos. Aquella furibunda y no vista humillación del tiranuelo compensaba sus nueve años de insolente poder. En su cobardía quiso humillarse más y balbució algunas palabras:

—Señora... yo...

—Todavía —exclamó la Semíramis borbónica en la exaltación de su ira—, todavía se atreve usted a defenderse y a insultarnos con su presencia y con sus palabras. Salga usted inmediatamente.

Ciega de furor, dejándose arrebatar de sus ímpetus de coraje, la Infanta dio algunos pasos hacia Su Excelencia, alzó el membrudo brazo, disparó la mano carnosa... ¡Plaf! Sobre los mofletes del ministro resonó la más soberana bofetada que se ha dado jamás.

Todos nos quedamos pálidos y suspensos, y digo *nos*, porque el narrador tuvo la suerte de presenciar este gran suceso. Calomarde se llevó la mano a la parte dolorida, y lívido, sudoroso, muerto, solo dijo con ahogado acento:

—Señora, manos blancas...

No dijo más. La Infanta le volvió la espalda.

Calomarde acabó para siempre como hombre político. Los apostólicos, cuando se llamaron carlistas, le despreciaron, y el execrable ministril se murió de tristeza en país extranjero.

A la misma hora la muchedumbre, paseando en los amenísimos jardines, comentaba los sucesos de aquellos días. Don Benigno y Salvador paseaban juntos como viejos amigos, y ya se habían contado parte de sus secretos. Cordero estaba triste, Monsalud se iba exaltando más cada día con la idea política. De pronto vieron que la multitud se agolpaba en un sitio, por donde discurría en abigarrada procesión mucha gente de Palacio, con dorados uniformes y huecos casacones. Abría calle el público para dar paso a estos señores. Cordero y Monsalud se acercaron para ver mejor. Sostenida por una nodriza, rodeada de damas, seguida de personajes, una niña de dos años andaba con dificultad, batiendo palmas y riendo de alegría. Aquellos eran los primeros pasos de una reina.

Del gentío salió una voz que gritó con furor: «¡*Viva Isabel II!*» Y una exclamación inmensa recorrió los jardines, perdiéndose y desparramándose como los primeros ecos de una tempestad naciente.

La tempestad estaba cerca: oíanse los primeros truenos; pero el que quiera conocer los notables sucesos, ya privados ya públicos, que restan por referir, tenga paciencia y espere a leer lo que con toda verdad se dirá en el libro siguiente.

Fin de Los Apostólicos
Madrid, mayo-junio de 1879.

Libros a la carta

A la carta es un servicio especializado para

empresas,

librerías,

bibliotecas,

editoriales

y centros de enseñanza;

y permite confeccionar libros que, por su formato y concepción, sirven a los propósitos más específicos de estas instituciones.

Las empresas nos encargan ediciones personalizadas para marketing editorial o para regalos institucionales. Y los interesados solicitan, a título personal, ediciones antiguas, o no disponibles en el mercado; y las acompañan con notas y comentarios críticos.

Las ediciones tienen como apoyo un libro de estilo con todo tipo de referencias sobre los criterios de tratamiento tipográfico aplicados a nuestros libros que puede ser consultado en Linkgua-ediciones.com.

Linkgua edita por encargo diferentes versiones de una misma obra con distintos tratamientos ortotipográficos (actualizaciones de carácter divulgativo de un clásico, o versiones estrictamente fieles a la edición original de referencia).

Este servicio de ediciones a la carta le permitirá, si usted se dedica a la enseñanza, tener una forma de hacer pública su interpretación de un texto y, sobre una versión digitalizada «base», usted podrá introducir interpretaciones del texto fuente. Es un tópico que los profesores denuncien en clase los desmanes de una edición, o vayan comentando errores de interpretación de un texto y esta es una solución útil a esa necesidad del mundo académico.

Asimismo publicamos de manera sistemática, en un mismo catálogo, tesis doctorales y actas de congresos académicos, que son distribuidas a través de nuestra Web.

El servicio de «libros a la carta» funciona de dos formas.

1. Tenemos un fondo de libros digitalizados que usted puede personalizar en tiradas de al menos cinco ejemplares. Estas personalizaciones pueden ser de todo tipo: añadir notas de clase para uso de un grupo de estudiantes,

introducir logos corporativos para uso con fines de marketing empresarial, etc. etc.

2. Buscamos libros descatalogados de otras editoriales y los reeditamos en tiradas cortas a petición de un cliente.